쪼다 파티

박범신 중단편 전집 7

쪼다 파티

박범신 콩트집

문학동네

차례

뼈

다만, 높은 천장에 노란색 전구 하나 달랑 매달려 있다. 그리고 견고한 시멘트벽, 찬바람 썰렁썰렁 기어드는 마룻바닥, 해진 담요, 쇠창살, 그 아래 물통과 부러진 젓가락 한 쌍. 그뿐이다. 밀폐된 공간은 모노크롬의 화면처럼 평면적이고 환상적으로 보인다. 그리고 차갑다. 아무 소리도 들리지 않는다. 움직이는 것도 없다. 심지어는 그렇다, 시간까지도 정지한 듯이 보인다. 시간도 죽고 소리도 죽고 색깔도 죽는다. 희고 투명할 뿐이다. 이 차가운 2사舍 상上 18독방……

춥다.

그는 목덜미를 한차례 부르르 떨고 엎드려 턱을 괸다. 여명의 시간이다. 그는 앞에 놓인 투명한 봉지 안을 들여다본다. 담뱃갑에서 벗겨낸 셀로판 봉지에 개미 한 마리가 갇혀 있다. 좁쌀만한 황갈색의 개미다. 셀로판 봉지는 얼룩 하나 없이 청결하다. 개미 이외엔 아무것도 없다. 돈다. 뱅뱅뱅. 끝도 없고 시작도 없다. 머리칼보다도 가는 감각 수염을 청대같이 뻗치고 개미는 씩씩하게 봉지 속을 돌고 있다. 이따금 멈추는 것은 휴식을 위해서가 아니라 탈출구가 있는가를 가늠해보기 위해서다. 그는 신음하며 눈을 감는다.

저 무모함……

벌써 스물네 시간째다. 어제 아침밥에서 발견한 뒤부터 지금까지 개미의 씩씩한 행군은 조금도 흐트러짐이 없다. 승산 없는 행군임을 아직도 놈은 눈치채지 못하는 것 같다. 바보 새끼! 마침내 그는 중얼거린다. 어리석은 새끼, 차라리 뒈져라, 뒈져! 그가 아는 모든 욕지거리가 개미를 향하여 날아간다. 바닥을 친다. 침을 뱉는다. 어리석은 자는 존중받을 가치가 없다.

그때, 발소리가 들린다.

처음은 멀리서, 그러나 조금씩 가까워지면서 또각또각, 명료하다. 망설임은 없다. 그는 목을 움츠린다. 차가운 예감이 그의 심장을 찌른다. 그렇다, 저승의 사자들이 오는 것이다. 이 새벽의 얼어붙은 침묵을 위해서. 더욱 비정한 침묵을 위해서. 이윽고, 발소리는 2사 상 18독방, 그의 침묵 앞에 멈춘다. 철거덕, 자물쇠가 입을 벌린다. 그는 일어선다. 출구에 똑같은 제복의 사내가 서 있다.

2094호, 나와!

제복의 목소린 낮고 침울하다. 나가는 것도 죽는 것도 그건 이미 차압된 것이다. 그는 차압당한다. 제복은 율법이다. 바람은 어느 곳에도 불지 않는다. 율법은 바람도 잡을 수 있다. 포장할 수도 있다. 이건 바람이에요. 포장지는 최고급을 썼답니다. 말씀만 잘하시면 조금 더 드릴 수도 있죠. 갑자기 그는 개미에게 필요한 건 바람이라는 것을 깨닫는다. 뭘 해? 빨리 나오라니까.

이건 바람이에요. 포장지는 최고급을 썼답니다.

셀로판 봉지에서 기어나오는 개미를 손가락으로 잡아든다. 네게 바람은 없다. 왜냐면 넌 무모하니까. 자, 마지막으로 잘 포장된 바람을 주지. 이건 바람이에요. 포장지는 최고급을 썼답니다. 손바닥에 놓인 개미가 여전히 씩씩하게 한 바퀴 원을 그린다. 셀로판 봉지 속인 줄 아는 것 같다. 그러다가 잠시 멈추더니 이번엔 맹렬하게 손등을 향해 기어오른다. 무모한 놈이다. 개미가 손바닥을 벗어난 순간 그의 엄지손가락이 개미를 눌러 비빈다. 개미는 침묵한다. 이제 포장된 바람도 없다. 소리도 없고 색깔도 없고 두 번 다시 죽음도 없다.

만세, 어리석은 자들이여!

글쎄 말이야. 체육 선생이 막 돌아서려는데 누군가 밤톨만한 돌멩이를 던졌지 뭐니? 체육 선생의 뒤통수에서 딱, 하고 소리가 나더군. 어떤 새끼야! 육십 명이 일제히 숨을 죽였지. 나와! 선생님 목에서 쇳소리가 났어. 던진 놈 빨리 나와! 글쎄 나오라니까! 제가 던졌습니다, 하면서, 겁도 없이 나서는 거지. 제가 던졌습니다! 그러자 체육 선생은 더 약이 오른 눈치였어. 새끼, 왜 던졌어? 선생님에 대한 분노 때문입니다. 분노라고? 그렇습니다. 선생님은 나무 그늘에 앉아서 한 시간 내내 우리에게 저기 층계만을 뛰어오르내리게 했습니다. 인마, 그거야 대학 입시 체력장, 그러니까 기초 체력을 위해서라는 거 몰라? 몰라요. 대학 입시 체력장. 맨날 체력장 체력장! 선생님은 그것 하나로 체육 시간마다 우리를 부당하게 몰아세웠습니다. 공공연하게 공포 분위기를 조성하면서 말이죠. 싫습니다. 우린 당신을 싫어합니다. 대단한 도발이었어. 좋아! 다들 나를 싫어한다? 체육 선생이 돌연 가슴 조이며 서 있는 다른 애들을 향해 돌아섰어. 그러곤 빠드득 소리 내어 이를 갈면서 묻는 거야. 야, 너희들 중에 나 싫은 놈 손 들어봐. 그 상황에서 감히 누가 손을 들겠니. 모두 겁에 질려 시선만 내리깔았지. 봤지? 체육 선생이 마침내 그러더군. 너 혼자 공갈치고 있잖아. 우리 모두 당신을 싫어한다더니, 봐, 나 싫어하는 놈 아무도 없잖아! 어린 새끼가 감히 애들을 팔아 내게 공갈을 쳐! 결국은 잔혹한 보복뿐이었어. 시키는 대로 해, 하더니 구령을 정신없이 붙이는 거야! 뒤로 돌앗! 앉아! 일어섯! 좌향좌! 우향우! 첨엔 이런 식이었어. 구령은 차츰 빨라지다가 나중에는 거의 바람개비처럼 어지럽게 돌아가는 것 같았어. 뒤로돌앗엎드렷일어섯앉앗일어섯좌향좌우향우우향우뒤로돌앗누웟앉앗일어섯뒤로돌앗엎드렷누웟! 그러곤 막판엔 그래. 웃어! 하더라고. 웃어, 이 새꺄! 물론 난 웃기 시작했지, 컥컥 가쁜 숨을 쉬면서. 아이쿠 우스워, 아이쿠 우스워, 해가면서. 하얗게 햇빛이 깔린 여름 한낮의 정지됐던 공간이 깔딱깔딱 뒤집혔다면 말 다했지 뭐. 그렇지만 그런 상황에서 맘놓고 웃었다는 건 더 크고 더 무모한 실수였어. 왜냐하면 체육 선생이 웃음을 멈추라고 소리칠 때 웃느라 그 명령은 듣지 못했거든. 이 새끼, 웃지 말라잖아! 발길이 옆구리를 걷어찼어. 그래도 웃음은 멈춰지지 않더군. 발길질이 한 번, 두 번, 세 번, 네 번…… 이윽고 죽은 개구리처럼 사지를 벌린 채 잠잠해졌지. 허옇게 뻗어서, 이제 더이상 웃을 수가 없었던 거야. 근데 말이야, 그담이 문제였어. 왜냐면 체육 선생이 또 구령을 붙였거든. 웃어, 하고 말야. 웃어, 새꺄! 하고 말이야……

그는 웃으려고 애를 쓴다.

그러나 웃지 못한다. 제복이 양편에 두 명, 한 발 뒤에 또 두 명, 그리고 복도 양편에 드문드문 서 있다. 삼엄하군, 단 한 사람의 침묵을 위해서.

복도는 길다.

어둠이 비실비실 뒷걸음치며 그에게 통로를 내주고 있다. 복도 양편엔 똑같은 구조의 수많은 방. 견고한 쇠막대가 가로세로 엇갈려 있는 17방, 16방, 15방…… 그가 지나감에 따라 그 방마다 잠들었던 자들이 깨어 일어난다. 차례대로 일어난 그들이 쇠막대 사이로 그를 본다. 강간자도, 사기꾼도, 도둑놈도, 살인자도 있다. 아직 기상 시간은 더 남았지만 발소리만으로도 그들은 모든 것을 알아차린다. 아니다. 침묵이 그들을 깨우는 것이다.

침묵이여, 침묵할 수 있는 자유여.

침묵은 그렇게 손뼉을 치고, 찢어져라 깨어져라 북을 두드리고, 마침내 그들의 혈관 속에 용솟음치며 도도히 잠에서 깨어 일어선다. 보아라. 그들은 잠 속에서도 눈을 뜨고 있다. 그리하여 이 새벽, 그의 마지막 행군을 지켜보고 있다. 잘 가게, 우리들의 바람이여. 그러나 아무도 소리내어 인사할 수는 없다. 창자가 비어져나와도, 두개골이 깨져도 언어가 죽어가는 누군가를 구원한 적은 한 번도 없다는 걸 모두 알고 있기 때문이다.

사형장은 교도소 구내를 남북으로 가로지른 큰길에서 십여 미터 외지게 물러앉은 구석에 위치해 있다. 담벼락이 높이 둘러쳐져 있어 외부에서 볼 때 낡은 기와지붕 이외 다른 것들은 전혀 보이지 않는다.

그러나 담장 안에 발을 한번 들여놔보라.

일반적인 교도소 안의 차갑고 황량하고 인위적인 정경과 다르다. 이십 평 남짓한 목조 단층 건물이 키 작은 꽃나무들과 키 큰 미루나무로 조용히 둘러싸여 있어 아늑하고 다정한 느낌을 준다. 얼핏 보면 오래된 시골 면사무소의 관사 같다. 고적할 뿐 아니라 어딘지 모르게 회한에 찬 푸르스름한 그늘이 드리워진 것 같다. 살벌하고 잔인한 그늘이 아니다. 평화가 깃든 듯한 그늘이다. 그는 잠시 멈춰 선다. 꽃나무들 사이로 좁은 오솔길이 나 있다. 오솔길은 하얗게 모래가 깔렸고 모래 위에 발자국은 없다. 비로 쓴 자국만이 아리게 청결하다. 제복이 슬쩍 그의 어깨를 앞으로 민다. 그는 천천히 아주 천천히 그 모래 위를 걷기 시작한다. 한 발, 두 발, 세 발…… 겨우 열대여섯 발자국이면 끝나는 짧은 길이다. 그의 발자국은 뒤따라오는 제복의 발자국에 이내 묻히고 만다. 사형장의 쪽문이 그 모랫길 너머에서 그를 기다리고 있다.

슬픔이 그의 전신에 차오른다.

이 길은, 하면서 그는 조금씩 운다. 삶과 죽음의 비정한 갈림길이다. 죽음이 이렇게 가까운데 그걸 찾기 위해 밤마다 외롭게 깨어 있어야 했다니. 회한은 깊고 가깝다. 그만 자거라. 도대체 밤마다 무얼 하느라고 넌 잠을 안 자니? 어머니가 말하고, 새벽을 기다려요, 그가 대답한다. 어머니, 바람 때문에 잠이 오지 않아요. 바람 말예요, 어머니. 어머니는 고개를 끄덕인다. 꿈에 어린 새 한 마리가 눈을 뜨고 죽어 있던데, 그게 혹시 바람 탓이 아닌지 모르겠구나.

아아, 어머님!

그는 슬픔을 가라앉히며 중얼거린다. 눈을 뜨고 죽으리라. 그렇고말고. 눈을 뜨고 죽기 위해 그는 마침내 교수실絞首室 쪽문 안으로 들어선다. 섬뜩한 빛이 그의 눈을 찌른다. 흰빛이다. 천장도, 벽도, 마룻바닥을 빼곤 온통 하얀 색깔이다. 차갑다. 스무 평쯤 될까 말까 한 정결한 공간이다. 한쪽엔 긴 테이블 한 개, 역시 하얀 보자기로 덮인 채 놓여 있다. 그 너머에 나무의자가 세 개 있고, 의자를 차지하고 있던 입회 검사, 교도소장, 성경을 든 신부가 그를 맞으려고 의자에서 차례로 일어선다.

테이블 아래는 한 계단 낮은 마룻바닥이다.

가운데는 발 굵은 돗자리가 깔려 있고 돗자리 위에 값싼 나무 의자가 외롭게 비어 있다. 의자 뒤엔 사방 삼 미터 정도로 흰 휘장이 부드럽게 내려와 있다. 드레시하고 장엄한 이미지다. 천장에서부터 마룻바닥까지 쭉 곧게 내려뜨린 휘장 때문에 그 내부는 전혀 보이지 않는다. 아무런 장식이 없는 휘장이다.

제복의 안내로 그가 돗자리 위의 나무의자에 앉는다. 찬 공기들이 침묵 속에서 깨어나는 것 같다. 소장이 안경을 고쳐쓰며 사형 확정 판결문을 읽기 시작한다. 쉬고 갈라진 목소리다.

철구 말예요. 그는 생각한다. 그 자식 목소리도 저렇게 쉬고 갈라져 있었지요. 여름이었어요. 소장에게 하는 말은 아니다. 그 자신도 지금 누구에게 그 말을 하고 있는지 잘 모르겠다. 아이들이 그를 둘러싸고 여러 명 모여 있었다고요. 말은 그래도 계속된다. 소나무에 비스듬히 기대선 건 철구였지요. 짜식, 주제에 엄살까지 떨고 있어! 철구가 쨍하고 소리쳤어요. 새끼야, 네가 내 말 안 들음, 네 아버지, 네 할아버지까지 우리집에 와서 싹싹 빌어야 한다는 거 몰라? 옳거니. 둘러선 애들이 짝짝 박수를 쳤어요. 내가 좋다면 좋은 거고, 내가 나쁘다면 나쁜 거야. 이게 감히 내 말에 아니라고 토를 달아? 내가 검다면 검은 거고 내가 희다면 흰 거인 줄 아직도 몰라? 그러면서 철구는 푸른 하늘을 가리키면서 또 물어요. 저 하늘이 빨갛지? 나는 하늘을 올려다보아요. 파란 하늘이에요. 파란데. 나도 모르게 그런 말이 입에서 나와요. 둘러선 아이들이 돌멩이를 하나씩 내게 날려요. 머리 어디가 찢어져 피가 흘러나와요. 철구가 또 묻지요. 저 하늘 똑바로 봐 이 새꺄. 저 하늘 노랗지 않니? 나는 피 흐르는 머리를 들고 하늘을 올려다보아요. 하늘은 여전히 너무도 파래서 손을 쳐들면 금방 파란 물이 들 것 같아요. 나는 말하는 거예요. 파란데. 하늘, 파랗잖아. 그럼 또 빗발치듯 돌이 날아들어요.

유언은?

누가 묻고 있다. 그는 그제야 사형 확정 판결문을 다 읽은 소장을 바라본다.

없습니다.

소장은 냉큼 고개를 젓는다.

대답해야 돼!

없다니까요.

생각해봐. 여기 기록해두도록 되어 있어. 빈칸으로 둘 수는 없어. 무슨 말이든 해봐.

아, 씨팔!

욕은 미풍양속을 해치는 거라 유언으로 적합하지 않아!

할말이 없다니까요!

그럼 이렇게 하지. 사회에 큰 물의를 일으켜서 죄송합니다. 다시 태어난다면 우리 시대의 율법을 위하여 모든 걸 바치겠습니다, 어때? 이 정도면 자네도 칭송받을 테고. 그럼 이걸로 결정됐네. 기록할 테니 그런 줄 알게.

다음 출현은 신부다. 그가 성호를 그리며 다가온다.

사하소서!

뭘 사해! 갑자기 그가 소리친다. 발작은 급격하게 비등점에 오른다. 사하지 마! 사함받고 싶지 않아, 너희 더러운 율법의 개들한텐! 내게서 떨어져! 더럽고 끔찍한 개떼들! 그가 짐승처럼 악을 쓰기 시작한다. 당황한 신부가 성경을 든 채 뒤를 돌아다본다. 제복들은 자세를 고쳐 선다. 명령만 떨어지면 그들은 그를 간단히, 아주 간단히 제압할 수 있다. 검사와 교도소장이 귀엣말을 나누고 있다. 그의 발작은 쉽게 멈출 것 같지 않다. 그냥 집행합시다. 그는 죽음의 공포 때문에 알맞은 때 미치광이가 되었소. 누가 한 말인지는 모르지만 말소리는 또렷하다. 가려져 있던 하얀 휘장이 좌우로 열린다. 그 한가운데, 천장에서부터 굵은 밧줄이 내려뜨려져 있다. 제복들이 눈을 가린 그를 끌고 가 밧줄 아래 세운다. 밧줄 올가미가 스르륵 내려와 그의 목에 걸린다. 그가 비로소 입을 다문다. 어깨가 파르르 떨린다. 발작이 온 게 부끄럽다. 발작은 비겁한 야만에 불과하다. 공포감에 굴복당하고 싶지 않다. 분노에 의해 훼손당하고 싶지도 않다. 그는 이내 평상심을 회복한다.

잠깐만요!

그가 침착하게 소리친다.

눈을 풀어주시오. 난 눈을 뜨고 죽겠소!

그건 안 돼요!

마지막 소원이잖소!

규정 위반이오!

교도소장은 냉정하다. 소장이 제복을 향해 집행하라는 눈짓을 보낸다. 그는 한사코 힘을 주어 눈을 번쩍 뜬다. 어떤 규정 어떤 율법도 살아 있는 그의 눈을 강제로 감길 수는 없다. 흰 보자기를 눈에 두르는 것은 그들의 규정이고 보자기 속에서 눈을 번쩍 뜨는 것은 그의 권리이다. 눈을 뜨니 보인다. 그들이 가린 보자기는 아무런 장애도 되지 않는다. 교수실 밖의 키 큰 미루나무들과 키 작은 꽃나무들의 힘찬 군생群生을 그는 본다. 하늘은 파랗다. 하늘은 파란데, 라고 그가 말하는 순간, 철거덕 하고 그가 밟고 선 마룻장이 아래로 떨어진다. 밧줄이 사정없이 그의 목을 옭아매고 그의 전신이 허공에서 수직으로 매달린다. 이자들은 마지막에도 기습을 하는구나. 그는 생각한다. 푸른 하늘 한가운데를 새떼들이 직진해 날아가고 있다. 장엄한 관경이다.

이날 저녁, 교외의 화장터에서 남몰래 그가 타고 있다. 두 시간을 타고도 불꽃은 쉽게 사그라들지 않는다. 타버린 재 속에서 뼈를 추려 모으던 사람이 전혀 타지 않은 것 같은 그의 두 눈알 때문에 소스라친다. 꿈에 어린 새 한 마리가 눈을 뜨고 죽어 있던데 그게 혹시 바람 탓이 아닌지 모르겠구나. 어머니는 여태껏 교도소 담장 밖에서 꿈 생각을 한다. 어머니는 그가 어디로 떠났는지 아직 모르고 있다. 그는 어머니에게 날아간다. 어머니! 그가 부르고, 응, 왜 그래, 아들? 어머니가 다정히 반문한다. 나 장갑 하나만 떠주세요. 손이 시려요. 양말도 떠주지, 우리 아들. 사람은 뭐니뭐니해도 손발이 따뜻해야 한단다. 예, 어머니. 어머니가 있는 한 내 손발은 언제나 따뜻해요! 시간이 되면 나중에 안대도 하나 만들어주세요. 제 친구 중에 눈뜨고 잠자는 녀석이 있어서요.

별이 된 아이

아이를 가리켜 사람들은 '좀 모자란다'고 말합니다.

사실 아이는 조금 모자란 데가 있긴 있습니다. 가령 아이는 나무에 새순이 움트는 걸 보고 만나는 사람마다 붙잡고 그것에 대해 이야기한 적이 있습니다. 또 가령 아이는 닭이 알을 낳는 걸 보고 마음이 온통 뒤흔들려 밤새 잠 못 이룬 적도 있습니다. 그러나 어른은 물론이려니와, 아이와 같은 또래의 다른 친구들까지 그럴 때의 아이를 이해해주지 않습니다.

"새싹이 돋는 게 뭐 그리 대수냐. 난 또 금이 주렁주렁 열린 나무라도 봤다는 줄 알았구나."

어른들은 사정없이 아이의 뒤통수를 쥐어박습니다. 친구들도 마찬가지입니다. "닭이 알을 낳지 그럼 닭이 로봇이라도 낳는다니? 병신 자식, 맨날 당연한 걸 신비하대."

한심하다는 듯 친구들은 말합니다.

그뿐만이 아닙니다. 아이는 산타클로스 할아버지가 굴뚝을 타고 온다는 것도, 별똥별이 하나 떨어지면 어디선가 누가 죽어간다는 것도 믿고 있습니다. 바깥출입을 거의 하지 않는 절름발이 누나가 그런 일들을 가르쳐주었습니다. 이상한 일이지요. 늘 방 안에만 있는데도 누나는 참 아는 게 많습니다. 아이는 그래서 엄마 아빠보다도 누나의 말만은 꼭꼭 믿습니다.

"별똥별이 떨어지면……"

언젠가, 별이 지는 걸 보고 눈물을 글썽이며 누나는 말했습니다.

"멀리서 착한 누군가가 죽는 거래."

그러나 아무도 누나의 말을 믿어주지 않아서 아이를 곧잘 슬프게 합니다. 친구들은 말하는 것입니다.

"애들아, 저 자식이 산타클로스 할아버지가 진짜라고 우기더니 이번엔 별똥별이 뭐 어떻단다. 웃기는 자식이야, 정말."

아이는 속이 상해 누나에게 투정을 합니다.

"누나야, 사람들이 그러는데 산타클로스 할아버지랑 별똥별 얘기랑 다 거짓말이래. 진짜 거짓말이야?"

"얘야!"

누나는 아이의 머리를 부드럽게 쓰다듬었습니다. "정말 소중한 것은 많은 사람 눈에 보이는 게 아니란다. 아주 적은 사람, 예를 들어 착한 너는 볼 수 있지만."

누나 얘기가 나왔으니 말이지만, 아이네 식구는 다섯입니다.

엄마 아빠 말고 형이 있습니다. 형은 공부를 썩 잘합니다. 그래서 형은 놀 틈이 없습니다. 피아노도 배우고, 태권도도 하고, 꼬부랑꼬부랑, 국민학생이 영어 공부도 합니다. 바쁘기로야 엄마도 아빠도 똑같습니다. 엄마는 아빠 대신 회사를 다니고, 아빠는 또 누구 대신인지는 모르나 금배지를 가슴에 달고 높은 사람들이 많이 모인다는 여의도 어딘가에 다닙니다. 엄마는 사장이지만 아빠가 뭣인지는 아이도 잘 모릅니다.

그래서 자연 집안엔 늘 누나와 아이만 남아 있습니다.

누나는 누나 혼자 누나 방에서 놀고 아이는 아이 혼자 고운 융단이 깔린 거실에서 놉니다. 이따금 누나 방에서 함께 놀 때도 있지만 사실 아이는 누나 방보다는 거실이 더 좋습니다. 푹신하고 따뜻한 융단 때문입니다. 엄마가 새로 융단을 들여온 건 두 달쯤 전의 일입니다. 전에 깔았던 것도 좋았지만 이번 것만은 못했습니다. 엄마는 그 융단을 아주 끔찍이 여깁니다.

"바다 건너온 융단이라 그래."

누나의 설명입니다. 바다 건너온 융단은 아이에게도 그만입니다. 너무 근사해서 항상 눈이 부신 느낌입니다.

하지만 아이는 결국 일을 저질렀습니다.

아파트 앞 정원에 나갔다가 파득파득, 날지 못하는 새 한 마리가 그 일의 실마리가 됐습니다. 아주 작고 아주 예쁜 새였습니다. 아이는 새가 배고프고 춥다는 것을 이내 알아차렸습니다. 푹신하고 따뜻한 융단이 생각났습니다. 데려다가 융단에 눕혀놔야지. 아이는 새를 융단에 눕히고 물도 주었습니다. 너무 신기하고, 너무 아름답고, 너무 불쌍해서 아이는 새를 누나에게 데려가는 것도 잊었습니다. 아마도 새는 융단 같은 풀만 모여 있는 그 어디, 아이가 모르는 땅에서 왔을 것입니다.

저녁 무렵 엄마가 돌아왔습니다.

"아니!"

엄마는 눈을 동그랗게 떴습니다. 아이는 새를 보고 자기처럼 엄마도 신기해하는 거라고 생각했습니다. 그러나 아이는 '좀 모자라서' 잘 몰랐습니다. 새는 물을 엎지르고 게다가 그 고운 융단에 '끙아'를 했으므로 엄마는 더러워진 융단 때문에 화가 났던 것입니다.

"어디서 다 죽은 새를 잡아왔니."

엄마는 소리치면서 대뜸 새를 잡아 아파트 아래로 내던졌습니다. 십육층이나 되는 아파트입니다. 그 작은 새는 아직 날지도 못합니다. 새는 무참히 죽었을 것입니다. 아이는 조금씩 울며 그날 밤을 누나와 함께 잤습니다.

"새 같은 것엔 아무도 꿈쩍 안 해. 알겠니, 얘야."

슬픈 눈을 하고 누나는 말했습니다.

"그럼 엄마나 아빤 뭐에 꿈쩍할까."

"아마…… 새만한 다이아몬드를 주워 왔더라면 감동했을걸."

"다이아몬드?"

"응. 눈부시고 반짝반짝하는 돌이야."

"그런 게 어딨는데?"

"산에, 아주 깊고 깊은 산에."

그래서 다음날, 아이는 산을 찾아 길을 떠났습니다.

끝없는 아스팔트를 걸어가자 융단 같은 풀밭이 나왔는데 그곳이 산이었습니다. 아이는 숲과 개울과 언덕을 넘어갔습니다. 발은 부르트고 무서웠지만, '새만한 반짝반짝하는 돌'을 주워 엄마 아빠를 꿈쩍하도록 하기 위해, 아이는 참고 걸었습니다. 밤이 되었을 때 아이는 높은 벼랑 끝까지 왔습니다. 맑고 푸른 강이 벼랑 아래에 있었습니다. 그런데 그때, 아이는 보았습니다. 반짝반짝 빛나는 돌이 하나, 둘, 셋, 넷, 다섯…… 아이가 본 것은 강물에 거꾸로 비친 별이었지만 아이는 알 턱이 없었습니다. 다이아몬드를 가슴에 끌어안으려고 아이는 두 팔을 활짝 폈습니다.

그리고 아이는 나비처럼 날아 강으로 갔습니다.

아이는 죽어 하늘로 올라가 저 스스로 '반짝이는 돌'이 됐습니다. 다이아몬드 같은 별이 된 것입니다. 멀리서 내려다보니까, 이게 어쩐 일일까요. 엄마 아빠가 사는 지구도 곧 '반짝이는 한 개의 돌'에 불과하지 않겠습니까. 이상도 하지. 어째서 엄마는 반짝이는 돌에 살며 반짝이는 그것을 보지 못할까. 엄마 아빠가 다이아몬드보다 예쁜 다이아몬드 위에 살면서 다이아몬드를 구한다는 걸 아이는 이해할 수 없었습니다. 그래서 아이는 엄마 아빠가 사실은 장님이 아닐까 생각했습니다. 눈을 뜨고 있는 건 누나뿐이었습니다.

아이는 그것이 슬퍼서 엎드린 채 서럽게 울었습니다.

십팔 년 만의 해후

여자와 남자는 지하도의 층계에서 만났다.

금요일 저녁 무렵이었다. 우연히 앞서거니 뒤서거니 하면서 층계를 올라가던 두 사람은 처음 눈길이 마주쳤을 땐 전혀 알아보지 못했다. 두번째 눈이 마주쳤을 때야 여자의 표정에 변화가 왔고, 세번째 마주쳤을 때 남자가 고개를 갸우뚱했으며, 네번째 마주치게 되자 두 사람이 동시에 발걸음을 멈췄다.

"저…… 정수……희씨 아닌가요?"

"김인곤씨죠?"

"예? 아, 예……"

'깜짝'까지라곤 할 수 없어도 남자의 안면에 반가움과 당황의 빛이 여러 색깔의 꽃을 제멋대로 꽂아놓았을 때와 같이 부자연스럽게 떠올랐다.

"오랜만이군요. 벌써……"

"십팔 년 만이에요."

"맞습니다. 거기가 대학 2학년 때였죠, 아마?"

"김선생님이 졸업반이었고요."

"참 빠른 게 세월이라더니……"

남자의 나머지 말은 계속 층계를 올라오는 사람들의 소음 때문에 들리지 않았다. 다만 막연히 자신이 밟아 올라온 층계를 내려다보는 시선이 세월을, 마치 꽃병을 바라보듯 그렇게 가지런하게 굽어보는 듯한 느낌을 나타냈을 뿐이었다.

"어디 가서 차라도 한잔……"

"그러고 싶지만 집에 빨리 들어가봐야 돼요."

지하도를 다 올라온 여자가 차도로 한 발 내려서면서 조용히 미소 지었다.

"결혼하셨군요."

"나이가 사십인걸요. 김선생님도 설마 혼자 사시는 건 아니겠죠?"

"그러믄요. 큰애가 중학교 2학년이랍니다."

그때 빈 택시가 한 대 와 섰다.

"먼저 타시죠."

여자가 말했다.

"아, 아닙니다. 댁이 어디신지…… 먼저 가시죠."

"전 가까워요. 불광동인데 예서 가자면 십여 분……"

"십여 분은 더 걸리죠. 저도 불광동에 살거든요."

"어쩜!"

엉겁결에 두 사람은 함께 택시에 올랐다. 거리는 암회색 구름이 무겁게 내리덮인 채 조금씩 침침해지고 있었다. 구슬처럼 반짝반짝 상가의 진열장에 불이 켜졌다. 한동안 남자는 차도의 오른편을, 여자는 차도의 왼편을 바라보며 침묵 속에 앉아 있었다.

"벌써 봄이 다 갔어요."

한결 처진 목소리로 남자가 말했다.

"봄이 되면 아직 그때 생각이 나시는가보죠?"

"나고말고요."

남자가 여전히 고개를 돌리지 않고 끄덕거리자,

"참 굉장한 다혈질이셨죠. 성질도 급하셨고요. 글쎄, 광화문 인도에서 유탄에 맞아 쓰러진 저를 업고 대학병원까지 몇 분에 뛰셨는지 기억나세요?"

"이삼십 분 걸렸던가요?"

"십 분도 채 안 걸렸어요!"

"십 분이라……"

저만큼 독립문이 똑바로 바라다보였다. 남자가 담배를 입에 물고 성냥을 켰다. 두 손이 가늘게 떨리고 있었다. 건조한 안면과 성긴 머리칼이 양복을 단정히 입었음에도 불구하고 가난한 월급쟁이의 무료한 일상을 충분히 드러내고 있었다.

"꿈이 큰 분이었어요, 김선생님은……"

여자가 웃는 듯 마는 듯, 낮게 중얼거렸다.

"피차일반이었죠. 그쪽도 대단히 우먼 파워였어요."

"우먼 파워?"

두 사람이 짧게 웃었다. 그러나 웃음 끝은 허전했다.

"바깥 분은 어떻습니까?"

남자가 불쑥 물었다.

"어떻다니요?"

"꿈 말입니다."

"그저 그래요. 원대할 것도 빈약할 것도 없이……"

"사업하시나요?"

"……예, 별로 돈 걱정은 안 하고 살지만요……"

"그게 복인 겝니다. 어차피 우리 나이가 되면 다들 색깔이 비슷비슷해지니까요."

침묵이 왔다. 차가 무악재 고개를 쏜살같이 내려서고 있는 중이었다. 택시 미터기가 찰칵 낮은 금속성을 내면서 구백 원으로 꿔이고 있었다.

그때 남자가 갑자기 생각난 듯이 차를 세웠다.

"잊을 뻔했는데 요 근처에서 누구 만날 사람이 있어서요……"

남자는 아래위의 호주머니를 있는 대로 다 쑤시면서 엉거주춤 차도로 내려섰다.

"택시값은 놔두세요. 그럼 안녕히……"

"아니 저……"

택시가 떠났다. 뒤창에 여자의 뒷머리가 정결하게 떠 있었다.

한참 동안 남자는 고개의 육교 밑에서 회한과 자책의 바람 소리를 들으며 서 있었다. 호주머니엔 토큰 몇 닢뿐이었다. 이윽고 남자는 휘적휘적 걸어내려와 만원 버스를 탔다. 그리고 다음 정류장에서 버스가 멈춰 섰을 때, 남자는 다시 여자를 만났다. 남자 다음에 곧 택시에서 내린 여자가 그곳에서 하필이면 남자가 탄 버스로 바꿔 탔던 것이다. 남자는 여자가 버스에 오르는 것을 보고 한사코, 땀을 뻘뻘 흘리면서, 사람들 사이를 헤집고 뒤로 뒤로 도망치고 있었다.

수수께끼

"뭘 그리 열심히 봐, 미국 삼촌?"

열 살배기 조카, 돌이가 묻는다.

"저기 천마봉……"

"거긴 왜?"

"아름답거든."

아름답다. 툇마루에 앉아서 벌써 한 시간, 김박사는 시시각각 변하는 놀빛의 현란한 변화에 현기증을 느낀다. 변함없는 건 천마봉 봉우리만이 아니다. 산발치에 자리잡은 이 노루목 마을도 예나 다름없이 다소곳하고 고요하다.

십여 년 만의 고향인데 바로 엊그제 떠났다가 돌아온 느낌이 든다. 뉴욕에서 보던 뿌연 하늘과 경쟁하듯 치솟은 마천루와, 인공으로 단장된 가로수들과, 내달리는 자동차들의 숨가쁜 질주가 떠오른다. 그에 비해 천마봉의 놀은 얼마나 온화하고 자애롭고 자유로운가. 역시 오기를 백번 잘했다고 김박사는 생각한다. 형님 내외분의 배려도 따뜻하고 마을 사람들의 온화한 표정 역시 전혀 낯설지가 않다. 아무것도 변한 것은 없다. 심지어는 떠날 때 태어나지도 않았던 조카애가 이만큼 자랐다는 사실조차 다 봐온 느낌이다.

"수수께끼나 할까?"

김박사는 이 한가한 저녁 한때를 옛날처럼 지내고 싶다. 새록새록 정이 붙던 수수께끼들이 문득 보석처럼 톡톡 그의 의식 속에서 살아난다.

"머리 풀고 하늘로 올라가는 게 뭔지 아니?"

돌이가 고개를 갸우뚱한다.

"잘 생각해봐."

"모르겠는걸. 삼촌, 그거 미국 수수께끼야?"

"허허허…… 미국엔 이런 거 없어요. 순 우리나라 수수께끼란다. 삼촌이 어렸을 때 돌이 아빠가 가르쳐줬지."

"난 안 가르쳐줬는걸."

"연기란다. 굴뚝에서 솟아나는 연기."

그러나, 돌이의 표정엔 변화가 없다. 정답을 들으면 깜짝 반가웠던 소년 시절의 김박사와는 전혀 딴판이다.

"다시 문제를 낼게. 잘 들어봐. 젊었을 땐 파란 주머니에 은돈 열 냥, 늙어서는 빨강 주머니에 금돈 열 냥 들어 있는 것이 뭐게?"

애들처럼 말하고 김박사는 환히 웃는다. 이번에야말로 재미있는 문제를 냈다 싶다. 하지만 돌이의 표정은 여전히 심드렁하다.

"무슨 수수께끼가 그래? 하나도 재미없잖아!"

"그래? 그럼 어디, 우리 돌이가 내보렴."

꾸중들은 애처럼 김박사는 풀이 죽는다. 이번엔 돌이가 문제를 낸다.

"일본에서 제일 무서운 사람이 누구게?"

허어, 김박사는 미간을 찌푸린다. 맹랑한 수수께끼다.

"몰라? 도끼로 이마 까라야."

십여 년 전, 일가족을 도끼로 살해했던 고재봉 사건이 얼핏 김박사 머리에 떠오른다.

"또 낼께. 도끼로 이마 까라의 아버진 누구게?"

"모르겠는데……"

"깐 이마 또 까. 헤헤, 깐 이마 또 까 할아버진 누구게?"

"글쎄……"

"또 몰라? 바께스로 피 받아!"

김박사가 자리에서 일어선다. 산그늘 때문인지 그의 얼굴이 한결 더 어두워 보인다.

"김일성이가 엄마 뱃속에서 나오면서 뭐라고 했게?"

돌이는 신이 난 모양이다. 미국까지 가서 공부를 많이 해 박사까지 딴 삼촌이 그렇게 쉬운 문제도 도무지 풀지 못하는 게 재미있다.

"에미나이 동무 수고했소! 그랬대. 헤헤헤……"

평안도 사투리의 억양으로 말하고 돌이가 깔깔 웃는다.

그러나 김박사는 이미 툇마루를 떠나 사립문을 빠져나간다. "일본에서 제일 바람쟁이가 누구게?" 의기양양해진 돌이의 목소리가 뒤꼭지를 따라온다. 김박사의 가슴이 철렁 내려앉는다. 이미 어둠 속에 잦아들기 시작한 천마봉의 캄캄한 능선이 갑자기 김박사의 시선을 막는다. 가슴이 답답하다. 때맞추어 동네 중앙에 설치된 확성기에서 새마을 노래가 악을 쓰기 시작한다. 군가를 듣는 느낌이다.

"떠나야지."

김박사는 불현듯 중얼거린다. 산과 놀빛이 예전 그대로인 것이 거짓말 같다.

쪼다들의 파티

우리 회사엔 알려진 '쪼다'가 네 명 있다. 사람들은 우리를 '쪼다'라 불렀으며, 각각 나누어선 '쑥'이라거나 '머저리'라거나 '여덟 달 반'이라거나 또는 '빙충이'라 불렀다. 그래서 어느 날 우린 이 명예롭지 못한 이름들을 공평하게 나눠 갖기로 하였다. 서무과의 김씨와 조씨가 각각 '쑥'과 '머저리'가 되고, 재무과의 이씨가 '여덟 달 반'이 되니 내게는 자연히 '빙충이'로 차지가 돌아왔다. 우리는 우리들 넷을 가리켜 '쪼다그룹'이라 불렀다.

"근디 말이시, 이왕 이렇게 돼부렀응께."

이름을 나눠 갖자 대뜸 '쑥'이 이렇게 제의했다.

"우리도 뭐든 행사라도 벌여보면 워떻겠어?"

우리는 모두 '쑥'의 제의에 감동했고 심사숙고했으며, 마침내

한 가지 기묘한 파티를 벌이기로 뜻을 모았다. 파티라니, '쪼다'만 모인 우리끼리의 파티라니! 우리는 금방 이런 식으로 흥분하면서 그것을 실천에 옮겼다.

우리가 계획한 파티란 간단히 말해서 술 한 잔 안 먹고도 '취한 체'해보는 일이었다. 우리는 물론 담배도 제대로 못 피웠고 높은 사람한테 알랑방귀도 뀔 줄 몰랐으며 여자 앞에선 말더듬이 되기가 일쑤였다. 그중에서 우리가 '쪼다'로 불리게 된 원흉은 뭐니뭐니해도 우리가 술 한 잔 마실 줄 모른다는 바로 그 점에 있었다. 애당초 마실 줄 모르기도 했지만 '쪼다'인 우리에겐 사실 술값이라는 것도 여간 맘에 걸리는 게 아니었다. 말이 회사지 너나없이 봉급은 십만 원을 넘지 못하는 형편 아니냐. 그 돈으로 처자식 먹여 살려야지, 적금 부어야지, 집세 줘야지, 도대체 무슨 돈이 남아서 봉급날마다 우르르 술집으로 달려가 떵까떵까 삐약삐약 개지랄들을 하는지 우리 '쪼다'들로 보면 알다가도 모를 일이었다.

어쨌거나 그놈의 '술'에 대해서 우리는 은근히 원한을 키워오던 참이었으므로 우리가 계획한 파티는 이내 정례적인 행사가 되어버렸다.

우리의 봉급날은 한 달에 한 번뿐이었다.

그 봉급날에 '쪼다'가 되지 않으려는 듯 사람들이 우르르 술집으로 몰려가버리고 나면 자연히 우리 네 명만 텅 빈 사무실에 남았고, 그러면 둥그렇게 둘러앉아 계획한 파티를 시작했다. 처음엔 물론 그놈의 '취한 체'라는 게 도무지 잘 되지를 않았다. 술 한 잔 먹지 않아 맨송맨송하고 멀쩡한 정신인데 갑자기 혀 꼬부라진 소리로 지랄 발광을 떤다는 게, 수줍음 잘 타는 '쪼다'들로서 제대로 될 리가 만무했다. 그러나 우린 노력하였다. 우리가 십만 원도 못 받는 주제에 '내 집 갖기'에 대한 기대를 저버리지 않듯이 우리는 쉽게 포기하지 않았다.

성공적인 파티가 이루어진 건 세번째였다. 그날은 때마침 '머저리'가 과장한테 호되게 한마디를 듣고 난 후였기 때문에 파티를 그만둘까 생각했었는데, 막상 시작하고 나니까 그게 아니었다. 성공의 조짐은 머저리로부터 시작됐다.

"그 쌍놈의 과장 새끼!"

머저리가 혀 꼬부라진 소리로 말했다.

"과장이 뭐 별거야! 나도 말이야, 앉혀주면 저만큼은 다 해낼 수 있다고!"

어둠 속에서(우린 서로 어색했으므로 두번째 파티부턴 불을 끄고 있었다) 책상을 꽝 치면서 '머저리'가 불쑥 일어선 것이 시작이었다. 평소의 '머저리'로선 상상도 못할 만큼의 대담하고 격렬한 발언이었다. 그것은 강력한 자극이 되었다. 기다렸다는 듯 우리는 다투어 횡설수설 깔쭉깔쭉, 갖은 방아를 찧기 시작했다. '쑥'이 취해서 과장의 멱살을 잡는 시늉을 했고, '빙충이'인 내가 역시 취해서 미스 김의 치마를 까뒤집는 몸짓을 했다. 이상한 열기가 우리를 사로잡고 있었다. 정말 취한 기분이었다. 눈앞이 뱅뱅 돌기까지 했다. 대성공이라 할 수 있었다.

파티는 회를 거듭할수록 완숙해지는 느낌이었다.

'머저리'는 늘 과장을 치열하게 성토했고, '쑥'은 훌쩍훌쩍 눈물을 쥐어짜며 "근디 말이시, 조실부모허고 나서 내가 지금까장 월매나 고생헌 줄 아무도 모를 겨. 그려도 잘 견뎠지. 오널날 이만한 것도 말여, 생각허면 출세한 겨……" 어쩌구 하면서 신세타령을 늘어놓는 데 명수였으며, '여덟 달 반'은, "웃기고 있네. 니가 인마, 출센 무슨 출세야? 평소부터 니가 워낙 잘난 체를 잘해. 니는 펜대 잡고 난 운전대 잡는다고 날 우습게 아는 모양인데……" 좌충우돌하며 시비를 거는 스타일이었다. 사무실은 금방 난장판이 되곤 했다. 술을 한 잔도 먹지 않고 술을 먹은 사람보다 더 취하는 이 느낌이 어디로부터 비롯되는지 알다가도 모를 일이었다. 이상한 홀림이 우리를 사로잡았고, 때론 행복하기까지 했다.

그날만 해도 그랬다.

한창 취흥이 도도하게 무르익어 '쑥'과 '여덟 달 반'이 겉저고리를 벗어부치고 한판 벌이려던 판이었는데, 아뿔싸, 무슨 볼일이 있었던지 배불뚝이 사장님께서 척하니 문을 열고 들어선 게 사달이 됐다. 우리는 물론 사장 앞에서 변변히 얼굴 한번 쳐들어 본 적이 없는 '쪼다'들이었다. 그러나 그날은 달랐다. 우리 모두 만취 상태였기 때문이었다.

"누구야, 당신?"

처음 사장을 향해 삿대질을 하면서 이렇게 말한 것은 '머저리' 쪽이었다. 사장의 얼굴에서 핏기가 싹 가셨다. "어이쿠, 그 잘난 사장님이시구먼." 이어 뇌까린 건 '쑥'이었으며, "보세요, 사장님. 나 사장께 드리고 싶은 말씀이 많은데 말이죠." '여덟 달 반'이 말했고, "사장님, 씨팔, 그러는 게 아닙니다!" 하고, 내가 악을 쓰고 나섰다. 사장에 대한 우리의 결정적인 '실수'는 한번 시작되고 나자 너무 급진적이어서 막을 길이 없었다. '빙충이'인 나는 아예 사장의 멱살을 움켜잡기까지 했다. 우리의 공통된 지적은, 사장이 자기 뱃속만 채우기에 급급해하느라 진실성이 전혀 없을 뿐 아니라 오로지 돈만 알 뿐 아니라 반성이나 부끄러움을 모르니 한마디로 말해 '파렴치한'이라는 것이었다. 그 점에서 우리 네 명의 '쪼다'들은 금방 의기투합했다.

"그런고로……"

마침내 '쑥'이 판결문을 낭독하듯 부르짖었다.

"사장님을 오늘밤 말타기놀이의 말로 임명하노라."

이래서 말타기놀이를 하게 되었다. 쪼다들에겐 즐거운 놀이였고, 사장에겐 징벌적 놀이였다. 한 사람이 선 채로 양다리를 벌리면 말이 된 다른 사람이 다리 사이에 머리를 묻고 엎드린 자세를 취한 뒤 나머지 두 사람이 뛰어와 뜀을 구르듯 해서 말이 된 사람의 잔등에 올라타는 게 말타기놀이였다. '쑥'은 말타기놀이에 대해 핏대를 콱콱 세우며 장황히 설명했는데, 그것은 어렸을 적 그 자신이 가난했던 탓으로 언제나 다른 애들의 '말' 노릇만을 했기 때문이라고 했다.

"해봅시다, 사장님. 재미있잖아요?"

"우리들 청을 뿌리치지 말아주세요. 저 쑥이란 놈 얼굴을 보세요. 사징님이 거절하시면 자살이라도 할 기세잖아요."

"거절할 권리, 없어요!"

우리들은 혀 꼬부라진 소리로 애원도 하고 위협도 하고 다그치기도 했다. 사실 이때 '쑥'의 표정은 정말 절박한 데가 있었다. 가난하다는 이유로 평생 남의 말 노릇만 했으니 절박하지 않을 리가 없었다. 우리들은 '쑥'의 소망을 실현시켜주는 게 우리들 '쪼다'들의 의리라고 믿었다. 사장의 얼굴이 해쓱해졌다. 완전히 만취했는지라 우리 네 명의 '쪼다'들 눈빛엔 당연지사 광기 같은 게 번뜩였을 터였다. 사장의 얼굴이 공포감으로 일그러졌다. "살다보면 뭐 당신이 말이 될 수도 있는 거지"라고 말하면서 '쑥'이 사장을 끌고 와 내 다리 사이로 사장의 머리를 박아넣었다. 사장은 할 수 없이 엎드려 말이 되었다. 첫번째 기수는 당연히 '쑥'이었다. 달려온 쑥이 사장의 등에 턱 올라타자 우리들은 짝짝짝 박수부터 쳤다. 생전 처음 말 대신 기수가 된 '쑥'을 축하하기 위해서.

사장의 신고로 파출소에 잡혀 온 우리는 벌써 이틀째인 오늘까지 집에 들어가지 못하고 있다. 하지만 사장님에 대한 우리의 외경감과 충성심은 여전하다. 정말이다. 감히 우리 같은 '쪼다'가 어찌 사장님을 욕되게 할 수 있을까? 실수가 있었다면 모두 그놈의 술 때문이다. 너무 취해서 전혀 제정신들이 아니었던 것이다. 취한 사람은 개라고도 하지 않던가. 제발 믿어달라. 우리 모두 '취한 체'한 것이 아니라 진실로 '취해 있었음'을. 그리고 취중 파티 후엔 언제나 우리가 살맛을 느꼈음을…… 이대로 한 달 동안 집에 못 돌아가도 좋으니, 바라노니 제발 사장님께서 우리를 내쫓지 않기를 바랄 뿐이다. 맹세코 그날 밤 우리 취해 있었다는 사실을 인정해주기 바란다.

오리발과 딴 주머니

"정직은 가장 좋은 정책"이라는 세르반테스의 말이 있다. 그러나 적어도 부부간의 어떤 면에 있어선 '정직은 가장 어리석은 정책'이라는 게 요즘 나의 생각이다. 나는 매우 평범한 이 명제를 깨닫는 데 결혼하고부터 삼 년이나 걸렸다. 실로 나의 무딘 감각에 자탄을 금할 수가 없다.

아내는 결혼 첫날밤 '우리 부부는 비밀이 있어선 안 된다'고 못박았다. 나는 물론 대찬성이었다. 비밀을 갖는다는 것은 그 비밀의 부피만큼 거리감을 갖는다는 것과 똑같은 것이라고 믿었기 때문에. 그리고 우리의 이 언약은 거의 삼 년 동안 성실하게 지켜져왔다. 아내는 물론이거니와 특히 나의 정직성은 눈물겨울 정도였다. 신혼 시절, 여자대학의 젊은 강사였던 나는, 자의 반

타의 반 여대생과 차도 나누고 영화도 함께 볼 기회가 종종 있었는데 저녁 밥상에 마주앉으면 미주알고주알 그 데이트의 발단과 전개 과정을 털어놓곤 했다. 부부 사이엔 비밀이 있어선 안 되기 때문이었다.

"글쎄, 영화관에 들어서자 그애가 팔짱을 탁 끼지 않겠어? 요즘 애들은 영악하다니까. 내가 물었지. 같은 또래 남자친구들하고도 쉽게 팔짱을 끼느냐고 말이야. 그랬더니 글쎄 뭐라는 줄 알아? 왜요, 팔짱 끼는 게 뭐 나쁜 거예요, 하고 되묻는 거야……"

이런 식이었다. 아내는 다소곳이 들었다. 어느 땐 '팔짱 낄 때 기분이 어땠느냐' '다음 약속은 안 했느냐' 하고 묻기도 하고, 재미있는 대목에선 함께 웃기도 했다. 때로 '좋기도 하겠수' 하면서 신경질적인 반응을 보일 때도 있었지만 내 눈에 그것은 아내로서의 '애정' 정도로밖에 보이지 않았다.

그러던 어느 날이었다. 모처럼 일요일이어서 아내는 점심 준비를 하고 나는 신문을 뒤적이고 있었는데, 대학 후배였던 여자애한테서 전화가 걸려왔다. 우리집도 한 번 방문한 일이 있는 현주였다. 그녀는 부탁할 일도 있으니 점심식사나 함께하자며 약속 장소를 이르곤 일방적으로 전화를 끊었다.

"여보, 나 밖에 나가 식사를 해야 되겠는데……"

별식을 준비한다고 부산하던 아내한텐 미안한 일이었으나 전에도 그런 적이 있었고, 또 전화도 이미 끊겼으므로 나는 도리 없이 이렇게 말했다. 과연 아내는 금방 낙담한 얼굴이 되어, "누구랑 만나는데요?" 하고 물었다. "응, 현주." "……" "왜 당신도 알잖아, 그 눈 큰 애……" 무심코 고개를 들다가 나는 꿀컥 나머지 말을 삼켜버렸다. 원망스러운 듯 나를 빤히 바라보는 아내의 눈에 물기가 가득 차올라 있었기 때문이었다.

"왜, 왜 그래, 여보?"

"당신은 거짓말도 못해요?"

쨍하는 쇳소리를 내면서 아내가 돌아섰다. 너무 갑작스러워 영문을 몰라 머뭇머뭇하는 사이 아내가 마침내 울기 시작했다. 울면서 아내는 말했다. "제발…… 말이나 하지 말고 가란 말예요. 현주를 만나기로 했어도…… 왜 다른 남자들처럼 학장하고 약속이 있다든가, 친구 어머님이 돌아가셨든가, 그렇게 둘러다 붙이지도 못하느냐 말예요. 누군 뭐, 목석인 줄 알아요?"

아뿔사, 참으로 아뿔사였다.

그동안 기분 나쁜 내색도 안 하면서 그 수많은 나의 고백을 들으며 얼마나 아내는 가슴 아프고 속이 상했을까. 아내는 물론 내가 그 데이트 상대와 깊은 관계에 빠졌으리라는 터무니없는 상상까진 하지 않았을 것이다. 그러나 아내는 깊은 관계라는 것도 처음엔 차 한잔, 점심식사 한끼 하는 식으로 시작된다는 것은 익히 알았을 터, 그렇다면 아, 아내의 상상력은 아내를 그동안 얼마나 불행하게 했을 것인가.

그날 아내는 울고 또 울었다.

쌓였던 봇물이 터진 셈이었다. 우는 아내의 등뒤에 서서 나는 결심했다. 말하지 않으리라. 설령 국민학교 때 여선생님을 만나는 일이라 할지라도 그것이 여자 이야기라면 절대 함부로 털어놓지 않으리라. 아내를 위하여, 내가 사랑하는 아내가 터무니없는 상상으로 괴로워하는 일이 없도록 하기 위하여. 이후부터 나는 '하고 싶은 말'들을 참았다. 처음엔 아내의 괴로움을 막기 위하여 하나씩 둘씩 본의 아닌 거짓말을 하기 시작했는데 이삼 년 지나는 사이 작은 비밀이 새끼를 쳐서 제법 '큰 비밀'도 갖게 되었다. 그렇다고 뭐 제대로 바람을 피우거나 한 것은 아니었다. 이를테면 대학 후배 현주를 만나 술을 마시고 들어간 날이나 여자가 나오는 살롱에 다녀와서도 태연히 '친구의 어머니'가 작고했다고 둘러대는 데 익숙해졌던 것이었다. 처음엔 아내를 편하게 하려고 시작한 거짓말이 어느덧 나 스스로를 지키기 위하여 '오리발'을 내미는 데 익숙해지고 있었다. 세상의 남편들은 그런 것을 '오리발'이라고 불렀다.

아내에게 미안한 마음이 안 드는 것은 아니었다. 너무 미안해지면 차라리 아내도 나처럼 뭔가 거짓말하는 대목이 있어줬으면, 할 때도 있었다. 그러면 나 혼자 미안하고 자시고 할 것도 없으니 훨씬 마음이 편안할 것 같았다. 그런데 지난가을이었다. 잠깐 아내가 친정에 간 사이에 이웃집 부인이 만 오천 원을 들고 왔다.

"아주머니 오시면 이달 이자가 며칠 늦어서 미안하다고 전해 주세요."

"이, 이자요?"

"제가 양품점을 내느라고 아주머니한테 사채를 좀 빌려 썼거든요."

오, 사채라니. 나는 속으로 외쳤다. 내 앞에서 아내는 생활비가 모자란다며 늘 죽는 시늉을 했다. 요즘 물가가 얼마나 올랐는지 아느냐고 종주먹을 들이댄 적도 있었다. 그런데 아내도 나 몰래 이잣돈을 다 꿔주고 있지 않은가. 사람들은 이런 걸 '딴 주머니 찬다'고 말했다. 친정에 간다며 계하러 가고, 동창회 간다며 이자 받으러 가고, 아내 역시 그렇게 딴 주머니를 차고 있었다. 결혼하고 오 년 만이었다. 나는 오리발, 아내는 딴 주머니를 차는 데 걸린 시간이 오 년이었다.

비로소 나와 아내가 '부부'가 됐다는 느낌이 들었다.

고백

십 몇 년 전 '종삼'이라면 전국적으로 소문난 동네였다. 금산에 인삼, 전주에 합죽선, 하듯이 그 시절 '종삼'의 특산물은 '꽃'이라고 할 수 있었다. 꽃은 꽃이되 이게 어디 보통 꽃이냐. 값싸고 화사하고 그러면서 날이 밝으면 시들어버리는 꽃, 사창가의 꽃이었다.

꽃이 피면 벌, 나비 모여드는 거야 자연의 섭리가 아니겠는가. 버스도 타고 택시도 타고 전차도 타고 뒤뚱뒤뚱 눈치보며 벌, 나비들이 '종삼'으로 날아든다. 어화둥둥 내 사랑, 하며 물 찬 제비처럼 날아든다. 밤의 풍경이다. 날이 새면 벌, 나비는 날아가고 꽃들은 시들어 잠든다. 골목마다 남는 건 가래침뿐이다. 밤새 뱉어낸 가래침들이 아침 햇빛을 받아 반짝반짝 비늘처럼 일어서다 부끄럽게 눕는 게 바로 종삼이다.

이런 동네라서 종삼엔 늘 오는 사람만 온다. 안 오는 사람은 언제나 안 오고 오는 사람은 강산이 변해도 온다. 시멘트와 콘크리트가 발린 이놈의 도시에 뭐 뼈저린 고향 냄새가 있을까마는, 종삼을 단골로 찾아오는 어떤 사람에게 이곳은 그런대로 수줍음 잘 타는 고향 역할을 한다고 말하는 사람도 있다. 마음놓고 가래침 한번 칵 뱉어볼 수 있는 데가 별로 없으니 더욱 그렇다.

이런 종삼에, 오로지 가래침 뱉는 재미로, 찾아와서는 안 될 사람이 왔다고 해서 일부 사람들에게 문제가 된 일이 있다. 바로 근처에 있던 교회의 목사님 때문이다.

"글쎄, 장로님. 이번이 첨이 아니라잖아요?"

사태를 표면화시킨 건 신심이 깊은 배집사다.

배집사가 바싹 무릎걸음으로 다가오며 앙칼지게 한마디를 내쏘았으나, 어허 참, 김장로는 성경책만 꼭 붙든 채 미륵보살이다. 고약한 일이다. 고약하다는 건 문제 해결의 방법이 없다는 게 아니라 문제의 핵심이 지랄 같다는 것. 교세가 그리 크지도 않은 이 교회의 목사님은 서른여섯 살의 늙은 총각이다. 처음 이 교회에 왔을 때는 그 우수 깊은 눈과 사려 깊은 말씨, 그리고 단정한 분위기로 하여 단연 말 많은 여신도들을 압도했던 게 사실이다. 그런데 요 근래 그놈의 맹랑한 소문이 조금씩 튕겨져나오더니 결국은 이렇게 목사를 내쫓겠다는 식으로까지 비화된 것이다.

"더 생각할 것도 없다구요."

배집사가 딱 부러지게 토를 달고 나온다.

"내일부터라도 다른 목사님을 물색해보십시다. 이게 어디 뜬소문도 아니고."

배집사는 생각만 해도 불쾌하다는 듯이 목덜미를 파르르 떤다.

그렇다. 그건 불쾌한 소문이다. 그 점에 대해서만은 김장로도 뭔가 배신당한 기분이다. 도대체 목사인 신분으로 종삼에 기어들어가 어정거리고 다니다니. '꽃값'을 주고 종삼의 꽃을 샀는지 어쨌는지는 확실하지 않지만, 사내가 그곳을 자주 출입했다면 그거야 불문가지 아니겠는가. 어디 그것뿐이냐. 본 사람마다 목사님께서 허리띠를 내리고 종삼의 쓰레기 더미 앞에 서서 짜르르르, 시원스럽게도 방뇨를 즐기고 계시더라니, 믿어야 할지 말아야 할지 모를 일이다. 그것도 한밤중이 아니라 마음이 가장 맑아져 하나님 품에 귀의해야 될 앳된 첫새벽에.

허어 참.

아무리 생각해도 김장로는 허어 참이다. 그러나 일이 이쯤 이르렀으니 '허어 참'으로 그럭저럭 건너뛸 실개천이 아니다. 어떤 방법으로든 조만간 결말을 지어놔야 한다. 김장로는 그래서 간신히 배집사를 다독거려놓고 목사관으로 들어선다. 우선 목사님을 만나서 사실 여부를 본인에게 확인해둘 필요가 있기 때문이다. 본 사람이 여럿이라니 김장로도 별수없이 믿을 수밖에 달리 도리가 없게는 됐지만 그래도 혹시 남다른 사연이라도 있는지 누가 알겠는가. 목사라고 콩팥 두 쪽이 안 달린 것도 아닐 테고, 콩팥에서 걸러내지는 오줌이야 때론 체면 불고라는 점에 김장로는 마지막 기대를 걸고 싶은 심정이다.

"날씨가 아직도 쌀쌀하지요?"

읽고 있던 책을 덮고 안경을 벗으며 목사님이 먼저 인사를 건넨다.

김장로는 선뜻 말머리를 풀어내기가 어렵다. 어색한 침묵이 한참이나 지나간다. 말머리를 풀고 나온 것은 목사 쪽이다. 목사가 웃는 듯 마는 듯한 표정으로 두어 번 고개부터 끄덕거리고 나서 하는 말. "압니다." 뜬금없다. "알다니요?" 김장로가 그제야 목사를 본다. "장로님께서 무슨 말씀을 하시려는지……" 목사는 안경을 천천히 닦기 시작한다.

"난 이상한 버릇이 한 가지 있어요."

목사의 말씨는 조용하고 사려 깊고 다감하다.

"오줌을 못 가리는 버릇이에요. 장로님이 말씀 꺼내기 민망해하니 내가 뭐 고백을 하지요. 새벽 기도를 끝내곤 광화문까지 혼자 산책을 해요. 광화문에 갔다가 돌아오기 시작하면 여명이 터요. 종로3가에 당도해요. 아실는지 모르겠지만 그 시간 종삼 골목엔 쓰레기 천지예요. 먹다 버린 거, 토한 거, 포장지, 콘돔, 하여간 없는 게 없답니다. 사람들이 얼마나 열렬히 사나, 뭐 그런 생각이 절로 들게 하는 풍경이랍니다. 그럼, 이상하지요, 갑자기 소변이 마려워져요. 참을 수 없을 정도로요. 급한 김에 그 골목 안쪽으로 들어섭니다. 새벽의 그 골목에선 묘한 단내가 나요. 뭔가 비릿하고 지저분하고 그러면서도 정이 담뿍 가는 사람 냄새요. 장로님은 새벽에 종삼 골목에 가본 적이 있나요?"

목사가 건너다보았으나 김장로는 묵묵히 시선을 내리깔고 있다.

"난 오줌을 싸지요. 가래침을 한번 칵 뱉고, 무분별하게 바지를 까내리고, 쩔쩔쩔, 속시원히 갈기는 거지요. 그러면 왠지 가슴에 신선한 기운이 꽉 차올라요. 정말입니다. 뭔가, 막 살아 있다는 느낌이 들고요. 요즘처럼 재미없는 세상에서, 그게 얼마나 신나는 일인지 장로님은 모르실 거예요. 솔직히 교회에 오는 분들, 다들 너무 점잖기만 해서 누가 누군지를 도통 모르겠어요. 점잖은 가면을 써야 하는 게 교회이고, 제복을 입고 단추를 다 채워야만 할 수 있는 게 목사라면, 글쎄요, 저와 이 노릇이 잘 맞진 않는 것 같아요."

김장로의 숙어진 이마에서 땀 한 방울이 또르르 굴러떨어졌다.

있잖아, 난 슬픈 이야길 좋아해

가자. 가서 만나자. 나는 마침내 결심하였다. 이틀이나 잠을 이루지 못하고 번민한 끝에 내린 결론이었다. 그애를 피하곤 한 인간으로서 나를 끝내 용서할 수 없을 것 같았다. 만나야 하고말고. 나는 중얼거렸다. 가슴속이 거짓말처럼 잠잠해졌다. 나는 광화문 지하도의 층계를 두 계단씩 뛰어내려갔다. 지하도의 창백한 형광등 불빛이 내가 달려가는 속도로 뒷걸음질쳐졌다. 형광등 불빛 같은 그애의 병약한 얼굴이 계속 떠올랐다. 지하도를 빠져나오자 곧 택시를 탔다. 마음이 더욱 조급해졌다. 그앤 벌써 도망쳤는지도 몰라. 삼 년 전 내가 그애한테서 도망쳤듯이. "신촌으로 갑시다." 택시가 어둠을 향해 떠났다.

그애를 삼 년 만에 만난 것은 바로 엊그제였다. 입대를 앞둔 친구와 초저녁부터 소주를 마시다가, 한 잔만 더 하자고 들어선 곳이 신촌의 선술집 골목이었다. 원색의 촉수 낮은 전등빛을 가르며, 수많은 작부들이 우리를 향해 손을 까불렀다. 얼떨결에 이끌려 들어간 우리는 금방 후회했다. 서 있으면 머리가 천장에 닿는 비좁고 남루한 방 구조도 그랬고, 푸슬푸슬 분가루가 떨어질 것 같은 작부들의 지저분한 얼굴도 그랬다. 하지만 내일이면 입대할 친구가 아닌가. 하룻밤쯤 이런 곳에서 기울이는 술잔도 괜찮겠지, 바로 옆방 쪽에서 기침 소리가 들려왔다. 우리는 처음엔 그것이 기침 소리라는 사실조차 깨닫지 못하였다. 닳을 대로 닳아빠진 라디오의 잡음 같았으니까.

"무슨 소리야, 저거?"

"신경쓸 거 없어요. 폐병인데, 뒈질려고 환장을 했는지 밤마다 술만 퍼마시고 저 지랄이랍니다."

이번엔 낮게 소리 죽여 우는 소리가 건너왔다. 습기 찬 지하실을 울려나오는 것처럼, 어딘지 모르게 참혹한 음색이었다. 우리는 결국 쫓겨나듯 일어서지 않을 수가 없었다. 그 바람에 독이 오른 주인 여자가 옆방 문을 발작적으로 열어젖뜨렸다. "이년아! 너하고 나하고 전생에 무슨 원수가 졌다고 이 지랄이냐, 지랄이. 나가래도 나가지도 않고, 오는 손님마다 쫓아내기나 하고……" 주인 여자에게 머리채를 잡힌 옆방 여자가 우리들 발 앞에 나뒹군 것은 순식간의 일이었다. 짧은 순간, 그 여자와 나의 시선이 허공에서 만났다. 그런데, 아, 술집 문을 나서면서 나는 현기증을 느꼈다. 그애다! 나는 중얼거렸다. 삼 년 만이었다. 나는 그러나 본능적으로 그애한테서 도망치고 있었다. 차마 그애 앞에 나설 수가 없었기 때문이다.

그앨 처음 만나던 날엔 눈이 내렸다. 첫눈이었다. 나는 독서실의 차가운 어둠 속에 앉아 있다가 어슬렁어슬렁 광화문 골목으로 내려왔다. 낡은 비치파라솔 밑에서 가스등을 켜고 털보 아저씨가 십 원짜리 토스트를 굽고 있었다. 나는 토스트를 세 조각이나 사먹었다. 그래도 배가 고팠다. 호주머니엔 딸랑거리는 동전 몇 닢이 남았을 뿐. 동전 몇 닢만큼 가난의 부피가 그대로 만져지는 듯해서 나는 괜히 비감에 젖었다.

그 무렵의 나는 집에서 거의 가출한 상태였다.

아버진 유능한 산부인과 의사였기 때문에, 어려서부터 나는 부잣집의 비릿한 버터 냄새 속에서 살았다. 그러나, 버터 냄새도 대학 문전에선 맥을 쓰지 못했다. 나는 연거푸 이 년이나 낙방하였고 결국 삼수생이 되었다. 아버지는 차츰 나를 버린 자식으로 취급하려 들었다. 삼수생! 어느 나라 사전에도 없는 삼수생의 어두운 시간들이 내 안에서 낙엽처럼 쌓여갔다.

그애가 나타난 게 그때였다.

"군밤 사세요." 파라솔 안으로 손만 쑥 내밀며 그애는 말했다. "첫눈 오는 날 군밤을 사먹으면 소원 성취한대요. 정말이에요. 도와주세요." 그애가 불쑥 파라솔 안으로 얼굴을 들이밀었을 때, 나는 말방울 소리를 들었다. 짤랑짤랑, 흰 눈 속을 달려가는 말방울 소리였다. 어째서 나는 그때 말방울 소릴 들었을까. 그앤 사내애들처럼 털모자를 귀까지 눌러쓰고 있었다. 키는 작고, 얼굴이 하얗고, 목소린 투명했다. '불우이웃돕기'라는 모금함이 내 앞으로 내밀어졌을 때에야 나는 그애가 '하늘에서 내려온 군밤장수'가 아니라는 사실을 알았다. "L대 불문과 1학년이에요. 동아리에서 이런 방법으로 모금하기로 했어요. 사세요, 백 원이에요."

그앤 때때로 독서실로 찾아와 내게 돈을 주고 갔다. "학원비가 없다면서?" 그앤 말했다. "괜찮아. 내 용돈에서 아낀 돈이야. 나중에 이자까지 꼭 갚아줘야 돼. 소원대로 의과대학에 합격하면 아빠한테 돌아갈 거 아냐?" 그앤 또 말했다. 여전히 작고, 여전히 희고, 여전히 투명한 목소리로. "우리 아빤 외교관이야. 지금은 네덜란드에 가 있지만. 엄만 우리 대학 교수. 외로워. 엄마 아빠가 너무 바쁘셔서 나하고 놀아줄 틈이 없거든. 이만큼 큰 집에서 혼자 있음, 어떤 땐 무서워. 왜 있잖아, 이렇게 하고 달려든다는 처녀귀신!" 그앤 손가락을 갈퀴처럼 뻗치고 내게 달려들었다. 나는 차츰 독서실의 차가운 책상이 차갑게 느껴지지 않았다. 배가 고프지도 않았다. 합격해야지. 나는 생각했다. 그앨 놓치지 않기 위해서. 그애의 가슴에 달린 L대학의 배지가 쉼없이 나를 채찍질했다.

그앤 일주일에 두서너 번쯤 내게 왔다. "저녁 먹었어?" 올 때마다 그앤 그렇게 물었다. 그앤 밤에만 왔다. 어떤 땐 열시가 다 돼서야 조금 피곤한 얼굴로 찾아올 때도 있었다. "낮에 좀 올 수 없니?" "낮엔 공부해야지. 오늘도 다섯시까지 강의가 있었거든. 이래봬도 나 모범생." "일요일은?" "일요일엔 여기저기 모임이 많아. 파티. 아빠 엄마 체면 때문에 안 따라갈 수도 없어. 외동딸이거든. 딴소리 말고 어서 나가. 불고기 사줄게." 내가 불고기를 먹고 있음 이상하게도 그애의 눈빛이 날카로워졌다.

"맛있어?"

그앤 물었다. 어떻게 보면, 생전 고기 한번 못 먹어본 애가 푸줏간 앞에서 꼴칵 침을 삼키는 그런 느낌이 들 때도 있었다. "저녁 안 먹었니?" 내가 이렇게 말하면 "아니, 먹었어. 엄마하고 레스토랑에 갔었거든. 양식도 지긋지긋한데……" 그앤 금방 표정을 바꾸며 말소리를 한 옥타브 탁 올리는 것이었다. 그러면서 이따금 잔기침을 했다. "감기가 왜 이렇게 오래가는지 몰라." 그애는 중얼거렸다.

그렇게 우리들의 겨울은 깊어갔다.

겨울이 깊어갈수록 우리들 가슴속엔 하나의 확신이 자리잡았다. 사랑한다는 건 이런 걸 거야, 하는 확신. 내가 네 가슴에선 늘 푸른 나무로 자라고 있음을 만지는 확신. 크리스마스에 우린 성당엘 갔다. 수은등 아래 하얗게 빛나는 마리아상. 명동 성당의 야외 미사장엔 자정을 넘기며 눈雪만 날았다. 눈을 맞으며, 그앤 순한 양이 되어 맨땅에 무릎 꿇었고 나는 서 있었다. 고개를 숙인 그애의 옆모습은 대리석을 깎아놓은 듯 단아하였다. 저앤 천사야. 나는 생각하였다. 조용히 그애가 이마를 눈 쌓인 땅바닥에 대었다. 그제야 비로소 그애가 조금 울고 있다는 걸 나는 알아차렸다. 나는 두 손으로 그애의 볼을 감싸안았다. 그애가 나직하게 말했다.

"있잖아, 어렸을 때부터 난 슬픈 얘기만 좋아했걸랑."

찬송가가 들려오기 시작했다. "나이 어린 과부가 나이 많은 딸을 찾아 금강산을 찾아간다는 그런 얘기……" 내 가슴에도 슬픔이 차올랐다. 그래서 나도 말했다. 털모자 속에 숨겨진 그애의 귀여운 귀를 끄집어내고. "나도 그래!" 그때, 일제히 아멘 하는 소리가 들려왔다.

장충동, 숲에 와서 그앤 또 말했다.

"나를 껴안아봐!" 우린 껴안았다. 여전히 눈은 내리고, 요술같이 우린 인형만해졌다. "만져봐." 그애가 내 손을 가슴께로 가져가며 소곤거렸다. "어서!" 내 손이 그애의 티셔츠 안으로 바람보다 빠르게 들어갔다. 쬐그마한 그것이 손바닥 안에 다소곳이 들어왔다. 수많은 솜털이 소스라쳐 일어나는 것 같았다. "나, 거기 작지?" 푸르르 목덜미를 한번 비늘처럼 떨면서 나는 눈을 감았다. "떨려?" 그애의 가슴을 쥔 손바닥에 두근두근, 장난감 기차가 지나갔다.

입학시험 날이 왔다. 진눈깨비가 뿌리는 싸늘한 날씨였다. 나는 반 오버를 두껍게 걸쳐 입고도 새벽 버스에 오르면서 전신을 파들파들 떨었다. 시험장에 들어설 때의 기분은 얼마나 참혹했는지. 시험지를 받아들면서 나는 그애를 생각하였다. 처음엔 어린 보름달만했던 그애가 곧 풍선만해지고, 곧 탄력이 좋은 정구공만해졌다. 나는 그애를 호주머니에 집어넣었다. 신기하게도 마음이 가라앉았다. 나는 시험 답안을 또렷한 글씨로 잘 썼다.

시험장을 나서자 파랗게 언 그애가 기다리고 있었다.

"고마워……" 난 말했다. "잘 썼어?" "응, 아주 잘…… 너 때문이었어. 가자, 오늘은 내가 저녁 살게." 나는 자신만만하게 앞장섰다. 저녁을 먹을 때 그애의 낯빛은 유달리 어두웠다. "무슨 걱정 있니?" "아니……" 그애가 황급히 도리질을 했다. "근데, 얼굴빛이 왜 그래? 내일 시험만 치르고 나면 나도 곧 대학생이 된단 말이야. 네 친구들한테도 버젓이 소개해도 되는 거야. 시험 끝나면 집에도 들어갈 테고. 그동안 신세, 이자까지 갚을 날이 눈앞에 다가왔는데 기쁘지 않니?" "기뻐, 정말 기뻐!" 그애의 눈빛이 왠지 어둡게 번득이는 듯 보였다. "그러니까 우리 술 한 잔만 해." 우린 생맥주를 마셨다. 맥주를 마시며 그애가 알약 몇 개를 주었다. "물은 없으니까 그냥 맥주로 먹어." "무슨 약이니?" "피로를 푸는 약이래. 일부러 샀어." 나는 주는 대로 알약도 먹었다. 재수하던 이 년은 길고 차가웠지만 우리의 맥줏집은 따뜻하고 평화로웠다. 그 평화가 나를 눈멀게 하고, 그래서 그날 밤, 나는 그애의 침울하고 번득이는 눈빛을 잘 보지 못했다.

다음날 아침, 내가 눈을 뜬 곳은 낯선 여관방이었다. 먼저 둥근 무늬의 벽지가 발린 천장이 눈에 들어오며, 찢어지는 듯 뒷골이 아팠다. 벽지는 동그라미를 그리면서 벽을 타고 내려왔다. 그 벽의 한 부분에 등을 기대고, 그애가 머리 뒤에 깍지 낀 채 앉아 있었다. 어찌된 셈일까? 어떻게 해서 저앤 이 낯선 방에 웅크리고 앉아 있는 것일까? 그러나, 아무것도 생각나지 않았다. 맥줏집을 나설 땐 여전히 눈이 왔었고, "취해" 내가 말했던 게 생각났다.

어디선가 괘종시계 치는 소리가 들려온 게 그때였다.

한 번, 두 번, 세 번…… 무심코 시계 소리를 헤아렸다. 나는 감전된 사람처럼 벌떡 일어났다. 열 번이다! 나는 입속으로 외쳤다. 열시란 말인가. "열시야." 그애가 말했다. "뭐?" 나는 아직도 상황 판단을 못하고 있었다. "아침 열시라고!" "아냐, 그럴 리 없어!" 나는 소리쳤다. 미친듯이 문을 열었다. 여관 벽의 괘종시계가 10에다 작은 바늘을 세워놓고 있었다. "몇시예요?" 복도에서 뛰면서 나는 닥치는 대로 이렇게 물었다. 입학시험장의 닫힌 교문이 떠올랐다. "왜 깨우지 않았어?" 나는 울부짖었다. "내가 재웠는걸. 엊저녁 알약은 수면제였다고!" 그애가 싸늘하게 대답했다. 나는 너무 어처구니가 없어 털썩 주저앉았다.

"난 아무것도 아냐. 난 공순이야!"

그애가 벽을 치면서 악을 썼다. "난…… 난 청계천 피복 공장에서 하루 열두 시간 재봉질을 하고 만 이천 원을 받는 공순이란 말이야. 우리 엄만 곰배팔이였어. 난 손가락질 받고 자란 홀어미 곰배팔이의 딸일 뿐이야……" 그앤 그러면서 울기 시작했다. "흐흑…… 어느 날 대학…… 배지를 주웠어. 난 중학교…… 2학년

밖에…… 못 다녔어. 배지를 보자…… 대학생이 돼보고 싶었어. 돼보고 싶은 게 뭐 나빠! 배지 달고 군밤 팔고, 배지 달고 도둑질 하고, 그래서 자기 불고기 사준 게 뭐가 나빠!"

난 휘청거리면서 일어섰다.

짤랑짤랑 방울 소리는 들리지 않았다. 그애가 내 바짓자락을 붙잡았다. "가지 마!" 숨가쁘게 그애가 말했다. "내가 뭐든지 할게, 응? 애원이야…… 난 자기가 대학생이 돼버리면 모든 게 끝난다고 생각했어. 대학생 안 되면 어때서? 자기를 붙잡지 못하면 죽는 거와 같아. 제발 가지 말아줘. 가버림…… 난 죽을 거란 말이야. 죽는 게 뭔지 알아? 배고픈 게 뭔지 알아? 소망을 가진다는 게 뭔지 알아?" 그애가 비명처럼 소리질렀다. 그러곤 기침을 쏟아놓았다. 나는 왈칵 뒤돌아서며 다른 한 발로 그애를 찼다. 축구공처럼, 한 번 차고 독이 올라 또 차고 또 찼다. "썅년!" 그애의 얼굴에 침을 뱉었다. 난 배고프지 않아. 내 소망은 아름다워. 너 따위하곤 다르다고. 더러운 계집애! 곧 구두를 신었다. 건너편 지붕 위에 쌓인 눈빛이 내 심장을 찔렀다.

"신촌 어디쯤 세울까요?"

운전수의 목소리에 나는 눈을 떴다. 택시는 이대 입구를 지나고 있었다. "로터리에서 세워주세요." 술집은 금방 찾았다. 엊그제 그애의 머리채를 휘감아 내던졌던 주인 여자는 금방 나를 알아보았다.

"떠났지요."

주인 여자가 말했다.

"학생이 나가고 바로 뛰쳐나갔는데, 하필이면 그날 밤이 영하 십삼 도였지 뭐유. 신발도 안 신고 나간 게 마음에 걸리긴 하지만, 마음 걸리는 일일수록 쉽게 잊어버리는 버릇이 있어놔서…… 왜 하필 그앨 찾수? 어리고 이쁜 애 있는데, 데려다드릴까?" "아뇨." 로터리까지 나오자 눈이 내렸다. 군밤 장수 아저씨가 가스등 뒤에 세월처럼 서 있었다. 군밤 사세요. 첫눈 오는 날 군밤을 사먹으면 소원 성취한대요. 투명한 그애의 음성이 들렸다. 눈 속을 달리는 말방울 소리가 금방 들릴 것 같았다.

나는 군밤을 샀다.

"혼자시구먼." 아저씨가 말했다. "아뇨. 둘이 먹을 거예요." "누구랑?" "그애랑요." "그애?" "안 보이죠? 아저씬 맘이 나빠 안 뵈는 거예요." 군밤이 따뜻했다. 나는 한 알을 까서 입안에 털어넣고 광화문 쪽을 향해 걷기 시작했다. 어디선가 크리스마스 캐럴이 들려왔다. 주여, 나는 손을 모았다. 그러자, 요정같이 그애가 톡 살아나며 소곤거렸다. 소망을 가진다는 게 얼마나 뼈아픈지 알아? 모르지? 것도 모르면 대학생 아냐. 가짜야. 가짜 대학생이야. 그래, 하고 나는 대답하였다.

나는 가짜야.

한 떼의 여대생들이 내 앞으로 우르르 몰려갔다. 지난 삼 년 동안의 대학 생활이 팔랑팔랑 되살아났다. 후기 시험에 응시하여 부랴부랴 들어갔던 대학, 안 들어가면 그것으로 인생이 끝날 것 같았던 그놈의 대학, 하지만 먼지 낀 책상 위에서 발견하는 손자국같이 내게는 모든 게 낯설었다. 대학이라는 게 그래, 노쇠화 과정이야. 누구든 대학만 들어가면 바쁘게 늙거든. 나는 비로소 내 대학 생활이 얼마나 무의미한 시간의 소비였는지를 알았다. 그애의, 짧았으나 눈물겹게 타올랐던 가짜 대학 생활에 비해.

현기증이 났다.

나는 가로수에 등을 기댔다. 아이들이 미끄럼을 타며 아현동 고갯길을 내려왔다. 털모자의 끝에 달린 술로 된 방울이 이쪽저쪽에서 춤추며 흔들렸다. "비켜요. 아저씨, 비켜주세요!" 아이들은 경쾌하게 소리질렀다. 그애의 털모자가 생각났다. 어째서 나는 그애의 털모자 속에 숨겨진 배고픔을 보려 하지 않았을까? 그애의 뼈아픈 소망을. 내가 이쁜 여자애를 꽁무니에 매달고 고고클럽 갈 때, 누군가 육교 위에서 얼어죽고 있음을 나는 왜 알지 못했을까? 어째서 나는, 내가 와이셔츠 단춧구멍을 두 개로 할까 세 개로 할까 고민하고 있을 때, 수많은 소녀들이 재봉틀 위에서 조금씩 죽어가고 있었음을 깨닫지 못했을까. 그런데, 허공에서 그애가 또 그랬다. 자긴 부잣집 냄새가 나. 꿈의 껍질만 만지는…… 나는 절망하였다. 크리스마스캐럴이 멀리서 들려왔다. 도시는 저 너머에 있고, 눈은 내 곁에 있었다. 가로등 불빛에 전신을 드러내는 어린 나비만한 눈송이들.

그때, 반짝 하고 빛나는 무엇이 내 눈에 들어왔다.

나는 엎드려 그걸 주웠다. 꼭지 빠진 L여자대학의 배지였다. 나는 그걸 손바닥에 쥐었다. 슬픔이 가득 차올랐다. 마침내 눈물 한 방울이 떨어졌다. 안녕. 나는 말했다. 창호지 같은 애야. 나는 씩씩하게 걸었다. 나는 내 죄를 비로소 느끼고 알았다. 지금까지 나는, 가짜로 살았어. 대학생이 된다는 게 뭔지도 몰랐어. 네가 가짜가 아니라, 내가 바로 가짜 대학생이었어. 이제, 진짜가 될게. 너의 배고픔과, 네 절실한 꿈의 조각들을 잊지 않기 위해 지금부터라도 뭐든지 할게. 날 용서해줘. 영하 십삼 도의 한밤중 신발조차 신지 않고 저기 빌딩의 그늘로 쫓겨나간 그애가 있을 곳은 어디에도 없었다. 도시에서는 약육강식의 피냄새가 난다고 나는 생각했다. 눈 덮인 저 흰빛은 가짜이고 속임수라고 또 나는 생각했다. 나 자신을 단죄할 수 있는 길이 있다면 그 길을 찾아야 할 것이었다. 그애가 눈송이 뒤에 숨으며 속삭였다.

"있잖아. 어렸을 때부터 난 슬픈 얘기만 좋아했걸랑. 요정 같은 여자애들이 도시의 빌딩 숲에서 얼어죽었다는 그런 얘기……"

미스 현의 과거

소문의 발처럼 빠른 것은 없다. 빛처럼 빠르다. 게다가 빠른 속도에 알파가 붙는다. 빛은 빠르기는 하되 그 질량의 차이가 별로 없지만 소문은 갈수록 눈덩이처럼 불어난다. 한번 불어나기 시작하면 어느 누구도 쉽게 제동을 걸 수 없다는 점도 소문의 특이성 중의 하나다.

소문이란 아무래도 당사자에겐 즐거운 쪽보다는 불유쾌하고 상처받을 만한 나쁜 쪽이 훨씬 많다. S주식회사 미스 현이 가져야 했던 상처도 바로 그런 소문에서 비롯됐다.

소문의 첫번째는 '미스 현에게 애인이 있다'라는 식으로 나타났다. '남자하고 함께 걸어가더라'가 밤새 '팔짱을 끼고 가더라'로 둔갑하고, 그것이 또 하루를 못 넘겨 '안고 가더라'까지 진전을 보았다가, 급기야는 '글쎄, 허리를 탁 끼고 호텔로 들어가더라지 뭐야' 하는 데까지 발전하기에 이르렀다.

미스 현으로선 참으로 억울하기 짝이 없는 소문이었다. 미모에다가 옷차림까지 남다르게 세련된 미스 현은 그 소문이 돌기 전까지만 해도 사내에서 인기가 절정이었다. 점심때면 진수성찬을 사기 위해 유능한 총각 사원들이 줄을 이었고, 퇴근 무렵이 되면 이곳저곳에서 눈치를 살피며 미스 현이 자리를 뜨기 전엔 도무지 움직일 기색을 보이지 않을 정도였다.

그러나 그랬다 뿐이지, 사실 미스 현은 입사하고 육 개월 동안 총각 사원과 변변히 차 한잔 나눈 일이 없었다. 워낙 경쟁률이 치열하니까 자기들끼리 경계만 하면서 선제적으로 나서는 사람이 드물었기 때문이기도 했지만, 그보다도 미스 현의 자세가 항상 또렷하고 빈틈없었기 때문이라 할 수 있었다. 그렇다고 미스 현이 '독신주의자'거나, 하늘에서 감 떨어지듯 부모가 골라주는 참한 신랑감이나 기다리고 있다거나 한 것은 아니었다.

미스 현의 가슴에도 남몰래 키우고 있는 애정의 새순이 있었다. 무역과의 심형우 대리가 바로 그 사람이었다. 서른한 살의 이 노총각은 언제 봐도 신선한 탄력을 잘 절제하고 있는 한 필의 말을 생각나게 했다. 특히 서늘하게 가라앉은 그 눈빛이 그랬다. 어쩌다 그와 시선이 마주치면 얼굴이 달아오르고 가슴부터 뛰는 걸 그녀는 느꼈다.

그러나 세상이란 뭐든지 생각대로 입맛에 딱딱 맞아떨어지는 게 아니었다. 그렇게 많은 총각 사원들이 미스 현의 환심을 사고자 전전긍긍하는 판인데도 유독 심대리만은 단 한 번도 '차나 한잔' 어쩌고 해오는 일이 없었다. 미스 현은 처음엔 그가 '차라도 한잔' 해오길 은근히 기다렸고, 다가올 기미가 없자 초조하고 안타까웠으며, 마지막으로는 '핏, 제까짓 게 뭔데' 하는 오기와 방자함으로 끓어오르는 자신을 다독거려야 했다.

그놈의 불유쾌한 소문이 사내에 퍼진 것은 그 무렵이었다. 발을 동동 구르고 누가 그러더냐고 따져 물으며 열을 내기도 해봤으나 그럴수록 소문은 꼬리에 꼬리를 물었다. 나중엔 아예 '남자랑 호텔로 갔다' 정도가 아니라, 두 사람, 세 사람하고 동시에 놀아나는 체질적인 '바람둥이'라고까지 단정짓는 정도에 이르렀다.

속수무책이었다. 소문이란 게 일산화탄소처럼 원래 무색무취여서 그 진원지를 알아내기도 힘들거니와, 설령 알아낸다고 하더라도 이미 사람들의 뇌리에 박힌 '인상'을 씻어내기가 이만저만 어려운 게 아니었다. 세상인심이라는 것 또한 그렇고 그런 것이어서, 소문이 번지고 열흘도 못 돼 미스 현의 인기는 급전직하했다. '차라도 한잔'은 종적을 감췄고, '점심 살게요'도 깨끗하게 사라졌다. 오히려 이편에서 함께 나가자고 할까봐 눈치들을 보는 형편이었다.

미스 현은 절망하였다. 자신이 이제 해야 할 일은 사직서를 써내는 것밖에 없는 것 같았다. 그녀는 밤새 잠 한숨 자지 못하고 있다가 어느 날 출근 직전의 방에서 또박또박 사직서를 썼다. 눈물이 사직서를 적셨다. 더이상 버틴다는 건 뻔뻔스럽고 파렴치한 짓이라고 그녀는 생각했다. '아니 땐 굴뚝에 연기 나는 일 없다'는 속담이 있지 않던가. 미스 현의 자책이 마침내 거기까지 이르렀다. 회한과 자책으로 가슴이 미어지는 것 같았다. 소문과 같이, 그녀는 사실 남자와 호텔을 간 적이 두 번이나 있었기 때문이다. 이 년 전 일이었다. 이 년 전의 그것을 회사에 다니는 누군가 목격했던 모양이라고 그녀는 생각했다. 만약 그랬다면 헛소문이라고 말할 수도 없는 노릇이었다.

대학 3학년 겨울의 일이었다. 미팅에서 만나 잠깐 교제하던 공대생이 어떡하다 좀 지나치게 취한 그녀를 호텔방으로 업고 들어간 것이 첫번째였다. 공대생이 의도를 갖고 술을 과하게 먹였다는 걸 나중에 깨닫긴 했으나 몸을 가누지 못할 정도로 인사불성 됐으므로 비켜갈 방법이 없었다. 억울하지만 하소연할 데도 없었다. 두번째는 그 정도로 취해 있진 않았다. 공대생은 호텔 앞에서 너무 당당하게 그녀와 함께 들어갈 것을 요구해왔고, 그녀는 지나는 사람들이 보는 자리에서 그와 밀고 당기는 싸움을 벌일 용기와 배짱이 없었다. 그것이 전부였다. 그녀는 공대생을 조금도 사랑하지 않았다. 다시는 그자를 만나지 않았고 다시는 다리를 가누기 어려울 만큼 취하는 법도 없었다.

그런데 이 년이나 지난 지금, 캠퍼스 아닌 회사에서 그 일로 사직서를 써야 되다니. 미스 현은 울고 또 울었다. 그때 공대생과 호텔로 들어가던 것을 본 사람이 대체 누구란 말인가. 하지만 도리 없는 일이었다. 그걸 보고 소문을 낸 사람을 설령 알게 되더라도 어쩔 것인가.

하지만 미스 현은 그날 사직서를 내지는 않았다. 출근하고 서랍을 빼보니까 뜻밖에 심대리가 써넣은 쪽지가 있었기 때문이다.

"미스 현, 저녁 일곱시에 광화문의 찻집 '장미촌'에서 좀 만납시다. 꼭 드릴 얘기가 있습니다."

쪽지엔 그렇게 적혀 있었다. 심대리를 넘어다봤지만 서류철에 눈을 준 채 그는 시치미 뚝 떼고 있었다. 이상한 불안함과 미묘한 감동이 미스 현의 가슴속에 엇갈려 지나갔다. 혹시 내가 모텔에 들어가는 걸 본 사람이 심대리는 아니겠지, 라고 그녀는 생각했다. 사직서야 언제든 낼 수 있는 일이었다. 그가 그것을 보았든 보지 않았든, 심대리에게만은 과거의 실수를 모조리 털어놓고 싶기도 했다.

퇴근 시간이 왔다.

미스 현이 찻집 '장미촌'에 도착했을 때 심대리는 먼저 와 있었다. 그의 얼굴을 보자 괜히 가슴이 복받쳐 눈앞이 뽀얗게 흐려졌다. 다른 사람은 몰라도 그와는 정말 떳떳하게 마주앉고 싶었는데, 마치 피고석에 앉는 기분이었다. 자신의 몸이 더럽게 느껴지기까지 했다. 미스 현은 눈물을 보이지 않으려고 이를 악물며 간신히 말했다.

"미, 미안해요, 심대리님."

"미안하다뇨? 사과라면 내가 해야죠."

심대리가 소년처럼 뒤통수를 긁었다.

"정말 미스 현에게 죽을죄를 졌습니다. 경쟁자를 이기기 위해 뾰족한 방법이 없어서 그만……"

"무슨 뜻인지, 전……"

"미스 현. 우리, 우리…… 결혼합시다!"

내부의 격정을 참을 수 없다는 듯 그가 갑자기 그녀의 손을 덥석 잡았다. 너무나 절실해서 그의 목소리가 찻집 안을 다 울렸을 정도였다. 미스 현은 순간 뜨거운 감동을 느꼈다. 눈물이 주르륵 흘러 탁자 위에 툭툭, 떨어지고 있었다.

"그, 그럼…… 심대리님, 모든 걸…… 용서하시는 거예요?"

"용서는 내가 받아야 한대도요!"

"아네요. 그 호, 호텔까지 공대생을 따라 들어간 건 내 실, 실수였어요. 그 공대생을 좋아하지도 않았는데…… 절 나무라주세요, 대리님!"

미스 현은 단숨에 쏟아놓았다. 심대리의 얼굴에 핏기가 싹 가셨다.

"정말로…… 호텔엘?"

"……"

심대리가 흥분과 배신감을 눌러 참으려는 듯 천천히 자리에서 일어섰다.

"난…… 라이벌들을 일시에 물리치려고 그런 소문을 냈을 뿐이에요. 설마 미스 현에게 과거가 있을 줄은 상상도 못하고……"

바람 소리를 내며 그가 자리를 떴다.

미스 현이 벌떡 자리에서 일어섰다. 그때 챙그랑 하고 찻잔이 시멘트 바닥에 떨어져 부서지는 소리가 났다. 그러나 미스 현은 아무 소리도 듣지 못했다. 찻집을 나가는 심대리의 완강한 어깨를 보며 그녀는 그대로 석상처럼 굳었다.

침대 때문에

어렴풋이 눈을 뜨자 빗소리가 들렸다.

나는 담배를 찾기 위해 무심코 손을 뻗치다가 깜짝 놀라 목을 움츠렸다. 전신이 가볍게 흔들리고 있었다. 그때야 나는 탄력이 좋은 호화 침대가 내 몸을 부드럽게 받치고 있음을 깨달았다. 나는 일어나 앉았다. 새파란 청자 화병, 자개장롱과 산수화 병풍, 그리고 질 좋은 카펫, 그러나 그런 고급스러운 분위기완 판이하게, 남루한 잠옷을 입고 침대 위에 잠들어 있는 아내와 큰 녀석이 눈에 들어왔다.

나는 고개를 흔들었다.

이곳은 장판 위에 해진 요가 깔린 내 집 안방이 아니었다. 처가의 침실이었다. 처가네 온 가족이 경포대로 떠난 건 점심때였다. "사흘간만 잘 지켜주게나. 밤엔 창문 잠그는 것 꼭 잊지 말고." 장모는 말했다. "바캉스가 따로 있나, 예 있으면 그게 피서지." 그건 그러했다. 처가는 에어컨이 잘돼 있어서 그까짓 돈 처들이고 멀고먼 바다까지 찾아가지 않더라도 종일 땀 한 방울 흘리지 않고 살 수 있는 별천지였다. 국민학교 선생 십 년을 다 채우고도 이천만 원짜리 전세에 들고 있는 자기의 처지하고는 비교가 안 됐다.

그러나 처가네가 부산하게 떠난 뒤 아내와 빈집을 지키고 있으려니까 뭔지 모르게 쓸쓸한 기분이 들었다. 냉장고엔 상표를 알 수 없는 양주가 여러 병이나 있었다. 한 잔만 한다는 게 그럭저럭 반병이나 비웠다. 초저녁부터 곯아떨어진 게 그 때문이었다.

응접실 쪽에서 둔중하게 벽시계가 울었다. 입속으로 헤아려보니까 열두 번이었다. 나는 입을 반쯤 벌리고 잠들어 있는 아내를 한동안 바라보았다. 그동안 생활에 찌든 탓인지 피부는 건조해 보였으나 아직도 처녀 때의 예쁜 티는 그대로 남아 있었다. 이렇게 예쁘고 집안 좋은 아내를 얻기 위하여, 그가 결혼 전 치러야 했던 수많은 모욕적인 사건들이 뱅글뱅글 맴을 돌며 떠올랐다. 장인 장모는 결혼식에 아예 참석조차 하지 않았다. "부모 말을 안 듣는 앤, 자식이라고 할 수 없다." 결혼식 당일 장인은 말했다고 했다.

나는 무엇에 홀린 듯 거실로 나왔다.

머릿속이 이상하게 텅 비어 있었다. 마치 미리 예정이라도 한 것처럼 현관까지 빠져나왔다. 바람은 불지 않았다. 비닐우산을 받쳐들고 골목을 천천히 걷기 시작했다. 아무런 생각도 아무런 감정도 일지 않았다. 인적은 없었다. 마치 내가 걸어가고 있는 길이 그대로 하나의 진공 지대인 것 같았다. 죽은 다음에 걷는 길이 있다면 이럴 것이라고 나는 생각했다. 골목길을 돌고 또 골목길을 돌고 또 골목길을 돌았다. 비슷비슷하면서 한결같이 으리으리한 이층 양옥이 끝없이 줄지어 나타났다.

얼마나 걸었을까, 어느 우람한 대문 앞에서 나는 한 사내를 만났다. 사내는 홀연히, 하늘에서 내려온 것처럼 내 앞에 나타나서 있었다. 기골이 장대했고 모자를 쓰고 있었다. 나는 놀랐으나 사내는 조금도 놀란 눈빛이 아니었다.

"안녕하시오."

사내가 불쑥 손을 내밀었다.

"아, 네에……"

나는 엉겁결에 사내의 투박한 손을 잡았다. 사내는 부드럽게 웃고 있었다. "이 집에 오셨소?" 사내가 우람한 대문 쪽을 가리키며 물었다. "아, 아닙니다." "그래요? 난 또 경쟁자가 아닌가

하고 걱정을 했지요." "경쟁자라뇨?" "내 말에 마음이 상했다면 사과하지요." "난 무슨 말씀인지 도무지……" 사내가 내 왜소한 어깨를 어린애 달래듯 토닥토닥 두드렸다. "그래요. 우린…… 일종의 지나치는 길손인데, 경쟁자라니 말도 안 되는 소리를 내가 지껄였네요. 그러나 뭐 그건 그렇고, 나 좀 도와주시겠소?" "무, 무얼 말씀입니까?" "비도 오고, 이게 좀 높아서요." 사내가 어둠 속에 완강히 버티고 선 담벼락을 가리키며 히죽이 웃었다. "등 좀 빌립시다." 사내가 내 어깨에 손을 짚었다. 나는 엉거주춤 다리를 벌리고 사내의 몸을 받아들였다. 사내가 내 어깨를 밟더니 그대로 담 위에 고양이처럼 올라앉았다.

"고맙소, 피차 일 끝나고 다시 부딪치면 모르는 척합시다."

담 위에서 손을 내밀며 사내는 씩 웃고 말했다. 나는 수줍은 새댁처럼 재차 사내의 손을 마주잡았다. "어느 집을 점찍었는지 모르지만 암튼, 형씨도 재미 많이 보시오." 사내가 쿵, 하고 담 너머로 뛰어내리는 소리가 들렸다. 나는 담 밑에 쭈그려앉았다. 사위는 조용했고 비는 가랑비였다. 어디선가 방범대원이 불고 가는 호루라기 소리가 들렸다. 나는 무심히 사내가 넘어 들어간 담벼락을 올려다보았다. 아니 이것은. 가슴이 철렁 내려앉았다. 낯이 익은 담벼락이었다. 아무래도 내가 잠에서 깨지 않은 모양이었다. 꿈을 꾸고 있는 것 같기도 했다. 나는 눈을 비벼보았다.

다행히 주머니 속에 라이터가 들어 있었다. 대문의 문패 앞에 라이터를 켜 대보았다. 조동화, 라고 쓰인 문패가 눈에 들어왔다.

허어.

나는 머리를 갸웃했다.

조동화라면 바로 장인의 이름이 아닌가. 낭패가 아닐 수 없었다. 집 안쪽에선 아무 소리도 들리지 않았다. 내 등을 밟고 처갓집으로 담 넘어간 사람은 그럼 누구란 말인가. 담을 넘어갔으니 강도나 도둑임에 틀림없다고 나는 생각했다. 사내는 빗물이 질질 흐르는 구둣발로 처가의 윤택하고 잘 정돈된 온 방을 난폭하게 돌아다닐 것이다. 그러나, 이상하게도 나는 꼼짝할 수가 없었다. 감정의 변화도 느껴지지 않았다. 마치 나와 아무 상관도 없는 무성영화의 한 장면을 연기하는 느낌이었다. 나는 다시 대문 옆에 쭈그려앉았다.

비는 여전히 오고 있었다.

한참 후에 안에서 현관문 열리는 소리가 났고, 이내 담벼락 위로 사내의 어두운 모습이 나타났다. "아니 형씨, 아직도 안 가고 있었소?" 사내는 조금 놀란 눈치였다. 나는 말없이 고개를 끄덕거렸다. "왜요? 찍어둔 집에 뭐 변화라도 생겼습디까? 허어, 참. 그렇다고 내가 뭘 나누어드릴 의무는 없고……" "형씨한테 내가 어깨를 빌려드렸잖소?" 갑자기 당당해진 목소리로 내가 묻고, "어깨값을 내놓으라?" 사내가 반문했다. "비싼 값을 받겠다는 게 아니라……" "거참, 형씨도 보통이 아니네. 솔직히 소득이 별로 없어서요. 가볍게 들고 나올 현금이나 보석은 없었소. 금고가 있었지만 열 수가 있어야지. 금고털이는 나도 일가견이 있는데 이놈의 금고는 도무지 열 재간이 없었단 말이오." 사내가 예수처럼 빈손을 벌려 보이고 웃었다. 내가 이번엔 사내의 어깨를 잡았다.

"나한테 어깨나 좀 빌려주시오."

"아, 그럼 형씨가 금고를 열어보시겠다?"

"그건 댁이 상관할 바 아니고. 내가 아까 어깨를 빌려주었으니 이번엔 그쪽에서."

"셈 한번 바르구려!"

사내가 어깨를 으쓱해 보이고 엎드려 내게 등을 빌려주었다. 사내의 어깨를 짚고 나는 담벼락 위로 올라섰다. "잘해보슈, 난 가겠소." 사내가 손을 흔들었다. "안녕히 가시오." 나는 뜰로 뛰어내렸다. 비는 그쳐 있었고, 현관은 잠겨 있지 않았다. 나는 현관에서 신발과 양말을 벗었다. 그리고 역시 나올 때와 같이 혼령처럼 걸어서 장인 장모가 쓰는 안방으로 들어갔다. 아내가 희뿌옇게 다리를 드러낸 채 침대 위에 누워 있었다.

나는 옷을 조용히 벗었다.

촉수 낮은 불빛 아래 드러난 아내의 몸은 여느 날과 달리 아주 관능적이었다. 나는 등뒤에서 아내를 선뜻 껴안았다. 뭐랄까, 이상하고 이상한 세례라도 받고 난 것처럼 나의 전신에서 서늘한 바람이 힘차게 불고 있었다. 기력이 쇠해 어쩌다 아내를 안아도 제구실을 할 듯 말 듯했던 예전의 내가 아니었다. "여보……" 아내가 돌아누우면서 비몽사몽간에 중얼거렸다. "웬일이세요, 오늘밤은." 실오라기 하나 걸치지 않은 아내였다. 나는 전희의 과정을 생략하고 아내의 중심으로 내 중심을 담대하게 밀어넣었다. "어머, 별일도 다 있네…… 두 번씩이나…… 연거푸……" 아내가 속삭였다. 담 넘어 들어온 사내가 무엇을 훔쳐갔는지 알 것 같았다. "다, 침대 때문이야." 나는 말했다. "이렇게 좋은 침대 위에서라면 세 번이라고 못할까……" 나는 덧붙였고, "어쩜 좋아……" 아내가 전신을 힘차게 떨었다.

정말, 모든 게, 그놈의 침대 때문이었다.

신新 도둑론

"어서 좀 들어와보세요."

퇴근한 나를 아내는 무턱대고 안방으로 잡아끌었다.

"아니 왜?"

"글쎄, 어서요!"

건넌방을 연방 곁눈질하면서 나를 잡아들이고 문을 닫은 아내는, "당신 왜 그렇게 눈치가 없어요?" 하고 대뜸 핀잔이었다. "눈치가 없다니?" "아, 말소리 좀 죽이시라니깐요. 현이 엄마 듣겠어요." "현이 엄마가 어째서?" "현이 엄마가요……" 아내는 입안이 마르는지 마른침을 꼴딱 삼키고 가슴을 두어 번 다독거리더니, "결국 쌀까지 손을 댔지 뭐예요." "쌀?" "그래요. 쌀 말예요, 쌀!" 아내는 답답해 죽겠다는 얼굴로 내 앞에 종주먹을 들이대었다.

현이 엄마는 건넌방에 두 달 전 세든 여자였다.

십만 원 보증금에 사글세 팔천 원으로 들어왔는데, 날품팔이 목수 정씨와 사이에 세 살 난 딸애 현이를 두고 있었다. 정씨란 작자는 천성이 말이 없었다. 각이 지게 튀어나온 광대뼈와 인중이 있는 둥 마는 둥 위로 두르르 말려 올라간 소담한 입술과 쇠가죽 같은 피부를 갖고 있었다. 항상 골난 것 같은 표정에다가, 어쩌다 대문 앞에서 딱 마주쳐서, "요즘 날도 더운데 일하기 힘들죠?" 하고 이편에서 먼저 인사를 건네면, "뭘요" 탁 갈라진 목소리로 껌 뱉듯이 한마디 쏘아붙이고는 그만이었다. 이쪽에서 괜히 민망해질 정도였다.

하지만, 난 정씨에 대해 비교적 좋은 인상을 갖고 있었다.

"자고로 인중이 짧고 입술 두꺼운 사람치고 맘보 그른 사람 없다." 어머니는 어렸을 때 곧잘 그런 말을 했다. 정씨를 처음 만났을 때 나는 곧 어머니의 이 말을 상기했고, 그것으로서 나는 정씨를 착하고 내성적인 사람으로만 생각했다. 그러나 아내는 내 생각에 동의하지 않았다. 정씨란 사람은 매몰찬 '소 죽은 귀신'이라는 것이었다.

"무뚝뚝한 걸 말하는 게 아녜요. 글쎄, 어젯밤에는 현이 엄마가 배가 아파 누워 있는데도 활명수 하나 사다줄 생각을 않는 거예요. 그저 차려놓은 밥상만 아귀아귀 축내고 슬그머니 눕더니 금방 드르렁드르렁 코를 골아요. 보다못해 약은 내가 사다줬지만요. 그런 주제에 여편네 하나는 잘 만났지. 암, 잘 만나고말고……"

아내는 현이네가 이사 오고 일주일도 지나지 않아서 현이 엄마를 추어올리기 시작했다. 싹싹하고 바지런하고 살림하는 게 그렇게 정갈하고 알뜰살뜰할 수가 없다고 아내는 아예 입에 침이 말랐다. 아내의 이런 칭찬은 상당히 설득력이 있어 보였다. 우선 생긴 거부터가 정씨하곤 어울리지 않다 싶게 깔끔했고, 인사성 발랐으며, 항상 웃는 얼굴이어서 표정이 밝은 게 또한 마음에 들었다.

"좋겠구먼. 당신 소원대로 마르고 닳도록 함께 살게 됐으니."

좋은 사람 만나 다행이라고 희색이 만면한 아내를 향해 이렇게 말하면, "그럼요. 현이네 집 사서 나가기까진 함께 살자고 벌써 약속을 해놨어요." 아내는 모처럼 만난 좋은 말동무 현이 엄마에게 필요 이상으로 기대와 감사의 마음을 갖는 눈치였다. 하긴 방이 작았기 때문에 그동안에 세든 사람들은 모두가 학생이거나 직업이 알쏭달쏭한 아가씨 혼자거나 한 것을 고려하면 아내의 이런 기대는 당연하다고 할 만했다. 그러나 이사 오고 일주일쯤 넘겼을 때 아내의 기대와 감사가 전적으로 배반당하게 될 첫번째 조짐이 나타났다.

"여편네가 다른 건 다 좋은데 좀 푼수가 없어요."

저녁 밥상머리에서 불쑥 아내가 말했다.

"푼수가 없다니?" "아, 자꾸 당신 방엘 들락거리잖아요." "그거야 뭐, 심심하니까 읽을 만한 소설책이라도 찾았던 게지." "그뿐이 아니라고요. 오늘도 고모가 오셨기에 분말 주스라도 탈까 하고 냉장고를 열었더니 얼음이 없잖아요?" "얼음이 왜 없어?" "잠깐 집 비운 사이 현이 엄마가 꺼내간 거죠, 뭐."

그러고 또 일주일쯤 지나서였다.

아내는 전번보다 더 찜찜하고 어두운 낯빛으로, "현이 엄마 말예요, 손버릇이 나쁜 거 같아요"라고 말했다. "뭐야?" "틀림없어요. 오늘도 시장에서 가지를 열한 개 사다 냉장고에 넣었는데 가게에 좀 갔다 오니까 아홉 개밖에 없었어요." "당신이 개수를 잘못 헤아린 거지." "아니란 말예요. 열 개를 사고 덤으로 한 개를 얻었는걸요. 이번만이 아니에요. 생각해보니까 그동안 몇 번이나 이런 적이 있었어요. 설마가 사람 잡는다더니……" 나는 아내가 근거 없이 사람을 의심하리라고는 생각하지 않았지만 어쨌든 그날은 '그러는 게 아니다'라고 여러모로 아내를 다독거리고 나무라고 그랬다.

서너 주일이 아무 일 없이 갔다.

아니, 아무 일 없이 간 것이 아닌 모양이었다. 내게 말해봤자 핀잔만 듣겠다 싶었던지 아내는 말문을 닫고 혼자 끙끙 앓았던 모양이었다. "내보내야 되겠어요." 아내는 며칠 전 마침내 이렇게 결론을 내렸다. "근거도 없는 일을 가지고 어떻게 갑자기 사람을 내보낸다는 거야?" "근거가 왜 없어요? 난 다 근거가 있다고요. 세상에 나무랄 데 하나 없는 여자가 어찌 그런 못된 버릇은 배워가지고…… 다른 건 몰라도 손버릇 나쁜 여자하곤 함께 못 산다고요. 집안의 도둑이니 죽일 수도 살릴 수도 없는 형편 아녜요." "그래도 좀더 지내봐. 그까짓 반찬나부랭이 설령 손을 좀 댔으면 어때?" 나는 끝내 대수롭지 않게 넘겼다. 아내의 말을 들으니 그건 틀림없는 사실인 모양이었다.

어제 일요일만 해도 그랬다. 아내와 애들까지 데리고 처가에 갔다가 밤늦게 돌아왔는데, "아무래도 찜찜해서 뒤주의 쌀에다 표시를 해놓고 갔었지요. 그런데 글쎄 오늘 아침에 보니까 한 말쯤이나 쌀을 떠냈잖아요." 아내가 말했다. 있을 수 없는 일이었다. "그래서 현이 엄마를 불렀죠, 뭐." 아내가 덧붙였다. "아니 그럼 말을 했단 말이야?" 내가 반문했다. "했죠. 나도 뭐 가슴이 막 벌렁벌렁 떨리는 걸 꾹 참고 따져 물었어요." "그랬더니?" "첨엔 아주 딱 잡아떼데요. 그러다가 내가 조목조목 따지니까 별수없다고 생각했나봐요. 현이 아빠가 품삯을 아직 못 받아서 그랬다고 하면서 곧 쌀을 구해다 채워놓을 예정이었대요. 울먹울먹해가며 변명하는 게 보통 단수가 아네요. 아주 상습범이라고요." "허어, 참."

나는 어이가 없어 입을 다물었다.

현이 엄마의 조금도 구김살 없는 천진한 표정이 떠올랐다. 그 여자의 어디에 그런 못된 버릇이 숨겨져 있었을까. 그러나 솔직히 말해 나는 도무지 아내의 말을 다 듣고 나서도 특별히 현이 엄마가 밉거나 하진 않았다. 어쩐지 설익은 코미디를 보고 있는 기분이었다. 나는 키들키들 웃었다. "이 양반이 웃기는……" 아내는 눈을 하얗게 흘기고 나서, "나가달라고 했어요" 하고 말했다. "그래, 나간대?" "현이 아빠가 알면 자기는 맞아 죽을 거라면서 두서너 달 여유를 달래요. 뻔뻔스럽기가 이만저만 아니에요." "그렇게 해주지, 뭐." "뭐라고요?" "아무려면 그만한 정도의 뒤주에서야 한 말 이상 퍼갈 수 있겠어?" "이이가 도대체…… 한 말이든 두 말이든 그게 문제가 아니라고요. 한집에 살면서 몇 달씩 이러다간 지레 내 편에서 죽을 거예요. 신경쇠약에 걸리겠어요." "그렇지만 안 나가겠다면 도리 없잖아. 당신 그만한 일로 도난 신고라도 할 배짱 있어?" "신고는 무슨 신고예요? 사람 가죽 썼으면 당연히 나가야죠. 현이 아빠 들어오면 딴 핑계로 방을 빼야 되겠다고 얘기할 생각이에요."

그때 현이의 우는 소리가 들려왔다.

우리 부부는 멈칫하면서 건넌방에 귀를 기울였지만 끝내 현이 엄마의 목소리는 건너오지 않았다. 현이만이 더 악을 써대는 걸 보면 아마 말없이 꼬집고 쥐어박고 그러는 모양이었다. 그러면서 이내 어둠이 왔다. 다음날부터 아내는 대청마루 출입도 전전긍긍이었다.

"괜히 무서워 죽겠어요."

아내는 정말 두려운 모양이었다.

"쌀 퍼간 것도 모르는 척할 걸 그랬어요. 그냥 우리가 방을 써야 되겠다고 하는 건데……" 사흘도 못 가 아내는 이쯤으로 기가 죽었다. "현이 아빠한텐 얘기했어?" "못했어요. 말하려고 하다가도 그 양반 얼굴만 보면 눈앞이 아득해지면서 다리 힘이 확 풀리는걸요." "현이 엄마가 얘기했을까?" "그 속을 누가 알아요? 한통속이다 생각하면 이미 얘기를 듣고도 모르는 척할 거 같고, 그날 현이 아빠 무서워하던 거 생각하면 얘기했을 리가 없을 것도 같고……" "그런데 당신은 뭐가 무섭다는 거야?" "자고로 도둑은 쫓기만 할 일이지 잡으려 들면 이편에서 먼저 상한다고 하잖아요." "아무려면……" "글쎄, 그런 줄 몰랐는데, 현이 엄마가 보통 독한 여자가 아녜요." "그건 또 무슨 말이야?" "어제 저녁엔 고양이만한 쥐를 산 채로 잡아 줍디다. 등을 요렇게 쥐어가지고 마당에 나가 태질을 치는 거예요. 한번 태질을 당한 쥐가 반쯤 죽어서 비칠비칠 모로 걸어가니까 냉큼 또 한번 잡아서……" 아내는 몸서리를 쳤다. 나는 아내의 말을 웃어넘기려고 했다. 그러나 목구멍을 타고 소리 없이 기어오르던 웃음이 이상하게도 목젖에 딱 걸려 넘어오질 않았다. "요즘엔 경희도 함부로 골목에 내놓기가 겁나요. 작년이던가, 왜 그런 일이 있었잖아요. 세든 여자가 주인댁 밉다고 그 집 애를……" "무슨 그런 말을!" 나는 터무니없이 빽 하고 소리질렀다.

경희가 생각났다. 세 살 난 내 딸애였다. 이제 막 말을 배우느라 종일 골목을 쏘다니면서 온갖 귀여움을 다 떨었다. "아빠! 다리가 마려워." 며칠 전에도 경희는 슬그머니 무릎에 올라앉으며 그렇게 말했었다. "다리가 마렵다니? 쉬할래?" "아니 아니." "그럼 끙 하고 싶니?" "아니라니까." 부엌에서 부녀의 대화를 듣고 있던 아내가 끼어들지 않았더라면 나는 아마 한참 동안 상형문자 같은 '다리가 마렵다'를 풀어내기에 고심했을 터였다. '다리가 마렵다'라는 건 '다리가 저리다'라는 뜻이었다. 듣고 보니 그 표현이 그렇게 적절하고 재미있을 수가 없었다. 그런 경희를 전혀 이치에 맞지 않는 상상 속에 불행한 주인공으로 투영시킨 아내의 말은 확실히 망발이 아닐 수 없었다.

그러나 내 기분도 별로 좋지는 않았다.

나는 마침내 현이네를 내보내야 되겠다는 결론을 얻었다. 하지만 방법이 문제였다. 자칫 잘못하다간 정말 돌이킬 수 없는 사태로 싸움이 될 수도 있었다. "당신은 남자가 그게 뭐예요." 아내는 곧잘 이렇게 내게 시비를 걸고 나왔다. "뭘 말이야?" "왜 현이네를 내보내지 못하느냐고요." "어떻게 내보내라는 거야?" "오늘 현이 아빠 불러서 이야기를 좀 하세요." "현이 엄마가 쌀까지 퍼가니 못살겠다고?" "이이는……" 아내는 펄쩍 뛰었다. "그랬다간 큰일나요. 그저 적당히 꾸며대서 방을 우리가 써야 되겠다고 그래보세요." "뭐라고 적당히 꾸며대?" "나보고 물음 어떡해요?" "아, 셋방 내놓고 들이고 하는 거야 당신 소관 사항 아냐." 나는 왈칵 역정을 냈다. "이번은 경우가 다르잖아요." "다르긴 뭐가 달라!" "왜 안 달라요!" 아내도 속이 상하는 모양이었다. "그럼요! 차라리 우리집을 내놉시다." "집을 내놔?" "그러잖아도 이 집 부엌이랑 지하실이랑 불편해서 못 살겠어요." "하지만 이 집 팔아서 이 집만한 것을 살 수 없다고 그러잖았어?" "좀 줄여서라도 편리한 집으로 가면 되는 거죠. 현이네 나가달라는 것도 명분이 생기고요."

"허어, 이거야 원……"

나는 입을 다물었다. 집을 팔아서라도 '명분'이라는 걸 만들겠다는 아내의 생각이야 백번 지나치고 엉뚱한 발상임에는 틀림없지만, 아내의 심리적 불안감에는 나도 사뭇 동정이 갔다. "내게 당장에 백만 원이 생기면 협심증에 걸려 죽을 것이다"라고 천재적인 작가 이상은 말했다지만, 백만 원이 생긴 게 아닌데도 불구하고 아내는 조만간 '협심증'에 걸릴 여러 가지 좋지 않은 징후를 보이고 있었다. 거기에 비해 현이네는 여전하였다. 전보다 대청마루에 자주 나오진 않는 것 같았지만 겉으로 느끼기엔 멀쩡해 보였다. 어쩌다 현이 엄마와 마주쳐도 미소 띤 얼굴로 인사는 깍듯이 '정월 초하루'였다.

두어 주일 후던가. 일요일이었다.

나는 대문간에 서서 파출소 김순경과 이야기를 나누고 있었다. 한 달 전까지도 우리집에서 임시 기거하던 조카애가 취직한 직장에 우리집 주소로 신원증명원을 냈기 때문이었다. 김순경은 이것저것 관례적인 것을 묻고 있었다.

그때 현이 아빠 정씨가 연장 그릇을 메고 나왔다.

그는 나를 보더니 국민학생처럼 꾸벅 고개를 숙였다. "참, 현이 아빠!" 나는 무심코 그를 불렀다. 대문간을 벗어나 벌써 저만큼 골목을 걸어나가던 그가 엉거주춤 돌아섰을 때야 나는 당황하기 시작했다. 어떤 형태로든 한번은 그와 이야기를 나눠야 되겠다는 무의식적인 강박관념이 그를 불러 세우게 했지만 막상 어떻게 이야기를 꺼낼 것인지에 대해선 아무런 준비도 하지 못하고 있었다. "저…… 저녁때 잠깐 만납시다. 상의할 일이 좀 있는데……" 나는 간신히 그렇게 일러서 그를 놓아 보냈다.

그러나 저녁때 그는 쉽게 돌아오지 않았다.

밤 열시가 되는 걸 보고서야 우리 부부는 잠자리에 들었다. 오히려 잘됐는지도 몰랐다. 꿈에, 현이네는 경희를 끌고 황토층의 산비탈로 올라가고 있었다. 경희가 엄마를 부르며 아우성을 쳤지만 현이네 부부는 무표정한 채 뒤도 돌아보지 않았다. 나는 경희를 따라가기 위해서 몸부림을 쳤다. 그러나 조금도 발이 떨어지지 않았다.

그때 아내가 내 어깨를 흔들었다.

"여보! 현이 아빤가봐요."

아내가 숨가쁘게 속삭였다. 나는 깜짝 놀라서 벌떡 일어나 앉았다. 문을 조심스럽게 두드리는 소리가 들려왔다. "누, 누구요?" "접니다. 현이 아빠예요." "무, 무슨 일이오?" "문 좀 여세요." 나는 시계를 보았다. 열두시가 다 되고 있었다. "내일 얘기하죠." "아닙니다. 문 좀 열어주시라니깐요." 도리 없는 일이었다. 나는 대강 옷을 입고 문을 열었다.

그가 성큼 안으로 들어섰다.

술냄새가 확 풍겼다. "어머!" 아내가 잠든 경희를 끌어안고 방구석으로 뒷걸음질을 쳤다. 그의 손엔 날이 잘 갈린 커다란 식칼이 들려 있지 않은가. "무, 무슨 짓이오?" 나는 사지가 석회질처럼 빳빳하게 굳는 기분이었다. "선생님!" 그가 식칼을 방바닥에 탁 놓더니 무릎을 꿇고 앉았다. "인제 이판사판입니다." "이판사판이라뇨?" "이놈은 지금까지 가난하게는 살았지만 남의 것 손 대본 적은 없다 그 말입니다." "그, 그래서 어쨌다는 거요?" "그런데 여편네가 일을 저질렀습니다." "그거야 살다보면 그런 일도……" "아뇨, 그런 일이 있으면 안 되는 겁니다!" "그렇다고 칼을 들고 이게 무슨 꼴이오?" "누가 선생님 위협이나 하려고 들고 온 칼인 줄 아십니까?" "어쨌든 칼은 치우고 봅시다."

나는 조심스럽게 손을 뻗쳤다.

우선 칼이라도 치워놔야 무슨 얘기든 제대로 그의 사연을 들을 수 있을 것 같았다. 그러나 내 손보다 그의 손이 훨씬 빨리 움직였다. 칼날에 형광등 불빛이 차갑게 쪼개지고 있었다. "나이 서른이 넘어서 식도 없이 살림부터 차렸어요. 공사판 옆의 밥집에 있던 걸 줍다시피 해서 데려다놨는데, 그거나마 사이에 현이를 두고 보니까 죽이고 살리고가 그렇게 쉽질 않데요." "담배 한 대 태웁시다." 나는 담배를 권했다. 어떻게 하든 그의 마음을 가라앉히지 않으면 안 된다고 생각했다. 고맙게도 그는 담배를 받아 물었다.

"며칠 전에야 얘길 들었습지요."

그의 이마에 땀방울이 송글송글 묻어나고 있었다.

"당장이라도 물고를 내고 싶었지만 동네 소문이 무서워 그동안 참았지요. 그저 이사 갈 집만 알아보고 다니는 판인데 오늘 선생님이 순경을 불러온 걸 보고 일이 글렀구나 했어요." "순경은 그 일 때문에 온 것이 아닙니다." "거짓말하실 것 없어요. 달랠 생각도 말구요." "정말이라니까요. 내 조카애 신원조사차 왔던 겁니다. 현이 아빠 뭔가 단단히 오해를 하신 것 같은데……" "오해고 자시고 없죠. 순경이 그 일 땜에 왔든, 다른 일 땜에 왔든, 마찬가지니까요. 여편네가 집을 나갔습니다." "뭐라고요?" "여편네는 아마 그 일이 있고 나서 별의별 생각을 다 했던 모양이에요. 하루하루 사는 게 얼음판이었지요. 문소리만 나도 가슴이 덜컥덜컥 내려앉고요. 엊저녁엔 헛소리까지 하더구먼요. 살려주세요, 살려주세요, 하는 것이 아마 선생님한테 호되게 당하고 있는 것 같았어요. 식은땀을 뻘뻘 흘리는 걸 보니까 측은하기도 하고 화도 나서 몇 번 발길질도 했지요. 그러다가 오늘 아침 순경이 찾아온 걸 보더니 눈이 뒤집혔던가봐요. 애를 안고 아까 일터에 찾아왔더라고요. 나한테 애를 떠다 맡기곤 말 한마디 없이 삼십육계를 놓는 거예요."

"참……"

나는 이제 정씨가 조금도 두렵게 느껴지지 않았다. 오히려 처음 아내한테 그 사건의 전말을 들었을 때처럼 경망스러운 코미디언의 몸짓을 보고 있는 느낌이었다. "난 이제……" 사내가 칼 든 손을 들면서 단호하게 말했다. "칼로 내 배를 째고 선생님께 속죄를 하렵니다!" 온몸에 벌레가 기어다니는 것처럼 스물스물 웃음이 피어오르는 걸 참기 위해 나는 한차례 입술을 강하게 깨물어야 했다.

"여보슈, 현이 아빠."

나는 앉은 채 말했다.

"칼로 배를 째든 다리를 자르든 그건 내 알 바가 아니오. 하지만 맹세코 우린 아무에게도 현이 엄마 일을 얘기하지 않았소. 앞으로도 얘기 안 할 거고요." "그래도 나 같은 놈은 죽어야 합니다." "글쎄, 죽는 건 말리지 않겠다니까. 그러나 사정은 피차일반이에요." "피차일반이라구요?" "좀더 있었으면 우리 마누라도 애는 나한테 집어던지고 집을 뛰쳐나갈 뻔했소." 나는 더이상 참지 못하고 체신없이 참았던 웃음을 한꺼번에 쏟아놓았다. 정씨가 칼을 내려놓으며 '이 양반 돈 게 아닌가' 하는 얼굴로 멀거니 바라보는 걸 느끼면서도 나는 좀체 웃음을 거두지 못했다. 이거야말로 진실로 피차일반 아닌가. 이 정도의 살림이면 주인이든 세든 사람이든 형편은 거의 마찬가지나 다름없었다. 입장은 그동안 달랐지만 서로가 불안해했던 그 근본적인 심리적 상황은 같았던 셈이었다. 나는 오히려 정씨 부부에 대해 혈족 같은 따뜻한 애정이 샘물처럼 솟아오름을 느꼈다.

다음날 퇴근하자 아낸 다시 나를 안방으로 잡아끌었다.

"왜 이래, 또 쌀이 축났어?"

"말소리 좀 죽여요, 여보." 아내는 버릇처럼 눈을 하얗게 흘기고 나서, "이상해요. 엊저녁 현이 아빤 현이 엄마가 집을 나갔다고 그랬잖아요?" "그랬지." "근데 현이 엄만 아침부터 멀쩡하게 집안을 돌아다니던걸요." "그거야 새벽에 들어왔겠지 뭐." "새벽엔 목소리조차 안 났단 말예요." 아내는 아무래도 납득할 수 없다는 듯이 고개를 갸우뚱했다. 나는 또 한번 터지려는 웃음을 지그시 어금니로 깨물어놓고, "그래, 당신한테 암말도 안 해?" 물었다. "그동안 미안하다고요. 방을 구했다면서 다음주 이사 가겠다고." "거 잘됐구먼." "막상 이사 간다니까 서운하지 뭐예요." 아내는 얼굴에 금방 섭섭한 그늘을 떠올리며 시선을 내리깔았다.

"그럼 마르고 닳도록 함께 살자고 해보지, 뭘."

"그걸 말이라고 하세요!"

곱게 눈을 흘기는 아내를 나는 힘껏 두 팔로 끌어안았다.

풍경 소묘

참으로 한가로운 오후였다.

K시에서 남쪽으로 길게 뻗어간 철길을 국민학교 학생인 듯 보이는 세 명의 아이가 걷고 있었다. 철길 양쪽엔 아직 겨울의 잠에서 덜 깬 몸짓으로 검은 들녘이 질펀하게 누워 있고 멀리 K시 너머의 바다에서 뱃고동 소리가 간간이 그 들녘을 가로질러왔다. 철길의 오른쪽엔 K시로 향한 신작로와 양철지붕의 작은 학교가 보였다. 학교 앞의 신작로엔 지금 막 통나무를 적재한 트럭이 뽀얗게 먼지를 날리며 지나고 있었다. 교사와 도로와 움직이는 자동차까지도 풍경화의 일부처럼 고즈넉했다.

철길을 걷는 아이들은 말이 없었다. 지친 듯한 표정에 아무렇게나 거머쥔 책가방이 퍽 힘겨워 보였다.

철길의 옆을 흐르는 개울에서 작게 물소리가 들려왔다. 그 물소리에 섞여 K시의 소음이 꿈결처럼 건너왔다. 잔잔한 햇살이 철길의 양끝에서 환하게 출렁거렸다.

"오늘은 기차도 안 올랑갑다?"

조금 키가 커서 그런지 파리해 보이는 앞쪽의 아이가 먼저 입을 열었다.

심심한 듯한 졸음기가 아이의 목소리에 진하게 배어 있었다. 또 침묵이 왔다. 표정으로 보아 나머지 두 아이는 뭔가 골똘히 생각하는 모양이었다. 아주 조용한 바람 소리가 철길의 먼 곳에서부터 서서히 굴러왔다. 철로의 끝은 언덕으로 가려 보이지 않았고 언덕과 철길이 맞닿은 곳에서 아지랑이가 손에 잡힐 듯 가물거렸다.

"귀가 처묵었냐? 말 좀 해봐라."

키 큰 아이가 짜증을 내며 홱 뒤돌아보았다. 멀리, 먼지에 휩싸인 트럭이 K시로 들어서고 있는 중이었다.

"기차가 올 시간이 됐냐?"

뒤에 따라오던 키 작은 아이가 가방을 어깨 위로 추스르며 심술 사납게 대답했다. 아이의 눈은 탁하게 흘러가는 개울물을 따라 천천히 움직이고 있었다.

"시간이 안 됐다고? 웃기지 마. 다른 날 같음 볼써 왔을 기구먼. 안 그러냐, 홍식아!"

홍식이라고 불린 가운데 아이가 잠시 키 큰 아이를 올려다보았다. 그러곤 다시 고개를 떨구어 무수하게 쌓여나간 철로를 받친 침목을 내려다보았다. 일정한 간격으로 뻗어나간 두 개의 검은 평행선은 햇빛을 받아 번질번질했다. 저 철로가 저 자리에 놓여 있는 게 얼마나 오래됐을까…… 하고 아이는, 어쩜 그런 생각을 하고 있는 것처럼 보였다.

어디선가 뻐꾸기가 투명하게 울었다.

잠시 동안 정적이 왔다. 멀리 서쪽 들녘을 지나온 손수건만한 구름송이가 소리 없이 아이들의 머리 위를 지나갔다.

"이 철둑길의 그림자를 좀 봐라. 조렇게 깨굴을 반도 넘었는디 시간이 안 돼?"

키 큰 녀석이 자신의 몸이 잘려나간 둑의 그림자를 손가락질하며 의기양양한 웃음을 떠올렸다. 개울의 양쪽은 잡초가 무성했다. 철길의 그림자는 개울의 삼분의 이쯤에서 밋밋하게 흘러가는 물길을 반듯하게 끊어놓고 있었다.

"니미! 기차가 올 때믄 그림자가 저 깨굴을 넘었는디 지금 깨굴을 넘었단 말이냐?"

작은 아이가 큰 애를 정면으로 쏘아보았다. 까마득하게 뱃고동이 울려오자 소금내 나는 바닷바람이 아이들 사이로 불어갔다.

"무신 깨굴을 넘어? 깨굴의 반도 안 와서 기차는 잘도 오드라."

"짜아식! 언제 오데?"

작은 놈의 목소리가 날카로워지자 큰 녀석도 말끝이 높아졌다.

"어저께도 오드라. 그리고 그저께도 오고, 또……"

"공갈 마, 자슥아. 니가 어저께 핵교나 왔냐?"

"핵교는 안 왔어도 난 봤다."

"보긴 뭘 봐?"

"아부지랑 논에 갔다 옴시롱 봤다."

"아펐담서 으뜷게 논에 갔냐?"

"아프면 논에도 못 가나 머."

"아픈디 으뜷게 가?"

"왜 못 가? 왜 못 가?"

마침내 큰 애가 제자리에 섰다. 작은 아이를 건너다보는 눈매가 차돌같이 반짝거렸다. 개울에 드리운 그림자가 파르르 떨었다. 잠시 가벼운 긴장이 세 아이 사이를 흘러갔다.

"무신 쌈을 헐라고 그러냐?"

말없던 홍식이가 작은 아이와 큰 놈의 가운데를 막아섰다. 정적이 불안했다. 큰 놈의 시선이 먼저 풀어지기 시작했다. 서서히 등을 돌렸다. 어디선지 또 한번 뻐꾸기가 은은하게 울었다.

"내가 머 쌈헐라고 그러냐? 자슥이 자꼬 우기니까 그렇지……"

"정말이다. 기차가 올라믄 아직도 멀었단 말이다."

작은 녀석이 날카롭게 소리쳤다. 녀석의 눈은 아직도 키 큰 아이의 등에 고정되어 반짝거렸다.

"머라고? 니 끝까지 그럴 기냐?"

큰 아이가 다시 왈칵 돌아섰다. 차가운 시선이 공간에서 격렬하게 부딪쳤다. 국도의 저쪽에서 맹렬한 엔진 소리와 함께 밝은 색깔의 버스가 나타났다. 바람이 불어왔다. 아이들의 속눈썹이 파르르 경련하는 것 같았다.

"느그들 기차가 오면 뭐할라고 그러냐? 기차가 오면 규식이 느그네 아부지라도 온단 말이냐? 오긴 머가 오냐? 인민군에게 끌려갔으닝게로 볼쎄 죽었을 기라던 느그 엄마 말하는 소리도 못 들었냐? 또 느그 할아부지는 얼매나 기다렸냐? 시방도 맨날 기차만 오믄 정신없이 역으로 뛰어오지 않는가 말이다. 동네에서는 느그 할아부지 미쳤다고 하드라!"

홍식이가 빠르게 말하고는 천천히 돌아서서 먼지를 뒤집어쓰고 달려가는 버스를 바라보았다. 아이들은 갑작스럽게 시선을 풀며 조금 쓸쓸한 표정이 되었다. 키 큰 놈이 왈칵 일어서서 걷기 시작했다.

"허긴 머…… 홍식이 니도 그렇지. 볼쎄 삼 년도 더 기다렸는디 머가 왔냐? 빌어묵을 도망간 엄마가 니 생각이나 헐라고……"

작은 아이가 돌멩이를 힘껏 던졌다. 철로의 모서리에 맞은 돌멩이는 날카로운 음향과 함께 산산이 부서졌다.

그들은 이미 언덕을 돌아나가고 있었다.

거기서부터 철길은 아주 곧게 뻗어나가고 있었다. 언덕이 끝나는 곳에 작은 역사驛舍가 보였고, 그 역 앞에서부터 길게 나 있는 소로에 지금 자전거 한 대가 국도를 향해 천천히 굴러가고 있었다. 그 국도와 역의 중간쯤에 대여섯 채로 보이는 먼지 앉은 초가가 골패 모양 덩그렇게 엎어져 움직이지 않았다. 아이들은 괜히 눈물이 날 것 같은 표정이 됐다. 아지랑이가 철길의 끝에서 잔잔하게 피어올라 풍경의 일부를 흐릿하게 했다.

"가아만! 기차가 오는갑다! 소리 들리지. 기차 소리 안 들리냐?"

아이들은 일제히 뒤를 돌아다보았다. 멀리 K시를 빠져나오고 있는 디젤 기관차의 머리가 햇빛에 반사되어 번쩍하고 빛났다.

역사의 뒤는 작은 언덕이었다. 푸르스름하게 잔디가 깔린 동산 위에 늙은 소나무가 몇 그루 서 있었다. 소나무 끝엔 파란 하늘이 반쯤 내려와 걸려 있었다. 역사는 작았다. 판자로 아무렇게나 만든 책상과 나무 캐비닛 하나로 꽉 차 보이는 사무실 구석엔 숙직실이라는 붉은 글씨의 간판이 걸려 있었다.

숙직실 안은 판자로 가려 보이지 않았다.

그 왼쪽으로 사무실 크기만한 대합실, 대합실 북쪽 벽에는 붓으로 쓴 열차 시간표가 여섯 개의 압핀으로 눌러져 있고 바닥엔 퇴색한 나무의자가 길게 옆으로 놓여 있었다.

대합실 안엔 세 사람이 있었다.

앞섶이 까맣게 때가 낀 작업복 차림의 노인은 나무의자에 조는 듯한 몸짓으로 앉았고 노인의 정면, 창 곁으로 젊은 남녀가 붙어 서서 멀리 국도를 지나가는 버스를 바라다보았다. 남녀의 옷차림은 화사하지는 않았으나 이 작은 역에는 어울리지 않아 보였다. 때때로 노인이 눈을 들어 남녀를 바라보았다. 바람 소리가 역사 뒤의 언덕에서 들려왔다. 노인이 한숨을 쉬었다. 깊고 진한 울림으로 노인의 한숨은 작은 대합실 안에 오래도록 여운을 남겼다.

"갈 곳이 없는가보죠?"

여자가 먼저 입을 열고 남자를 바라보았다. 긴 머리채가 여자의 어깨에서 잔잔하게 출렁거렸다.

"글쎄, 아마 기차를 기다리고 있는지도 모르지……"

여자가 힐끗 노인을 돌아다보았다. 그때, 노인의 눈은 여자의 등에 있었지만 아주 먼 곳을 바라보는 그런 시선이었다.

"누굴 기다리고 있는 것 같기도 하고……"

여자가 말끝을 흐렸다. 자전거를 탄 사내가 그들이 선 창 앞을 지나서 국도 쪽으로 느리게 몰아갔다.

가까운 곳에서 뻐꾸기가 투명하게 울었다.

여자가 손을 들어 유리창을 문질렀다. 여자의 손이 지나는 대로 창밖의 풍경이 더욱 선명해졌다. 길고 하얀 손가락이었다. 그때 열차의 엔진 소리가 대합실에 들려오기 시작했다. 노인의 눈이 번쩍 빛나는 것 같았다. 여자가 손가락을 멈추고 사내를 돌아보았다. 노인이 먼저 일어섰다. 그러고는 빠른 걸음으로 남녀가 서 있는 쪽의 출입구를 나섰다.

뻐꾸기가 또 울었다.

너무 고즈넉한 풍경이어서 헤살거리고 싶어하는 느낌이 뻐꾸기 소리에 깃들어 있었다. 노인은 남녀가 서 있는 창의 저쪽에서 이마 위에 손을 올려붙이고 열차를 바라보았다. 눈부신 표정이었다.

"기차가 오나봐."

"그런데 왜 역원이 안 나타나지?"

"아마 점심식사를 하러 갔나보죠?"

"그래도 기차가 오는데 안 올 리 없잖아?"

"아니에요, 저 차는 급행이라서 여긴 쉬지 않아요."

"어떡하지?"

"그냥 기다려봐야죠."

"사무실 쪽으로 돌아가볼까?"

"거기도 잠겨 있어요. 아까 가봤는걸요."

열차 소리가 점점 가깝게 들려왔다.

남자가 창을 통해 사무실 안을 넘어다보았다. 수동식 전화기가 북쪽 벽에 붙어 있고 그 밑으로 때묻은 서류함이 오랫동안 거기 놓여 있던 것처럼 고정되어 있었다. 사내의 눈길은 자연스럽게 서류함 부근에서 멎었다. 한 개의 여행용 가방이 서류함 위에 단정히 놓여 있었다. 까만 색깔의 가방은 군데군데 해져서 여행을 즐기는 주인의 분신처럼 생각되었다.

이때, 달음질치는 발소리가 열차의 소리에 섞여 들려왔다. 사내가 좀 안타까운 표정으로 고개를 돌렸다. 가방을 어깨에 멘 세 명의 아이가 그들의 앞을 뛰어가다가 멈춰 섰다. 아이들은 거의 동시에 대합실 안의 여자를 향해 고개를 숙였다. 여자가 부드러운 미소를 띠며 가볍게 끄덕였다. 노인이 약간 놀란 눈을 하고 아이와 여자를 번갈아 보았다. 아이들은 곧장 노인의 곁으로 달려갔다. 노인과 아이들은 하나가 되어서 달려오는 열차를 바라보았다. 조용한 흥분과 기대가 그들의 눈에서 빛나는 듯 보였다.

"우리 학교 애들이에요."

여자가 말했다.

"가난한가보군……"

"K시 부두에서 노동을 하는 부모를 모시고 있는 게 반절이 넘거든요."

"때때로 역겨워지지 않아?"

남자가 무심코 물었다. 잠시 침묵이 왔다. 그때 열차가 길게 기적을 울리며 그들의 창 앞을 빠르게 지나갔다. 플랫폼의 노인과 아이들이 서서히 열차가 멀어지는 방향으로 돌아선 채 움직이지 않았다. 하얀 햇살 속에 그들의 어깨가 고적하게 보였다.

"어쩌다 훌쩍 떠나고 싶을 때도 없진 않아요."

여자는 좀 쓸쓸한 표정이 되었다.

"처음 왔을 땐 무기력한 이 고장 사람들이 견딜 수 없었어요. 여기 사람들은…… 가난하지만 항상 무언가 기다리고 있어요. 막연한 기다림이라고 해서 그들을 나무랄 수는 없지 않아요? 도시에서 나는 그냥 말라가는 사막 같았어요. 한 장의 그림도 그릴 수 없었던 아틀리에, 흰 대리석 벽, 초조하고 뾰족한 시간들이 빼앗아간 건강과 여유를 나는 지금…… 서서히 되찾고 있는 중이에요. 기다림, 옛 꿈, 내가 스스로 길가에 버리고 온 진실, 그런 것들요."

여자가 말을 멈췄다. 그녀는 무슨 말인가를 망설이고 있는 것처럼 보였다. 플랫폼에선 아이들과 노인 사이에 약간의 승강이가 벌어지고 있었다. 남자와 여자가 그들을 내다보았다. 아이들이 노인에게 집으로 돌아갈 것을 조르는 모양인데 노인은 말을 잘 듣지 않았다. 노인의 눈은 아지랑이 속으로 거의 사라져가는 열차의 꽁무니에 고정되어 있었다. 아이들이 노인의 옷자락을 붙잡고 흔들었다. 노인이 벌컥 돌아서며 아이들을 향하여 뭐라고 소리를 질렀다. 그러자, 키 작은 아이가 홱 돌아서더니 먼지가 쌓인 신작로를 향해 잽싸게 달려가기 시작했다. 녀석은 울고 있는 것처럼 보였다.

"석영씨가 이제…… 나를 포기했으면 해요."

여자가 마침내 무겁게 고개를 숙였다. 긴 머리칼이 물결처럼 귀밑을 흘러내렸다. 노인과 다른 두 아이가 플랫폼을 천천히 떠나고 있었다. 한 장의 거대한 구름이 그들의 머리 위에 엷은 그림자를 남기며 지나갔다.

"여길 찾아올 때는 그랬지. 지희가 아직도 그를 기다린다면 나는 지희를 포기하기로 맘먹고 왔어. 우리…… 너무 오래 서로 평행이었으니까. 그렇지만……"

남자가 담배를 꺼내 물고 라이터를 켰다. 여자가 남자의 텁수

룩한 머리를 바라보았다. 하얀 칼라로 받쳐진 여자의 창백한 안면에 파르르 경련이 지나가는 것처럼 보였다.

"나는 이제 옛날, 지희가 나를 두고 그를 따라 그의 아틀리에로 짐을 꾸려 가던 그때로 돌아가기로 했어. 처음부터 다시 시작하고 싶어. 그가 갑자기 세상을 버리고 그 충격으로 지희가 정신병원에 입원해 있던 지난 이 년 동안에 비하면, 지금 내가 지희를 기다리는 건 훨씬 더 희망이 있는 기다림이라고 믿거든. 그렇잖아. 그의 죽음은…… 지희가 아픈 것만큼 나도 아파. 내게 있어선 가장 가까운 친구였으니까……"

남자가 길게 담배 연기를 뿜어올렸다.

"지희가, 살아올 수 없다는 걸 알면서도 그를 버리지 않듯이, 나도 지희를 포기하지 않을 거야! 내게 오라고 강요할 마음은 없어. 기다리는 건 내 몫이야. 나에게 이것은 의지가 아니라 이건 순리라는 생각……"

뻐꾸기가 울었다.

갑자기 날카로운 금속성 음향이 작은 대합실을 꽉 메웠다. 여자와 남자는 똑같이 사무실 안을 들여다보았다. 벽에 걸린 전화가 울고 있었다. 전화기 밑에 예의 가죽가방이 누구든 떠나고 싶게 하는 분위기를 지닌 채 놓여 있었다. 전화벨 소리는 가방의 주위를 돌아 사무실과 대합실까지 곧장 확산되어갔다. 사내는 문득 시계를 보았다.

"역원이 너무 오래 안 나오는군."

"왜 가방을 맡겼어요?"

"지희에게 여행자로 보이긴 싫었던가봐."

"조금 있으면 K시로부터 또 열차가 올 거예요. 아마 역원은 그때 올 모양이죠. 그 열차는 여기서도 쉬거든요."

"그래도 전화가 우는데……"

"종종 그래요. 어떤 날은 교무실에서 한두 시간씩 역원이 놀고 갈 때도 있는걸요. 하도 여객이 없고, 또 역에 머물렀다 가는 열차는 하루 세 번뿐이거든요. 역원도 퍽 심심할 거예요."

국도의 오른쪽에 푸른빛의 버스가 굴러와 멎었다.

버스는 많은 먼지를 이끌고 달려와 갑자기 멎었기 때문에 잠시 동안 먼지 속에 싸여 보이지 않았다. 그 국도를 따라서 아지랑이가 손에 잡힐 듯 넘실거렸다. 해는 많이 서편으로 기울어져 역사는 이제 동쪽으로 역사보다도 더 큰 그림자를 늘여놓고 있었다.

"어디로 가는 중이었나요?"

"그냥, 남쪽 어디로 갈까 해서 나선 길이야. 떠나는 건 항상 매력 있어."

"난 떠나는 일, 수렁 같던데."

"하긴 나도 그래. 떠도는 게 좀 지치기도 하고."

"생활을 찾아 머물러보세요. 아버님 회사 일을 도울 수도 있을 테고."

"생활이라……"

남자가 중얼거렸다. 멎었던 버스가 먼지에 싸여 다시 달려갔다. 버스 뒤의 산머리에 방석만한 구름이 덩그렇게 떠 있었다. 꿈속처럼 K시의 소음에 섞여서 뱃고동이 울려왔다. 뱃고동을 뒤따라 열차의 기적 소리가 들려왔다. 여자가 빠른 솜씨로 시계를 보았다.

"열차가 오는 모양이에요."

"큰일인데, 저 차로는 떠나야 할 텐데. 유리창을 부수고 가방을 꺼낼 수도 없고"

"곧 역원이 나타날 거예요."

여자와 남자는 똑같이 마을로 나 있는 역사 뒤의 작은 길을 바라보았다. 작은 길은 햇빛에 싸여 더욱 작게 보였다. 열차 소리가 가깝게 들려왔다. 열차가 다가오고 있었다.

"이상하네요. 저 차가 올 때는 역을 비우지 않을 텐데……"

여자의 말이 끝나기도 전에 사무실 쪽에서 삐걱하는 음향이 들려왔다. 사무실 안의 '숙직실'이라고 쓰인 판자문이 열리고 있었다. 곤색 작업복을 입은, 턱수염이 새카맣게 돋아난 사내가 눈을 비비며 나타났다. 남자가 여자를 돌아다보았다. 그들은 마주 보다가 소리나게 웃었다.

"엊저녁 잠이 모자라서……"

남자가 재빨리 가방을 챙겨들고 플랫폼으로 나섰다.

열차는 서서히 출발했다. 창 안에서 남자의 얼굴이 조금 웃는 것 같았다. 여자가 약간 손을 흔들었다. 기적 소리가 길게 울렸다. 남자의 웃는 얼굴이 금방 지워졌다. 아지랑이 속으로 열차가 사라지는 걸 보고 나서 여자가 천천히 돌아섰다. 바로 그때, 역원과 함께 걸어온 중년 여인이 여자의 앞을 막아섰다. 중년 여인은 너무 말라서 허깨비처럼 보였다.

"저……"

중년 여인이 머뭇거렸다.

여자는 걸음을 멈추고 그 여인을 바라보았다. 화려하지는 않았지만 정결한 옷차림이었다. 몇 개의 머리칼이 그녀의 반듯한 이마에서 바람에 흔들거리고 있었다.

"선생님이시라 해서…… 혹시, 홍식이라는 아이를……"

"홍식이, 홍식이요?"

"중년 여인이 고개를 돌려 역 뒤의 마을을 바라보았다.

마을은 그림처럼 엎드러진 채 고적했다. 여인의 표정엔 진한 아픔과 슬픔 같은 게 내비쳐 보였다. 유달리 긴 목 아래, 저고리

동정이 슬프도록 선명했다.

"알고말고요! 말수 적은 아이! 글짓기를 특별히 잘해요. 요전 백일장 땐 어머니라는 제목으로 글을 썼는데……"

여자는 문득 말을 멈췄다.

중년 여인이 돌아서며 얼굴을 감싸안았다. 뻐꾸기가 또 슬프도록 투명하게 울었다. 여자는 그제야 모든 것을 환하게 알 것 같았다. 떠났던 홍식이의 어머니가 돌아온 것이었다. 왈칵 가슴이 뜨거웠다. 여자는 두 팔을 들어 중년 여인을 가볍게 안았다.

"알겠어요!"

여자가 말했다.

"홍식이 어머님이시군요. 잘 오셨어요. 홍식인 이제 행복해질 거예요. 어머니가 돌아왔는걸요. 정말 이렇게…… 돌아왔는걸요."

"선생님……"

중년 여인이 참을 수 없다는 듯이 어깨를 들썩이며 흐느꼈다.

"이제 그만, 돌아가시지요!"

굵은 목소리였다. 무심한 역원의 얼굴이 바로 옆에 있었다. 여자가 고개를 끄덕이며 활짝 웃어 보였다.

어둠이 내리고 있었다.

아지랑이가 넘실대던 철길의 양끝은 이제 어둠 속에서 보이지 않았다. 역사의 뒤쪽에 있는 언덕은 어둠 때문에 그 능선이 더욱 선명했다. 멀리 국도는 보이지 않았지만 자동차의 헤드라이트가 환하게 빛났다. 자동차는 지금 K시를 떠나서 국도의 중간쯤을 달려가고 있었다. 국도에서 조금 앞에 있는 작은 마을에는 발그레한 불빛이 몇 개 고정되어 있었다.

역사는 다만 조용하였다.

사무실과 대합실의 천장에 매달린 전등은 역사 주변의 어둠을 명확히 가르고 부드럽게 빛났다. 아무것도 움직이지 않았다. 역원은 의자에 앉은 채 하품을 하며 시계를 보았다. 그는 지금, 이 간이역으로는 막차가 되는 통근 열차를 기다리고 있는 중이었다. 때때로 K시에서 들려오는 소음이 역원의 둘레를 가볍게 지나갔다. 역원은 책상 위에 엎디어 낙서를 시작했다. 그의 꺼먼 턱 언저리에는 약간의 권태와 지루함이 불결하게 내비쳐 있었다.

갑자기 사무실 문이 요란하게 열렸다.

역원이 펜을 놓으며 빠르게 뒤돌아보았다. 아까 돌아온 홍식이 어머니였다. 전등 불빛 탓인지 그녀의 목은 낮보다도 더욱 창백하고 길어 보였다.

"차가 있나요?"

그녀가 물었다. 낮게 떨리는 목소리였다.

"예, 통근 열차가 있습니다만……"

그녀는 창 쪽으로 돌아섰다. 창 너머, 마을의 발그레한 불빛들이 어둠 속에 둥둥 떠 있는 것 같았다. 애잔한 밤 풍경이었다. 중년 여인의 어깨에 눈에 띌 만큼의 경련이 지나갔다.

이때, 열차 소리가 K시 쪽에서 들려오기 시작했다.

역원이 등불을 켜들고 출입구를 나섰다. 바람이 한 움큼 몰려와 책상 위의 낙서지를 날려보냈다. 열차의 헤드라이트가 작은 역사의 모습을 선명히 드러내었다. 역원이 등뒤의 중년 여인을 돌아다보았다. 그녀는 순간 멈칫하는 몸짓으로 가까워지는 열차와 역원을 번갈아 바라보았다. 초조한 망설임이 그녀의 표정에 나타나 있었다.

열차가 플랫폼으로 들어서고 있었다.

역원이 다시 그녀를 향해 시선을 돌렸다. 타시겠습니까, 하고 역원은 묻고 있었다. 이윽고 열차가 이 작은 역 구내에 서서히 들어와 머물렀다. 열차 안의 얼굴들이 무심히 밖을 내다보고 있었다. 많은 자리가 빈 채였다. 중년 여인이 올라타자 열차는 기다렸다는 듯이 천천히 역사를 빠져나갔다. 깊은 고요가 다시 작은 역사에 정밀하게 들어찼다.

역원은 사무실 출입구를 닫고 텅 빈 플랫폼을 돌아다보았다.

사무실 창을 통해 나온 빛줄기가 두 개의 평행한 철로에 환하게 남아 있었다. 철로는 조금 더 가면서 어둠에 묻혀 보이지 않았다. 역원의 얼굴에 좀 쓸쓸한 여운이 바람처럼 지나갔다. 그때였다. 아이 하나가 플랫폼을 가로질러 역원의 등을 향해 세차게 뛰어들어왔다. 홍식이었다. 아이는 이제 막 집으로 돌아가려던 역원에게 거의 외치듯이 물었다.

"아저씨, 우리 엄마 안 봤슈?"

"좀 늦었구나! 네 엄만 조금 전 차로 떠나버렸는데……"

아이가 털썩 주저앉아 어깨를 들먹이며 서럽게 울기 시작했다. 하늘엔 다만 별뿐이었다.

밤열차

비가 내리고 있었다.

여자와 남자는 야간열차의 승강구에서 처음 만났다. "실례지만……" 남자가 먼저 머뭇거리며 말했다. "K읍까지 가시는 거 아닌지요?" "어머!" 여자의 목소리가 투명한 고음으로 부러졌다. "맞군요, 그 읍장 관사……" 여자가 고개를 끄덕거렸다. 남자의 얼굴에 늦은 가을녘 빈 들판과도 같은, 회한의 그림자가 떨면서 지나갔다. "저를…… 알아보시겠습니까?" "무당집…… 그 저, 절름발이……" "그렇습니다." 남자가 소리 없이 활짝 웃었다. 양배추 속살처럼 희고 고른 치아가 말쑥하게 드러나는 웃음이었다.

"제가 바로 절뚝발이 명훈입니다."

탱자나무로 둘러쳐진 읍장 관사 앞엔, 멀리서 보면 장난감처럼 뵈는 작은 언덕이 있었다. 언덕엔 이름 모를 무덤이 하나, 키가 큰 노송이 둘, 경사를 이용해 거의 움집처럼 세워진 무당네 집이 있고 그 집엔 식구 셋이 살았다. 그 집의 막내아들이 절름발이였다. 중학교 1학년짜리 읍장 딸이 학교에서 돌아올 때면 무당 아들 절름발이는 늘 언덕 위에 앉아 있었다. 무릎을 세워 껴안은 그의 모습은 한 마리 작은 들짐승처럼 보였다. 어깨 너머엔 언제나 황혼의 잔영이 슬프게 남아 있곤 하였다.

"그 나이는 뭐든지 슬프게 보일 때죠."

남자가 중얼거리듯 말했다. 열차는 벌판 끝의 간이역을 재빨리 통과하고 있었다. "아니에요." 여자가 슬쩍, 속눈썹이 긴 남자의 눈망울을 붙잡았다. "눈빛은…… 눈빛은 그렇지 않았어요." "고양이?" "아뇨." "살쾡이?" "모르겠어요." 입술 끝을 가볍게 이로 물면서 여자가 고개를 가로저었다. 윤기 있게 흘러내린 머릿단이 정결한 피부 뒤에서 가볍게 흔들렸다. "뭐랄까, 암튼…… 타는 듯했었어요. 나를 바라볼 때요, 고개를 숙이고 걸어가고 있음 내 목덜미에 바늘이 꽂히는 것 같았거든요." "바늘요?" "예. 따끔따끔해질 만큼…… 무서웠어요." 언덕 아래 갈림길은 허리가 잘린 듯한 오륙 미터의 낭떠러지 아래에 있었다. 읍장 딸은 늘 고개를 푹 숙인 채 무당 아들의 발밑을 죄인처럼 떨면서 지나갔다. 읍장 딸의 가슴속에선 팽팽하게 어떤 현弦이 당겨지는 것 같았고, 문간에 와서야 비로소 그 현이 가파른 목소리로 끊어졌다. 읍장 딸은 그래서 아버지인 읍장에게 가끔 말했다. "무당네 집 이사 갔음 좋겠어." "왜 그러니?" "그냥. 그 집 절름발이 아들이 언덕에서 맨날 나를 빤히 바라보지 뭐야." 그럼 읍장 딸의 어머니가 가끔 끼어들었다. "하긴 말예요, 여보. 어차피 그 집 무허가 아녜요? 미관도 안 좋고 굿이라도 하면 밤새 시끄럽고……" 어머니는 더 말이 많았다. 자신이 말을 끄집어냈으면서도 읍장 딸은 말 많은 어머니가 은근히 미웠다. 굿하는 소리가 시끄럽기만 한 건 아니라고 말하고 싶었다. 굿하는 소리가 듣기 좋을 때도 많았다.

"굿하는 소리가 들릴 땐 밤새 잠이 안 왔어요."

여자가 차창 밖을 보며 말했다. 들판 멀리 불빛 네댓 점, 고도孤島처럼 떠서 흘러갔다. "굿하는 날에 잠 못 자는 거야 내가 더 하죠. 나는 숫제 언덕 위로 올라가 하늘을 보며 밤을 밝히곤 했는걸요." 언덕 위에서 읍장 관사의 발그레한 불빛을 지켜보는 것이 무당 아들의 일이었다. 차례로 불이 꺼지고, 어쩌다 읍장 딸이 쓰는 뒷방만이 환히 밝을 때가 있었다. 밤이슬을 맞으면서도 그 불빛을 보고 있으면 무당 아들은 가슴이 따뜻해졌다. 창호지 바른 꽃등이 하나, 가슴 안에 들어와 앉은 것 같았다.

"굿하는 날엔 항상 불을 끄지 말고 둘 걸 그랬네요."

여자가 남자의 말을 듣고 조금 수줍게 미소 지으며 말했다. 곧 서게 될 역은 대도시였다. 사람들이 승강구 쪽으로 다가오기 시작했다. 열차는 길게 목 쉰 소리로 울면서 이내 낯선 도시의 플랫폼에 그의 몸을 들이대었다. “국수 드시겠어요?” 남자가 제안했고, “좋아요.” 여자가 고개를 끄덕거렸다. “밤열차를 타고 오갈 때 이 정거장의 플랫폼에서 먹는 가락국수가 왜 그렇게 맛있는지 모르겠어요.” “저 뽀오얀 김 때문에 그럴 거예요.” 남자는 왼발을 절었지만 여자보다도 유연하게 플랫폼으로 내려섰다. 국숫집이 플랫폼 한가운데 있었다. 열차가 정차하는 십여 분 사이 승객들은 선 채로 국수를 먹었다. 뽀얀 김이 국숫집에서 풍겨져 나왔다. 가랑비가 여전히 오고 있었다. 두 사람은 국숫집 창가에 서서 호호 김을 불어가며 가락국수를 먹었다.

“언젠가 깎은 생밤을 쑥 내민 적이 있었지요?”

여자가 물었다. 남자의 파리한 두 볼에 짧은 감동의 파장이 머물렀다. “ 난 다 잊으신 줄 알았는데……” 어쩐 일인지 며칠째 언덕 위에 무당 아들이 나타나지 않았다. 가슴 안에 가파르게 현이 감기는 불편함이 없어 좋기도 했지만 막상 무당 아들이 보이지 않자 읍장 딸은 가슴속이 휑뎅그렁해졌다. 아픈가, 어디로 떠났는가, 궁금하기도 하고 원망스럽기도 했다. 무당 아들이 바위 모서리에 숨어 있다가 불쑥, 앞을 가로막고 나타났을 땐 솔직히 깜짝 반가운 마음까지 들었다. 읍장 딸에게 내민 무당 아들의 손에 생밤 한줌이 들어 있었다. "먹어." 무당 아들은 말했고, 읍장 딸은 필요 이상의 제스처로 놀란 척, 뛰어 달아났다. 헐떡이며 뛰어들어온 딸을 붙잡고 어머니는 왜 그러냐고 물었다. "무, 무당 아들이……" 읍장 딸은 말했고, "그 녀석이 너한테 해코지라도 했단 말이냐?" 어머니의 언성은 자연히 높아졌다. 그게 아니라고 말해야 하지만 공연히 부끄러워져서 읍장 딸은 말을 할 수가 없었다. "안 되겠구나." 어머니가 한발 앞서갔다. "아빠께 얘기해서 어떻게든 해야지 원……"

열차는 다시 출발하였다.

도시의 외곽을 돌아 빠지자 창밖은 이내 심해深海처럼 어두워졌다. 남자가 자꾸, 불안한 듯 객차 좌우를 살폈다. 보기에 따라선 쫓기는 듯한 눈빛이었다. "누구…… 일행이라도…… 있으신 건가요?" 여자가 조심스럽게 말했다. "아, 아닙니다." 남자가 과장되게 머리를 젓고, "참, 읍장님은 지금도 여전하시겠죠?" 예의바른 말씨로 덧붙였다. "내일이…… 아버님 제사예요. 그래서 내려가는 중이에요." "저런!" 남자가 혀를 가볍게 찼다. "나도 사실은 마지막으로 어머님 묘지를 찾아가는 중입니다만……" 남자의 눈빛이 먼 데를 향하고 있었다. "마지막이라뇨. 떠나시는가보죠, 먼 곳으로?" 여자가 물었다. "글쎄요, 떠난

다면 떠나는 거고…… 그게 아니라도 뭐, 어머님 묘지를 찾아갈 때마다 늘…… 마지막이란 생각을 하지요." 남자의 목소리가 처연해졌다. "예전…… 그러니까 그땐……" 여자가 무슨 말인가를 하려다가 곧 입을 다물었다. 남자의 느낌이 전이된 것일까, 통한痛恨을 지그시 절제하려는 듯한 침침한 그늘이 여자의 이마에 내려앉고 있었다. 침묵이 왔다. 여전히 비가 내리고 아직도 열차는 씩씩거리며 어둠한테 잡아먹힌 산야를 파죽지세로 꿰뚫고 있었다.

"그 무렵엔 밤차를 한번 타보는 게 소원이었어요."

남자가 불쑥 말했다.

언덕에 앉아 있으면 읍의 서편을 가로질러가는 밤열차가 손금처럼 내려다보였다. 무당 아들은 그 밤열차의 불 켜진 창들을 세듯이 바라보곤 했다. 열차를 타고 가다보면 이윽고 새벽이 오고, 새벽이 올 때쯤엔 새로운 따뜻한 한 세계를 만날 수 있을 것 같은 느낌이었다. "결국 자의 반 타의 반 밤차를 타고 떠나긴 했었지만요." 남자가 쓸쓸히 덧붙였다. "그러나, 새롭고 따뜻한, 그런 세계는 아무데도 없었어요. 도시에선…… 피냄새가 나요." 남자가 한숨을 쉬었다. 여자의 속눈썹이 파르르 떨렸다.

"모든 게 나 때문이에요."

여자가 참지 못하고 말했다.

"천만에요." 남자가 얼른 고개를 가로저었다. "아니에요. 맞아요. 그쪽에서 그렇게 떠난 것도, 그쪽 어머님께서 비명에 가신 것도 따지고 보면 나 때문에……" "따져봐도." 남자가 황급히 여자의 말허리를 잘랐다. "……글쎄, 그쪽 때문이 아니라고요. 그날도 오늘처럼 비가 내렸다는 기억밖에 없어요. 내겐 그래요. 밤차를 타고 떠나던 날이나…… 언덕에서 댁 앞으로 뛰어내리던 날이나, 이상스럽게 억수같이 비가 쏟아졌었지요." 남자의 어조가 조금 떨리는 듯했다. 빗줄기가 장대처럼 쏟아지는 날이었다. 우산을 펴든 채 읍장 딸은 신발이 빠지는 황토층을 조심스럽게 밟고 낭떠러지 아랫길로 접어들었다.

우산을 쓰고 있어서였을까.

그녀는 언덕 위에서 자신을 내려다보고 있을지도 모르는 무당 아들을 그날따라 까맣게 잊고 있었다. 무당 아들은 젖은 생쥐처럼 떨면서 두 시간째 오직 읍장 딸이 나타나기를 기다리고 있었다. 나타난 읍장 딸이 고개를 쳐들고 자신을 한번 바라봐주는 것이 무당 아들에겐 삶의 제일 큰 이유가 된 게 벌써 오래전이었다. 그러나 우산을 쓴 그날의 읍장 딸은 단 한 번도 우산을 젖히고 그를 보려 하지 않았다. 두 시간이나 빗속에 떨고 있던 무당 아들은 극심한 모멸감에 사로잡혔다. 읍장 딸의 주의를 끌고 싶은 마음뿐이었다. 읍장 딸의 우산이 발밑으로 다가들었을 때, 무당 아들은 그리운 그 우산을 향해 오륙 미터나 되는 절벽을 한순간 뛰어내렸다. 필사적인 투신이었다. 다리 어디가 부러지는 듯했다. 무당 아들은 아, 하고 소리질렀고, 읍장 딸은 우산을 놓치면서 서너 걸음이나 뒷걸음질치다가 진흙구덩이에 털썩 주저앉았다. 그리고 그때 읍장 딸은 보았다. 이마에 착 달라붙은 머리, 창백한 안면, 진흙 속으로 나뒹군 채 마구 떨리는 넝마 같은 육신, 살기殺氣 가득찬 무당 아들의 그 미친 눈빛. 공포감이 읍장 딸을 사로잡았다. 읍장 딸은 벌떡 일어나 버르적거리는 무당 아들을 놔두고 집으로 도망가기 시작했다. "엄마! 엄마!" 소리쳐 부른 건 물론이었다. "야, 이 쌍년아!" 무당 아들의 목소리가 읍장 딸의 뒤꼭지를 따라오고 있었다. 분노와 원망과 절망에 가득찬 비명이었고, 저승에서 들려오는 목소리 같았다. "다리가 부러졌어. 다, 다리가 부러진 사람을 놔두고 그냥…… 가다니, 나, 나쁜 년!" 읍장 딸이 마지막 들은 무당 아들의 무서운 목소리였다. 읍장 딸은 달려나온 어머니 품에서 울고 또 울었다.

"당신, 당장 무당네 쫓아내셔야 돼요."

어머니는 읍장인 아버지에게 악을 썼다.

"가만히 뒀다가 큰일나겠어요. 어차피 거긴 정부 땅이고 무허가로 지은 집 아녜요? 아, 왜 읍장이 할 일도 안 해요? 직무유기잖아요!" 읍장은 유구무언이었다. 읍장이 직무유기의 불명예를

씻는 데는 두 달 이상이 걸렸다. 이사할 수 있는 최소한의 기간을 줘야 한다고 했다. 무당네는 이사 갈 데가 없었고, 또 이사할 만한 돈도 없었다. 행정명령을 받은 불도저가 무당네로 온 것은 역시 비가 오는 날이었다. 무허가 무당네 집은 불도저 삽질 한 번에 담쑥 주저앉았다. "아이고, 우리집 무너진다아!" 무당이 마지막 소리친 말은 그것뿐이었다. 집이 무너지는 순간 무당은 심장마비를 일으켰고, 끝내 소생하지 못했다. 무당 아들 형제가 밤기차를 타고 떠난 건 그로부터 며칠 후였다.

"어차피……"

남자가 힐끗, 객차 안을 바라보았다.

"그 일이 아니었어도 난 읍내를 떠날 작정이었어요." 여자가 아무런 대답도 못하고 기대선 뒷벽을 발로 톡톡 찼다. 그들에겐 좌석이 없었다. 어차피 서서 갈 바에는 객차 안보다 승강구가 나아서 그대로 계속 그 자리를 지키고 있는 참이었다. 여자는 죄인의 심정이었고, 남자는 재판관의 마음이 아니었다. 객차 저쪽 출입구에 제복을 입은 여객 전무가 들어선 건 그때였다. 그는 검표가위를 갖고 있었다. 남자의 표정이 일순 어둡게 무너졌다.

"더 뒤칸으로 갑시다!"

남자가 재빨리 속삭였다. 낮았으나 물어뜯는 듯한 음색이었다. 여자의 가슴이 철렁 내려앉았다. 고개를 들었을 때 남자는 벌써 여객 전무 쪽을 등진 채 뒤편 객차의 문을 밀고 있었다. 여자가 별수없이 따라나섰다. 한 칸, 두 칸 남자는 계속해서 뒤로 뒤로 가고 있었다. "도대체 어디까지 가실 거예요?" "맨 뒤까지." "왜요?"

"……"

마지막 객차의 꽁무니, 승강구로 나서자 허공을 향해 잘린 통로에서 비바람이 몰아쳤다. 더이상 갈 데가 없었다. 휑하니 열린 구멍 너머로는 캄캄한 어둠뿐이었다. 심지어 철로조차 잘 보이지 않았다. "왜, 왜 그러시는 거예요?" 여자가 두려움에 찬 목소리로 간신히 물었다. "표를 안 끊으셨다면……" 여객 전무에게 표를 끊을 수도 있었다. 돈은 여자에게 충분했다. 벌금이 있다면 벌금도 낼 수 있다고 여자는 생각했다. 더이상 도망갈 데도 없지 않은가. 남자는 헐떡이고 있었다. "다음 정거장에 당도할 때까지 저들이 오지 않으면." 남자가 계속 앞을 살피면서 말했다. "다음 정거장에 닿기 직전 나는 뛰어내릴 거예요. 그들 때문에요. 우연히 만났지만 참 신기한 만남이었어요. 살면서…… 한 번쯤 만났으면 했었는데." "그들이라니요?" "차장 뒤에 가죽점퍼 둘이 따라붙어 있어요……" "누구예요, 그들이?" "형사요."

남자의 말은 비명처럼 들렸다.

여자가 객차 안을 슬쩍 돌아보았다. 승객들은 포개져 잠들고 통로는 비어 있었다.

"그럼……" 여자의 눈에 맑은 습기가 들어찼다. 오랜만에, 참으로 기적처럼 만났는데, 이런 정황은 너무도 가슴이 아픈 일이었다. 남자는 이쪽 탓이 아니라고 했지만 여자는 이 모든 게 자신 때문인 것 같다는 생각을 떨쳐버릴 수가 없었다. "난요, 도망자예요." 남자가 이윽고 고백했다. "그들이 곧 여기까지 올 거예요. 다음 정거장은 아직도 먼걸요." 밖은 여전히 광란하는 비바람과 완전한 어둠뿐이었다. 아무리 둘러보아도 등불조차 떠 있지 않았다. "서울역에서 기차를 기다릴 때…… 댁을 봤어요. 나와 같은 차를 타리라곤 생각 못했는데, 이렇게 만나다니 대단한 행운이에요, 오늘밤……"

남자가 승강구의 출구를 열어젖혔다.

비바람이 남자의 얼굴을 물어뜯었다. 남자의 표정엔 결기가 가득차 있었다. "이렇게 만난 거, 잊지 못할 거예요. 나 때문에 아무것도 자책하지 마세요. 이렇게라도 만난 거, 내가 얼마나 감사히 여기는지 잘 모를 거예요. 그럼, 안녕히!" 열차의 소음 때문에 남자는 악을 쓰듯 말했다. "어떡하시려고요?" 여자 역시 악을 쓰듯 반문했다. "아직 할 일이 있으니…… 살아남아야죠. 여기에 지붕으로 올라가는 받침대가 있어요. 다음 역까지 잠시만 올라가 있음 돼요." "이 비바람에?" 여자가 놀라서 손을 뺀었다.

남자가 미소를 지었다. "이까짓 바람…… 아무것도 아니에요. 어차피 바람 속에서…… 살아왔는걸요." 거센 빗줄기가 남자의 얼굴을 후려치고 있었다. 시선이 마주쳤다. 입술엔 미소가 남았지만 눈빛은 십 몇 년 전처럼, 언덕 위에서 여자를 기다릴 때처럼 타는 듯했다. 여자는 차마 오래 남자의 시선을 마주볼 수가 없었다. 남자가 마침내 다리 하나를 객차 외벽 철제 난간에 올려놓았다. 여자의 손이 남자의 손을 와락 잡았다. 눈에 괸 물기 때문에 남자의 손이 허공에 둥 떠 있는 듯이 보였다. 남자의 나머지 한 발도 빗속으로 나갔다. 빗속에 내맡겨진 남자의 상반신은 이미 어둠에게 잡아먹혀 보이지 않았다.

"한 번도…… 잊은 적이 없었어요, 정말……"

남자가 어둠 속에서 마지막으로 소리질렀다. 남자의 말끝은 열차의 소음 때문에 들리지 않았다. 여자는 승강구 손잡이를 죽어라 움켜쥐고 남자를 보았다. 비바람이 여자의 얼굴을 거칠게 후려치고 있었다. 여자가 본 것은 객차 지붕 위로 올라가는 남자의 마지막 실루엣이었다. 그리고 곧 어둠뿐이었다. 남자의 모습은 그 어디에도 남아 있지 않았다. 모든 게 짧은 꿈이었던 것 같았다.

"거기, 뭘 하는 거요?"

갈라진 쇳소리가 뒤쪽에서 났다. 검은 가죽점퍼를 입은 건장

한 두 사내가 어느 틈에 그곳 승강구까지 다가와 있었다. 여자가 얼굴을 안쪽으로 들여온 것과 사위가 캄캄해진 것은 거의 동시였다. 여자가 비명을 질렀다. 기차가 좁고 깊은, 죽음과도 같은 터널 속으로 쏜살같이 들어선 것이었다. 회오리바람이 승강구 안으로 몰아쳤다. 쓰러질 뻔한 여자의 상반신을 가죽점퍼가 안고 있었다.

아내의 고향

아내는 화가다. 결혼할 무렵엔 아내 될 사람이 화가라고 해서, 마치 내가 무슨 도깨비한테 장가라도 가는 듯 주변 사람들이 꽤나 입방정을 떨었다. 환쟁이 여자는 절대로 아내로서 온순하지 않을 거라는 속된 편견 때문이었다.

하지만 그런 편견 따위는 중요하지 않았다.

그 무렵 나는 화가가 아닌 여자로서 아내를 사랑하고 있었고 아내도 평범한 사업가를 지아비로 섬기는 데 전적으로 동의했으며, 무엇보다도 아내가 화가라고 말만 들었지 내가 상상하는 화가로서의 일반적인 버릇—예컨대 한번 붓을 들면 나까지도 몇 시간씩 기다리게 내박쳐둔다든가, 간혹 그리다 만 화폭을 북북 찢으며 훌쩍훌쩍 버림받은 여자처럼 운다든가, 그것도 아니면 최소한 아무렇게나 물감이 묻은 티셔츠 나부랭이를 헐렁하게 걸치고 '술이나 한잔' 어쩌고 하면서 시건방을 떤다든가 하는 일이 전혀 발견되지 않았던 것이다.

아무튼 우리는 결혼식을 올렸다.

그리고 매우 당연한 순서에 따라 첫아들을 낳았고 그 방면에 별다른 비방이 없는데도 인형처럼 깜찍한 딸을 두번째로 보았다. 아내는 남대문 도깨비시장을 들락거리며 베이비 푸드니 외제 과자니 하는 것들을 열심히 사 날랐고, 사 나를 게 없자 이십여 년이 지나야만 아이들이 보게 될 브리태니커 소년 백과사전까지 월부로 척 들여왔다. 그렇다고 아내가 이것저것 마구잡이 쇼핑의 못된 버릇이 있었다는 것은 절대 아니다. 아내는 동태 두 마리의 값을 깎을 줄도 알았고 내 비상금 주머니에 늘 관심을 가졌으며 나 몰래 숨겨둔 적금통장까지 있다는 걸 난 알고 있었다.

한마디로 아내는 '좋은 아내'였다.

그리고 늘 행복해 보였다. 이따금 내가 "화가라더니 별 볼 일 없잖아!" 하고 약을 올릴 때가 있었다. 왜냐하면 난 한 번도 결혼 후 아내가 그림 그리려 하는 걸 보지 못했으므로. 그럼 아내는, "내가 아무리 그림을 열심히 그렸다고 하더라도 이처럼 완전한 작품을 만들어낼 수 있었겠어요?" 하면서, 눈빛이 이슬 같은 어린 딸애를 꼭 껴안곤 했다.

그랬던 아내가 달라진 건 아들 녀석이 다섯 살이 될 때부터였다.

뭐 극적인 행동이 있었던 건 아니었다. 우선 달라진 건 표정이었다. 행복하고 충만한 예전의 표정이 사라지고 그 대신 피부색부터 까칠해지더니 급기야 속병이라도 든 것처럼 어두컴컴해졌다. 대청마루 끝에 해바라기 자세로 앉아 멍하니 먼산 바라보는 버릇이 뒤따르고 한숨 쉬는 버릇이 뒤따르고 아침 설거지를 저녁으로 미루어놓는 버릇이 뒤따랐다.

"당신, 요즘 어디 아파?"

"그저 그래요. 머리가 띵하고 맥이 풀려 있는 것 같고…… 심심하고……"

"심심하다니?"

"좀 신나는 일이 있었으면 좋겠는데……"

"경마장이나 갈까?"

"경마장요?"

"그래. 탄력 있게 뛰는 말과 함성에 묻혀보면 훨씬 머리가 거뜬해질 거야."

모처럼 우리 부부는 경마장엘 갔다. 그러나 아내의 표정은 쉽게 풀어지지 않았다. 우리가 짚은 기수가 선두로 달리는데도 실눈을 뜨고 바라만 볼 뿐 환성 한 번 지르지 않았다. 그러다가 한

순간, 나는 아내의 눈빛에 팽팽히 차오르는 어떤 긴장을 보았다. 무엇인가, 새로운 길을 발견한 탐험가의 눈빛이었다.

"무슨 생각해, 당신?"

"아, 아무것도 아니에요. 가요, 우리……"

아내는 평소의 그녀답지 않게 서둘고 있었다.

그리고 며칠이 지났다. 아내의 어두웠던 표정에 변화가 나타나기 시작했다는 걸 나는 어렴풋이 깨달았다. 설거지도 제때 했고 한숨 따윈 쉬지 않았으며 대청마루에서 해바라기를 하는 것도 좀처럼 볼 수 없게 되었다. 두 볼은 발그레하게 달아오르고 눈빛이 반짝반짝했다.

"당신 경마장 한 번 갔다 오더니 여러 가지 좋아진 것 같아."

"어떻게요, 여보?"

"그저, 활기차 보이고……"

"자기 자신과 정면으로 마주치는 시간이 없어지면 활기라는 것도 없나봐요."

"무슨 뜻이야, 그 말?"

"괜히 해본 소리예요. 난 늘 당신의 좋은 아내가 되고 싶어요."

"새삼스럽게 무슨……"

"정말이에요. 어떡하면 좋은 엄마, 좋은 아내로 이십 년씩, 삼십 년씩 계속할 수 있을까요?"

"아, 당신만큼 좋은 아내가 어딨어?"

그 대목에서 나는 입을 다물었다. 고개를 돌린 아내의 눈동자에 맑은 이슬이 가득 차올랐기 때문이다. 알 수 없는 일이었다.

아내에게 세번째 변화가 온 건 그다음부터였다. 말수가 적어졌고, 뭔가 쫓기는 사람처럼 서성거리는 일이 많아졌으며, 퇴근해 와보면 아내는 없고 대신 아이들만 부모 없는 어린것처럼 처량한 모습으로 버려져 있는 일이 종종 있었다. 집안 꼴은 날로 엉망진창이 되어갔다. 아내에게 물어보면 동창회에 갔다든가 언니네를 다녀왔다든가 대답했지만 그런 일이 자주 있자 아내의 말이 잘 믿어지지 않았다. 아내의 말이 사실이라고 하더라도 그랬다. 어째서 아내는 갑자기 언니 집에, 이모 집에, 동창회에 열성적으로 나가게 됐을까. 아니, 언니 집에 갈 일이 있다고 하더라도 집안만은 가지런히 다스려놓고 볼일을 봐야 하는 게 아니겠는가. 아내처럼 슬기롭고 알뜰한 여자가 돌연 생활의 룰을 이따위로 무시하려 든다면 거기엔 반드시 곡절이 있을 터였다.

어느 날, 아내는 밤 아홉시가 다 돼도 돌아오지 않았다.

연락도 되지 않았다. 어린것들을 재우다보니까 더러운 피부하며 구겨진 옷이 고아원에서 양자로 들여온 애들 같았다. 들어오기만 해봐라. 나는 칼을 갈았다. 자꾸 낮에 친구가 하던 말이 귓가를 맴돌았다. "애들 좀 키워놓으면 심심해지니까 장바구니 들고 계네 동창회네 하면서 카바레로 부나비처럼 모여드는 거야. 아, 신문도 안 봤어? 어떤 여편네는 글쎄 아파트를 젊은 놈한테 얻어줘가지고 두 집 살림까지 했다잖아." 온갖 상상이 꼬리를 물고 머리를 어지럽혔다. 나는 홧김에 사 온 소주를 안주 없이 먹어치우고 나서 마침내 대문의 빗장을 튼튼하게 걸어버렸다.

그때, 방정맞게 전화벨이 울리기 시작했다.

"뭐야!"

나는 수화기를 집어들고 다짜고짜 소리부터 질렀다. 그러나 상대편은 아내가 아니었다. 정중한 남자 목소리가 아내의 이름을 대더니 이내 '부인이 많이 다쳐 입원중이니 병원으로 나오라'고 한마디 던지곤 수화기를 내려놓는 게 아닌가. 흥, 병원? 나는 코웃음을 쳤다. 어떤 놈팡이하고 춤이나 추다가 급한 마음에 서두르다 교통사고를 냈겠지. 마음은 그랬지만 나는 벌써 현관을 나서고 있었다. 아내는 다리에 온통 붕대를 맨 채 창백한 얼굴로 누워 있었다. 내가 병실 문을 열고 들어서자 고개를 모로 꺾고 훌쩍훌쩍 울기 시작했다.

"말한테 채었는데 다행히 척추엔 이상이 없답니다. 무릎뼈가 좀 부서졌어요."

낯선 사내가 옆에서 말했다.

"말한테 차이다뇨?"

"모르셨습니까?"

"뭘 말입니까?"

"요 근래 부인은 거의 경마장에서 살다시피 했습니다. 어두워지기 전에 우리가 퇴장시켰는데 오늘은 마사馬舍로 숨어들어가 있었던가봐요. 저것 좀 보세요."

사내가 가리키는 구석자리를 보고 나는 비로소 깜짝 놀랐다.

50호는 됨직한 커다란 화폭에 세 필의 말이 막 도약하는 모습으로 그려져 있었다. 생생한 그림이었다. 어디 그뿐인가. 다리는 다리대로, 꼬리는 꼬리대로, 머리는 머리대로, 말의 부분부분을 스케치한 화지가 수십 장 무질서하게 널려 있었다.

나는 아내의 손을 잡았다.

"왜 차라리 그림을 그리고 싶다고 말하지 않았어?"

"워낙 오랜만이어서…… 좋은 그림을 그릴 자신이 없었어요."

울면서 아내가 대답했다.

"그림이나 경마나 별 차이가 없는 거군요……"

경마장에서 근무한다는 사내가 끼어들었다.

"……경마도 한번 해본 사람은 거의 그것을 버리지 못하지요. 일종의 마약이에요."

"마약이 아니에요, 그림은. 난 그리고 싶었어요. 난 화가라고요!"

아내가 일어나 앉으며 소리쳤다.

어떤 부부

결혼하던 첫날밤 아내는 나에게 몇 가지 약속해줄 것을 요구했는데 그중의 하나가 매년 여행을 시켜달라는 것이었다.

"뭐, 호화스럽게 여러 날 여행하자는 것도 아니고요. 단 하룻밤이라도 좋으니 연애 시절의 성의를 발휘해달라는 것뿐이에요."

"좋아. 아무렴, 일 년에 한 번쯤 기회 없겠어?"

"정말이죠? 약속을 꼭 지켜주셔야 돼요."

너무 간단한 대답이어서 아내는 도무지 믿을 수 없었던지 여러 차례 다짐 받은 뒤 새끼손가락까지 끌어당겨 걸고서야 비로소 안심하는 눈치였다.

신혼 일 년이 꿈속처럼 흘러갔다.

일 주년이 가까워질수록 내 가슴속에는 '매년 여행'이라는 첫날밤의 약속이 생각났고 이왕이면 결혼기념일을 전후하여 조용하게 온천장이라도 다녀왔으면 하고 바라게 되었다. 그런데 묘한 일이었다. 아내 쪽에서 먼저 펄쩍 뛰었다.

"당신 미쳤수? 이 몸을 해가지고 여행은 무슨 여행이에요?"

"그 몸이 어때서 그래?"

"임신 칠 개월에 여행이라면 남들이 미쳤다고 손가락질해요."

"약속은 우리 둘이 한 것이지 남들하고 한 것이 아니잖아."

"내년이 있잖아요. 여보, 차라리 애 낳고 날씬해지면 지금의 배로 호강스럽게 여행시켜주세요. 이번엔 당신 말만으로 난 행복해요. 정말이지 여행한 거나 다름없다니까요."

나는 고개를 끄덕거렸다. 하긴 몸도 약한 아내여서 아무리 내가 여왕처럼 모시고 다닌다고 하더라도 임신 칠 개월로는 무리가 될 것이라 나는 기꺼이 아내의 말을 이해했다.

그러나 이 년째도 마찬가지였다. 여행 얘기를 꺼내자 아내는 찢어져라 눈부터 흘겼다.

"우리집 생활비가 얼만지 알기나 하세요? 당신 월급 가지곤 적자 안 되는 게 신통한 줄 아셔야 해요. 글쎄, 작년하고 비교해도 싹 다르다니까요. 이제 인수가 생겼잖아요? 인수 우윳값만 해도 어디라고요. 여행할 돈 있음 지금 은행을 차리겠어요."

대강 그런 요지였다. 한마디로 새로 애도 생겨나고 물가는 오르는 판에 여행할 비용을 어디서 염출해내느냐 그런 얘기였다.

나는 유구무언이었다.

모든 것이 내가 무능력해서 그렇다는 사실을 슬프게도 인정 안 할 도리가 없었다. 월급을 충분히 받아다주지 못한다면, 하다 못해 한 푼 두 푼 삥땅을 쳐서라도 여행비 전부를 내가 마련해 두었어야 옳을 것이 아닌가. 그런 자책으로 며칠 동안 난 괴로웠다. 그래서 삼 년째엔 아내 몰래 용돈을 조금씩 모으기 시작했다. 여행비를 만들어서 아내를 깜짝 놀라게도 하고 세상의 다른 남편들처럼 큰소리도 치자는 생각에서였다. 하지만 여행비를 내가 마련했는데도 아내는 그다지 놀라지 않았다.

"어린애도 아니고 당신은 왜 그렇게 지각이 없어요? 생각을 좀 해보세요. 인수는 어디에 맡길 것이며 연탄불은 또 누가 갈아 넣어요? 그리고 차비와 여관비만 가지고 어디 여행이라는 것이 되는 거예요?"

"안 될 거 뭐 있어?"

"당신 속상해할까봐 말을 안 하려 했는데 이왕 내친김이니까 얘기해야겠네요. 난 지금 외출복 하나 없다는 거 당신 생각 안 해봤죠? 시집올 때 해온 건 몸이 불어서 하나도 안 맞는단 말예요."

"사서 입으면 될 거 아냐."

"돈 많군요, 당신. 하룻밤 나가서 자고 오자고 몇만 원씩 그냥 써버리게. 그러지 말고요, 여보. 당신이 마련한 돈 저 주세요. 조금 보태서 냉장고 하나 사게요. 애들 생기니까 냉장고 없인 여름 지내기가 아주 곤란하단 말예요. 요즘 세상 냉장고 없는 집이 어디 있는 줄 아세요?"

나는 속절없이 모은 돈을 모조리 내놓지 않을 수 없었다.

이렇게 해서 우리 부부는 결혼하고 십삼 년 동안 변변히 여행 한번 가지 못했다. 그동안에 아들 하나 딸 하나를 낳아 길렀고 비록 이십여 평이지만 어엿하게 우리 소유의 아파트를 마련했으며, 큰아이 인수는 중학교에 입학하게 되었다. 생각하면 실로 '다사다난'했던 세월이었다. 여행 한번 못 갈 만큼 쪼들리고 답답한 십삼 년이긴 했으나 그렇다고 우리들이 인생을 헛살고 있다거나 시집, 장가를 잘못 들었다거나 하는 생각은 한 번도 한 일 없었다. 우린 서로에게 따뜻했고, 가정이라는 세계를 만드는 데 성실했고, 그래서 한눈 한번 팔지 않았다.

문제가 생긴 건 인수를 중학교에 보낸 다음이었다.

애들이 커서 시간 여유도 생기고 했는데 아내가 오히려 우울해하기 시작했다. "이렇게 사는 게 정말 사는 거유?" 하고 불쑥불쑥 묻는 못된 버릇이 싹튼 것도 그 무렵이었다. 어느 땐 내가 들어와도 아랫목에 넋 나간 사람처럼 누워서 거푸 한숨만 내쉬는 일도 있었다. 병이 들었어도 단단히 들었다고 나는 생각했다.

그러던 어느 날 아내가 문득, 까맣게 잊어버린 첫날밤 약속을 끄집어냈다. "당신 매년 한 번씩은 여행시켜준다고 찰떡같이 약속을 했었죠? 그런데 이게 뭐예요. 매년은 고사하고 단 한 번이라도 변변히 교외라도 데리고 나가본 적이 있어요?" 아내는 사뭇 시비조였다.

참 알다가도 모를 일이었다.

어디 내 편에서 여행을 못 가겠다고 우긴 일이 있었던가. 용돈까지 절약하여 여행비를 마련했을 때도 요 핑계 저 핑계 대면서 안 간 게 따지고 보면 다 아내 때문인데 난데없이 나를 원망하고 나오니 어안이 벙벙했다. 그렇다고 시시콜콜 잘잘못을 따질 일도 아니었다. 설왕설래 끝에 햇빛 곱고 바람 시원한 동해까지 여행을 하기로 했다. "고마워요, 여보!" 예정을 잡자 아내는 소풍을 앞둔 어린애처럼 기뻐했다. 옷을 사들인다, 화장품을 준비한다, 지도를 보며 여정을 잡는다, 그야말로 신바람을 내며 뛰어다니는 눈치였다. 근래의 우울함이 일시에 씻겨버린 표정이었다.

그러나, 그러나 말이다.

우리 부부가 동해의 아담한 호텔에서 하룻밤을 자고 났을 때 아내의 표정은 전혀 행복한 것이 아니었다. 오히려 초조하고 불안함을 감출 수 없다는 듯이, "여보, 아침 차로 돌아갑시다" 하고 나오질 않는가. "무슨 소리야, 모처럼 여행인데?" "난 여행이 이렇게 재미없을 줄 몰랐어요. 당신하고 단둘이, 별말도 없고, 식사 시간도 그저 밋밋한 게 나사 하나가 빠진 것도 같고……"
"그거야 엊저녁 늦게 도착해서 잠만 잤으니까 그렇지. 오늘 바다에 나가보면 좀 나을 거야." 나는 아내를 위로하려고 최선을 다했다. 그러나 소용없었다. "그래서가 아니에요. 애들이 없어서 그래요. 애들이 없으니까 도무지 밥맛이 나질 않아요. 그놈들이 엄마 간장 줘, 한다든가 밥이 왜 이 모양이야, 하고 투정이라도 한다든가 그러는 것이 그래도 사는 재미인데 이게 뭐예요. 당신하고 단둘이 촛대 잡듯 하고 앉아서……" 아내는 막무가내였다.

우리 부부는 결국 하룻밤만을 자고 집으로 돌아왔다.

집으로 가자는 아내의 성화를 이길 수가 없었기 때문이었다. 무거운 여행 가방을 메고 집으로 이어진 어두운 골목을 걸어들어오는데 왠지 불현듯 나는 쓸쓸해졌다. 아이들이 궁금해서 잰걸음으로 앞서 걷는 아내의 어깨를 잡고 나는 헛웃음을 치면서 말했다.

"여보, 세상 다 살았다는 느낌이 들지 않아?"

"무슨 소리예요, 그게?"

"그렇잖아, 신혼 시절엔 나 혼자서도 충분히 당신을 심심하지 않게 해줄 수 있었는데…… 이젠 그게 안 되는군."

세월

나는 아내 이외에 또 한 여자를 아내 이상으로 사랑하고 있다.

그녀는 우선 아내보다 훨씬 더 아름답다. 너무 아름답고 너무 사랑스러워서 나는 그녀를 볼 때마다 번번이 아일랜드 숲속의 요정들을 생각하곤 한다. 티끌 한 점 없는 우윳빛 피부가 그렇고, 젖은 채 서기를 띠고 있는 입술이 그렇고, 슬프도록 긴 속눈썹과 그 뒤의 깊이를 알 수 없는 눈동자 또한 그렇다. 특히 그녀의 눈동자를 마주보게 될 때 내가 느끼는 감동을 누가 알랴. 그녀의 눈동자는 조금도 오염되지 않은 순결을 물처럼 말갛게 담아두고 있어 언제나 나를 감동시킨다. 쌍꺼풀은 없지만 정직한 광채로 가득찬 눈이다. 내가 사랑하는 것만큼 그녀도 나를 사랑하므로 내 앞에서 그녀의 눈동자는 유난히 빛난다. 아름답고 황

훌하다. 빛의 참된 심지라고 해도 좋을 터이다.

알 만한 사람들은 그녀가 결코 유다르게 아름답지 않다는 걸 기회 있을 때마다 나에게 환기하려 든다. 제 눈의 안경이라는 것이다. 하긴 그럴는지도 모른다. 그녀는 미스 코리아에 뽑히는 여자들처럼 팔등신도 아닐뿐더러, 그녀는 또 클레오파트라와는 달리 낮은 코를 가지고 있으니까.

코 얘기가 나왔으니까 말이지만, 언젠가 그녀는 이 낮은 코에 수난을 당한 적이 있었다. 내가 서 있는 걸 발견하고 나를 향해 뛰어오다가 앞으로 넘어지면서 돌 모서리에 하필이면 그 코허리를 찧고 말았다. 상처가 생기고 콧등은 금방 부풀어올랐다. 밤톨만큼 콧등이 부풀어오르자 그녀의 얼굴 모양은 가관이었다. 다른 사람들은, 안쓰러운 내 기분은 조금도 고려하지 않고 깔깔거리며 웃곤 하였다.

"잘됐네그려."

사람들은 나를 무시로 놀렸다.

"코가 낮을 뿐이라며 고민을 해쌓더니 원 없이 높아졌군그래. 아름다운데. 클레오파트라의 코보다 높아."

"아름답지."

나는 확신을 가지고 대답하였다.

"암, 아름답고말고. 그게 어떤 콘데."

보기에는 좀 그랬지만, 그러나 부풀어오른 코 때문에 그녀를 사랑하는 내 마음이 더 붉어졌다는 걸 사람들은 모르고 있었다. 나를 향해 달려오다가 생긴 콧잔등의 혹이었다. 그 밤톨만한 혹이야말로 그녀가 나를 사랑하는 진정한 정표라고 할 수 있었다. 내 마음은 자연 그녀에게 더 깊이 기울었다. 그녀만큼 예쁜 처녀는 본 적도 상상한 적도 없었다.

부풀어오른 혹은 결국 가라앉았는데, 하지만 그녀의 코허리는 그것 때문에 층이 조금 졌다. 눈으로 봐서는 구별이 안 되지만, 만져보면 코뼈의 일부가 내려앉아 아주 낮은 층을 이룬 것을 느낄 수 있다. 그것은 영원히 그럴 것이다. 그리고 그녀의 코뼈가 그러하듯 그녀와 나의 사랑 또한 영원할 게 틀림없다.

그녀를 처음 만난 것은 오 년 전, 6월의 어느 날 아침녘이었다.

불광동의 어느 병원 건물에서 우린 처음 만났다. 솔직히 말하자면, 처음 보았을 때 그녀는 별로 아름답지 않았다. 얼굴은 열꽃이라도 핀 듯 붉고 이목구비 또한 균형이 덜 잡힌 얼굴이었다. 그러나 뭐랄까, 운명적으로 끌리는 데가 있었다. 그녀를 마주 대하자마자 내 가슴에 서늘한 그 어떤 기운이 꽉 들어차는 듯했을 정도였다. 그것은 일종의 감동이라고 할 수 있었다. 그때 나는 장미꽃 바구니를 들고 있었는데, 당연지사, 아낌없이 그녀에게 바쳤다. 내가 한 달 동안 점심값을 아껴 모은 돈으로 산 장미꽃 바구니였다.

"자, 아가씨. 내 꽃을 받아주세요."

나는 떨리는 목소리로 말했다.

그녀는 꽃을 받는 대신 울음부터 터뜨렸다. 봄풀처럼 투명한 목소리로 그녀는 울었다. "무슨 사연이 있어 이렇게 우실까." 나는 중얼거렸다. 지금도, 그녀에게 내가 꽃을 내밀었을 때 그녀가 어째서 울었는지는 수수께끼의 하나로 남아 있다. 그녀는 그 점만은 여전히 내게 비밀로 하고 있다. 아니, 비밀이라기보다 그녀 자신도 그 까닭을 잊었는지 모른다. 그러나 나는 생각하곤 한다. 내가 그녀를 처음 대했을 때 물 같은 서늘한 무엇이 가슴을 꽉 채운 것처럼 그녀 또한 나와 세상을 만났을 때 그랬으리라고. 만남의 감동이라고도 할 수 있는 그것의 중량을 견디지 못하고 그녀는 울음을 터뜨렸을 것이라고. 아전인수 격이라고도 할 수 있는 나의 이런 상상을 나는 지금도 믿고 있다.

오, 우리들의 사랑에 대해 뭐라고 설명할 수 있으랴.

사람들은 꼭꼭 무슨 일이 생길 때 그것을 설명하려고 들고 또 설명하지 않으면 이해를 못하는 나쁜 버릇들을 가지고 있다. 진실로 소중한 것은 몇 마디의 언어로 설명할 수 없을 뿐만 아니라, 사실 그런 것들은 설명보다 눈으로, 가슴으로, 저절로 느껴서 이해해야 한다는 걸 모르고 있기 때문이다. 하지만 그녀는 알고 있다. 그녀는 내게 보다 많은 고귀한 것을 설명이 아니라 직관으로, 말이 아니라 침묵의 따뜻한 가슴으로 전해주곤 한다. 그래서 나는 우리들의 사랑에 대하여 더이상 어떻게 설명할 도리가 없다.

한 달쯤 전이던가. 그녀는 내게 와서 내가 살고 있는 아파트의 바로 옆에 붙은 아파트를 사달라고 조른 적이 있다. 내가 사는 아파트는 902호였고 그녀가 가리킨 아파트는 903호였다. 903호 아파트를 당장 사야 한다고, 그녀는 확신에 가득찬 어조로 말했다.

"그 아파트를 왜?"

"나는 여자니까…… 여자니까 언젠가 시집을 갈 텐데."

그녀는 조심스럽게 말머리를 풀었다. 나는 그 말에 상당한 충격을 받았다. 슬프지만 인정하지 않을 수 없는 지적이었다. 기혼자인 내게 매달려 그녀가 일생 혼자 살게 할 수는 없었다. "그럼 시집가서 신랑하고 거기 살겠다는 거야?" 나는 물었고, "응" 그녀는 진지한 표정으로 고개를 끄덕거렸다. 웃고 넘길 일이 아니었다. 나보다 훨씬 젊은 그녀는 자신도 결혼할 것을 예상, 요컨대 결혼하고 나서 나와 너무 멀리 떨어져 살아야 할까봐, 궁여지책으로 그 아파트를 당장 사놓으라 말한 것이었다. 깜찍하고 진실한 생각이었다. 나는 그래서 고개를 선선히 끄덕거려주었다.

"우리, 약속!"

그녀가 새끼손가락을 내밀었고 나도 거기에 내 새끼손가락을 걸었다.

약속은 지켜질 것인가. 나는 손가락을 건 채 생각하였다. 물론 그런 비현실적인 약속은 지켜지지 않을 가능성이 많았다. 나야 그녀와 영원히 가깝게 지내고 싶으니까 그녀가 원한다면 얼마든지 그렇게 하겠지만 그녀는 그렇게 하지 못할 것이다. 결혼하게 되면 그녀는 자신의 의견보다도 신랑의 의견을 더 존중해야 할 뿐만 아니라 세상의 불온한 바람에 휩쓸려 살 수밖에 없게 될 것이다.

나는 세월을 생각했다.

세월이 가면 그녀도 세월만큼 변해갈 것이라는 상상에 나는 슬펐다. 세월만큼 인간을 굴절시키는 것은 달리 없기 때문이다. 세월은 사랑의 모든 관계까지도 굴절시킨다. 그게 세월이다. 그녀와 나의 사랑, 그녀와 나의 관계도 그 앞에선 장담할 수 없다. 그녀는 어쩜 세월이 더 흐른 뒤에는 나와의 약속 따위를 까맣게 잊어버릴는지 모른다. 내 옆의 아파트가 아니라 오히려 나로부터 더 멀리 떨어져 살기를 원할 수도 있다. 나는 분명히 나와 다른 누구를, 혹은 불타는 세상을 향해 달려가는 그녀의 뒷모습을 보게 될 것이다. 그때쯤, 나는 어느 굽잇길에 서 있게 될까. 뒤도 돌아보지 않고 달려가는 그녀가 부디 행복하길 바라며 인생의 내리막길 어디쯤에서 쓸쓸히 미소 짓고 있겠지.

"손가락 이제 빼!"

그녀가 말했다.

너무 생각에 잠겨 그녀에게 건 새끼손가락을 빼는 걸 나는 잊어버리고 있었다. "나 나가 놀고 싶단 말야, 아빠!" 그녀가 내게 힐난하듯 한번 더 소리쳤다. 나는 손가락을 풀어주었다. 쪼르르, 만 오 년이 넘어 이제 여섯 살이 된 내 딸 아름이가 다람쥐처럼 아파트를 빠져나가고 있었다.

해후

나는 그 빌딩 입구에서 그 여자를 만났다. 거의 동시에 출입구를 들어서려다가 서로 멈칫, 마주서게 됐는데 상대편이 바로 그 여자였다.

"아니 저……"

말을 먼저 꺼낸 것은 내 쪽이었고, "이승훈씨!" 하고, 자못 감격적으로 이름을 들이댄 것은 그녀 쪽이었다. "오랜만이군요, 혜진씨." "네……" 감회가 물결쳤다. 그러나 물결치는 감회에 비해 말은 서로 그것뿐이었다. 잠시 우리는 엉거주춤 빌딩 입구에 그냥 서 있었다. 반갑기는 했지만 너무나 오랜 세월이 우리 사이를 가로막고 있어서 쉽게 실마리가 풀어지지 않았기 때문이었다.

"저 괜찮으시다면 차라도 한잔……"

이윽고 내가 말했다. '괜찮다면'이 아니라, 설령 그녀 편에서 거절을 한다고 하더라도 꼭 차 한잔은 나눠야 할 사람이라는 걸 나는 찻집 입구를 들어설 때 깨달았다.

"꼭 십일 년 만이군요."

나는 담배를 꺼내 물었다. 구태여 회고조의 분위기를 만들고 싶진 않았지만 찻집에 마주앉자 내 목소리엔 저절로 물기가 묻어나왔다.

커피가 날라져 왔다.

"먼저 타세요, 설탕."

설탕 그릇을 나는 그녀 편으로 밀어놓아주었다. 사양하는 듯하다가 그녀가 먼저 조심조심 설탕을 떠 넣었다. 십일 년 전과 똑같이 두 스푼이었다. "혜진씨는 여전히 두 스푼을 넣는군요." "이선생님은 한 스푼 반……" "기억하고 있었구먼요." 나는 웃었다. 십일 년 전의 그녀는 언제나 내 커피잔에 손수 설탕을 타주곤 했던 것이다. "한 스푼 반이면 되죠?" 뻔히 알면서도 커피가 날라져 오면 번번이 묻던 그녀의 모습이 아직도 눈에 선했다.

"결혼하셨겠지요?"

이번엔 그녀가 먼저 물었다.

"그럼요. 애가 벌써 국민학교 2학년입니다. 혜진씬 어떻습니까?"

"제 큰애는 3학년이에요."

"그렇죠, 참. 나보다 한 해 빨리 가셨으니까. 바깥 분은 지금도 사업하시나요?"

"네……"

그녀가 조금 고개를 숙였다. 터무니없는 생각이겠지만 고개를 숙인 그녀의 모습은 어딘가 모르게 조금 쓸쓸하고 처량한 데가 있어 보였다. 십일 년 전의 그때도 그랬다. 가을 저녁이었는데, 그녀는 레스토랑 구석자리에서 한사코 고개를 숙인 채 침묵만 지키다가 "가겠어요" 하고 일어났다. 그날이 마지막이었다. 다음날부터 그녀는 내 전화를 일체 받지 않았고 물론 만나주지도 않았다. 두 달쯤 후에 나는 그녀가 결혼했음을 소문으로 듣고 알았다. 나와 교제하던 중 선본 남자였는데, 사업을 꽤 크게 한다고 했다. 그때의 배신감은 대단했다. 원망도 많이 했다. 무엇보다도 '나를 사랑한다'고 믿었던 그녀가, 한마디의 설명도 없이 떠난 점이 내겐 오래 마음의 상처가 되었다.

그렇지만 시간은 뭐든지 다스리는 법이다.

나도 장가가서, 꿈과 이상을 팔아 아들 낳고 집 사고, 그렇게 살게 되자 차츰 그때의 상처는 아물어버렸다. 원망도 남지 않았다. 다만 그녀를 생각할 때마다 그녀에게 묻고 싶은 질문 하나가 없어지지 않고 있었는데, 그것은 '왜 말없이 내게서 떠났을까'

하는 것이었다. 그녀가 나를 만날 때마다 거짓으로 사랑하는 척했으리라곤 도저히 상상할 수 없었으므로.

"지금은 바깥 분 사업이 아주 큰 규모겠지요?"

생각과는 달리 자꾸 엉뚱한 질문을 나는 하고 있었다.

"그저……"

고개를 들지 않고 그녀가 막연한 대답을 했다.

"사실은 나도 사업을 하고 있어서요."

"이선생님이 사업을?"

"왜, 안 어울려 보입니까?"

"그것보다도……"

그녀는 말끝을 흐렸다. 그녀와 만날 때 내 꿈은 정치였다. 대학 때 학생회장을 하고, 졸업해서 어느 사단법인에 근무할 무렵이었으니까 정치에 대한 나의 꿈은 원대하고 열정적이었다. 그녀는 그것이 생각난 모양이었다.

"하긴…… 나도 이렇게 장사꾼이 될 줄은 짐작하지 못했었지요."

"이선생님은…… 꿈도 크고 아주 열정적인 분이셨어요."

"혜진씨는 안 그런 줄 아십니까?"

"저야 뭐……"

"다소곳했어도, 그림이라면 전혀 다른 사람 같았었는데도요."

그녀는 미술 대학을 졸업, 잡지사에서 도안을 하고 있을 때 나를 만났다. 비록 잡지사 일을 하고는 있었지만 그림에 관한 그녀의 열정은 대단했다. 정치에 대한 내 열정이 대단했듯이.

찻집은 여전히 한가롭게 비어 있었다.

나는 힐끗, 카운터 위에 걸린 벽시계를 바라보았다. 한시 오십분. 두시까진 가야 할 곳이 있었으므로 그녀와 보낼 시간은 오분 밖에 남아 있지 않았다. 이제 그녀에게 묻고 싶었던 것을 물어야 한다고, 나는 생각하였다. 큰 사업체를 가진 남편과 예전의 꿈대로 그림이나 열심히 그리며 살아갈 그녀를, 이런 데서 다시 만날 기회는 없으리라는 걸 나는 알고 있었다. 허흠, 하고 나는 먼저 헛기침부터 했다.

"저…… 십일 년 전 말입니다. 혜진씨가 떠나고 한동안은 괴로웠습니다."

"……"

"혜진씨를 원망도 했었고요."

"그 점은 늘 저도 미안하게 생각하고 있었어요."

"원, 천만에요."

나는 황급히 고개를 흔들며 엽차를 한 모금 마셨다.

"그런 뜻이 아닙니다, 혜진씨. 한때 그랬었다는 것뿐이지요. 지금은 아무렇지도 않습니다. 다만, 다만 늘 궁금한 생각은 있었어요. 어째서 혜진씨는 나를 선택하지 않았을까 하구요. 우리는 결혼하는 데 아무런 지장도 없었는데 어째서 말 한마디 없이 떠나셨는가 하구요. 그 점을 지금 말해주시겠어요?"

"그것은…… 꿈 때문이었어요."

"꿈이라니요?"

"이선생님은 꿈이 너무 컸어요. 특히 정치에 대한 그 꿈과 정열이 전 두려웠어요. 그리고 또 한 가지는…… 내 꿈도 소중했고요. 나는 그림을 버리고 싶지 않았거든요. 정치가의 아내로 살 자신이 없었어요."

"……그랬었군요……"

허망한 바람 한줄기가 내 가슴속을 지나갔다. 내게 지금 꿈이 있다면, 빚 때문에 남의 손으로 넘어간 가구점을 다시 찾고 싶다는 것뿐이었다. 회사 생활 육 년, 가구점 운영이 삼 년, 그리고 그 가구점마저 날린 처랑한 꼴로 나는 오늘 여기에 온 것이었다.

"가시죠. 전 이 건물에 약속이 있어서……"

나는 힘없이 자리에서 일어섰다.

"저도 이곳에 볼일이 있어요."

"몇 층입니까?"

"구층이에요."

"전…… 칠층인데……"

우리는 함께 엘리베이터를 탔다. 엘리베이터 출입구에 '○○보험회사 간부 사원 및 외무 사원 응시자 면접고사장 팔층'이라는 안내 글귀가 붙어 있었다. 그곳에 가는 게 내 볼일이었지만 나는 행여 그녀가 눈치챌까봐 일부러 칠층에서 내렸다. 내가 묵례를 하고 그녀는 눈으로 인사했다.

나는 칠층에서 내려 아주 천천히 팔층으로 올라갔다.

층계를 오르는 것이 아주 힘들었다. 바로 그때, 나는 저만큼 앞서 걷고 있는 그녀의 뒷모습을 팔층 복도에서 보았다. 내가 느리게 올라가는 사이 그녀는 구층에서 내려 재빨리 한 층을 내려온 모양이었다. 보험회사 외무 사원 면접을 기다리는 사람들의 맨 끝에 그녀가 붙어 서고 있었다. 나는 걸음을 멈추었다.

발밖에 안지 못하는 남자

찻집 계단을 그들은 올라갔다. 삐거덕삐거덕, 눈 밟는 듯한 소리가 발밑에서 났다.

"1960년대의 시골 찻집이 이랬지."

남자가 텅 빈, 불빛이 있으나 어딘가 모르게 그늘이 더 많이 서린 듯한 찻집 실내를 둘러보며 말했다. "커피를 주세요." 여자는 차 주문을 받을 생각도 안 하고 카운터 저편에 앉아 있는 중년 여인을 향해 부드럽게 미소를 지어 보였다. 사기그릇 같은 흰 이가 잠깐 드러났다. 음악은 없고, 음악이 없는 대신 여자가 창을 조금 밀자 바람 소리가 쏴와아, 밀려들어왔다. 바다는 바로 창 아래에 있었다. 그러나 탄금彈琴하듯 들리는 바닷소리에도 불구하고 밤안개에 가린 바다는 수줍은 신부였다. 안개의 젖은 발足들이 수은등 불빛 아래, 바다 위에서 천천히 미끄럼을 탔다.

"참 근사한 여름이었어요."

여자가 침묵의 빗장을 풀었다. 카운터의 중년 여인이 말 한마디 없이 커피 두 잔을 탁자 위에 나눠놓고 슬리퍼 소리를 내며 제자리로 돌아간 다음이었다.

"그래. 불과 두 달 전만 해도 밤마다 이 다방에 자리가 없었지. 레지 아가씨도 둘이나 있었는데……"

"모두 떠났어요. 보세요."

여자가 턱으로 철 지난 밤바다를 가리켰다.

"모두 떠나고 나니까 바다가 오히려 제 모습을 드러낸 것 같아. 적막하긴 하지만. 어딘지 사람들이 많을 때보다 풍성하게 느껴지지 않아?"

"아, 네……"

남자가 김이 나는 커피잔을 두 손으로 포옥 감싸쥐었다. 뭘 말인가요, 하고 여자는 눈으로 물었다. "겨울이 오면 말야. 북풍이 떼 지어 몰려다니는 겨울이 오면, 홀로 웅크리고 앉았을 때, 오히려 따뜻한 느낌이 드는, 그런 기분……" 남자는 설명하기가 부끄럽다는 듯이 말꼬리를 사렸다. 침묵이 왔다. 침묵은 언어보다 순결하다는 것을 두 사람은 똑같이 알고 있었다. 무엇을 더 말하랴. 침묵으로 그들은 그 순간, 그들만이 아는 비밀의 뜨락에서 조용히 만났다. 불타던, 그러나 지금은 재로 남은 지난여름, 운명적인 만남과 한때의 환희, 등불처럼 따뜻하면서도 애틋했던 사랑의 말들, 아아, 그리고 무엇보다도 이제 그들이 맞아야 하는 죽음 같은 이별…… 그들은 침묵으로도 그 모든 것들을 기억하고, 꾸리고, 나눠 갖고 있었다. 설명은 그래서 피차 부끄러웠다.

"참!"

여자가 불현듯 가죽가방을 열고 뿔고동 한 개를 꺼냈다.

"이것을 드리고 싶어요."

"그것은 처음 만날 때 내가 준 거였는데……"

"맞아요. 하지만 갖고 있는 동안 이것은 내게 가장 소중한 물건이 되었어요. 그러니까 다시 드리는 것은 돌려드리는 게 아니라 내가 가장 소중한 내 물건을 선물하는 셈이 되지요."

"그렇군."

남자가 고개를 끄덕이며 여자처럼 잠깐 이를 드러내고 웃었다. 뿔고동이 여자의 손에서 남자의 손으로 옮겨졌다. 소리를 내진 않았지만 남자와 여자는 그때, 동시에 뿔고동의 울음소리를 들었다. 아니, 그것은 뿔고동의 울음소리가 아니었다. 찻집 실내까지 들어와 쓰러져 눕는 뱃고동 소리였다. 두 사람은 고개를 창으로 돌렸다. 밤안개를 밀쳐내며 천천히 부두로 오고 있는 배 한 척이 보였다. 여자의 속눈썹이 미세하게 흔들렸다.

"경비정이 와요. 경비정을 얻어 탈 수 있을 거예요."

여자가 감정의 파문을 감추려고 일부러 흘러내리지도 않은 머리채를 쓸어올렸다. 남자의 시선이 여자의 그것과 만났다. 어째서, 하고 여자의 눈빛은 말하고 있었다. 어째서 당신은 나를 붙잡으려 하지 않나요. 당신이 결혼한 남자라는 걸 나는 믿지 않아요. 난 그것이 거짓말이란 걸 알고 있어요. 당신의 한마디를 기다려요. 머물러라. 이곳에 머물러라. 그 한마디요…… 그러나 남자의 눈빛은 차디찼다. 수려한 이목구비 중에서도 유독 창처럼 맑게 열린 남자의 두 눈은 필사적으로 여자의 탄원을 뿌리치고 있었다. 아니야. 남자는 눈으로 말했다. 처자식이 있다는 내 말은 정말이야. 난 당신을 붙잡을 수 없어.

뚜, 뚜—우—

경비정이 몇 차례 더 젖은 목소리로 울었다.

"나가자고."

남자가 성이 잔뜩 난 아이처럼 갑자기 말했다.

"일어서기 전에……"

여자가 조급한 얼굴로 고개를 저었다.

"……저한테 뭐라고 말 좀 해주세요."

"당신 말처럼, 근사한 여름이었어…… 그뿐이야."

남자는 끝내 여자가 기다리는 말을 하지 않았다. 여자의 눈에 엷은 습기의 막이 드리웠다. 제발, 하고 남자는 고개를 숙였다. 제발 끝까지 내가 체면을 지킬 수 있도록 도와줘. 당신이 떠나는 건 내게 있어 죽음과도 같다는 걸 어찌 설명할 수 있겠는가.

경비정이 부두에 닿고 있었다.

여름은 난파선처럼 이미 침몰했고, 경비정 너머 바다 끝에서부터 벌써 겨울이 느린 걸음으로 걸어오고 있었다. 그들에게 10월은, 가을이 아니었다. 10월이라는 시간은 여름과 겨울 사이에서, 그들이 운명적으로 갈라서야 하는 이별의 시간이었다.

여자가 먼저 일어섰다.

남자는 또박또박 여자를 앞질러 걸어가 찻값을 치렀다. 앉아 있을 때는 여자와 남자가 키가 같았는데 일어서고 보니까 남자의 머리가 여자의 허리를 조금 넘었다. 남자는 난쟁이였다. 난쟁이와, 유독 키가 크고 피부가 눈雪처럼 흰, 그래서 도무지 어울려 보이지 않는 두 사람은 나란히 걸어 부두로 내려갔다.

"탈 거요?"

뱃전에서 선원이 여자를 향해 물었다. 여자의 시선이 남자에게 창槍처럼 날아가 꽂혔으나 남자의 표정은 여전히 담담했다. 여자가 선원을 향해 고개를 끄덕거렸다.

"그럼 빨리 타쇼. 곧 떠납니다."

여자는 남자의 손에 들린 가방을 받아들었다.

남자의 어깨가 파르르, 잎새처럼 흔들렸다. 안녕. 여자가 소리 없이 말하였다. 침몰한 여름보다 남자는 더 조그맣게 보였다. 여자가 참을 수 없다는 듯 잠깐, 그리고 아주 재빨리 남자를 끌어안았다. 난쟁이인 남자는 여자의 품안에 들자 한 마리 새끼 노루였다. 붕 부웅, 뱃고동이 여자를 재촉했다. 여자는 발작처럼 뒤돌아서서 뱃전과 부두를 이은 나무판자를 뛰어 건넜다. 이어 판자가 당겨지고 곧 배가 떠났다.

남자는 꼼짝도 하지 않았다.

비로소 눈물이 남자의 볼을 적셨다. 난 난쟁이야. 남자는 속으로 부르짖었다. 결혼했다는 건 거짓말이었지만 그러나 당신처럼 크고 아름다운 여자를 내 가슴에 안을 수 없는 난쟁이란 말야. 내가 가슴에 안을 수 있는 건 단지 당신의 지느러미 같은 발뿐이야. 배는 어두운 밤바다, 안개 뒤로 서둘지 않고 서서히 숨었다. 파도가 흰 이빨을 드러내고 해안을 물어뜯었다. 여름은 그 잔해조차 남아 있지 않았다. 단지 남자가 움켜쥔 뿔고동에 여름이 금金처럼 누워 있었다.

결혼 조건

관계를 맺는다는 건 쉬운 일이 아니다. 특히 부부 관계는 더욱 그렇다. 곰보 자국도 보조개로 보인다는 스물 몇 살의 나이에 얼렁뚱땅, 그 요물스러운 사랑 때문에 결혼하는 경우라면 몰라도 나이 서른을 훨씬 넘기고, 그것도 이 여자 저 여자, 제법 바람도 피워보고, 그래서 여자를 좀더 리얼한 시선으로 바라보게 된 나이에 중매로 짝을 맺는다는 건 참으로 어려운 일이 아닐 수 없다. 그런 경우에는 여러 가지 조건들이 맞아떨어져야 하기 때문이다.

내 경우도 예외는 아니었다.

스물아홉에 맞선을 보기 시작, 서른세 살이 될 때까지 그 횟수가 스무 번을 넘었지만 알맞은 상대를 구하지 못했다. 마음씨가 고와 보이면 다리가 조선무를 닮았다든가, 얼굴도 예쁘고 몸매도 고우면 조실부모하여 그 성격이 모질다든가, 모든 게 맘에 들어 오케이 할라치면 저편에서 고개를 도리질하든가 하기 일쑤였던 것이다.

혜숙씨가 내 앞에 나타난 것은 그럭저럭 맞선 보기도 지쳤던 그 무렵이었다. 삼촌이 소개한 여자였는데, 만나자마자 지금까지 결혼 안 하고 기다린 것이 오직 이 여자를 만나기 위해서였던 것 같단 착각이 들 정도로 내 마음에 들었다.

그것은 그쪽도 마찬가지인 것 같았다.

우리는 몇 번 만나는 사이에 급속도로 가까워졌다. 아니 '가까워졌다'는 건 내 일방적인 생각인지도 몰랐다. 왜냐하면 '가까워졌다'는 생각이 들었을 때까지 우리는 겨우 손을 잡았을 정도였으니까.

그래서 어느 날, 나는 마침내 혜숙씨의 입술을 훔쳐내기로 작정하였다. 입술만 훔쳐내면 일사천리, 내 결혼 스케줄에 그녀를 끌어들일 생각이었다. 저녁식사를 끝내고 나는 자연스럽게 혜숙씨를 이끌고 공원으로 갔다.

공원은 텅 비어 있었다.

우리는 수은등 불빛을 등뒤로 받으며 한 벤치에 나란히 앉았다. 벚나무 한 그루가 벤치 끝에 서 있었다. 바람이 불 때마다 꽃이 졌다. 하늘하늘 떨어지는 꽃잎은 수은등 불빛을 받아 아주 아름다웠다.

"결혼해주십시오, 혜숙씨."

나는 단도직입적으로 말했다.

그러나 그녀는 대답 대신 한 뼘쯤 내게서 옆으로 떨어져 앉았다.

"저 혜숙씨를 행복하게 해드릴 자신이 있습니다. 정말입니다."

이번엔 내가 그녀를 향해 바싹 다가앉았다. 이왕에 빼든 칼이었다. 나는 무분별하게 칼을 휘둘렀다.

"대답을 듣고 싶어요. 제 결혼 요청을 받아주시겠습니까?"

"아직은……"

그녀는 고개를 숙였다.

나는 목이 타는 걸 느꼈다. 담배를 꺼내 물고 라이터를 켜 댔다. 연기를 빨아들이자 목은 더욱 탔다.

"아직은 안 된다 그 말입니까?"

"그것은 저……"

"알았습니다."

목이야 타거나 말거나 나는 더욱 신경질적으로 담배를 빨았다. 머릿속이 핑 도는 것처럼 느껴졌다.

"……제가 그렇게 대단한 사람이라곤 생각하지 않습니다. 혜숙씨 같은 분이면 저보다도 나은 신랑감을 구할 수 있을 테지요."

"그건 아니에요."

"그럼 왜 제 구혼을 허락하지 않습니까?"

"그건 저……"

"변명하지 않으셔도 좋습니다."

"이선생님은……"

그녀는 여전히 고개를 숙이고 있어서 표정을 볼 수 없었다. 그러나 말투로 미루어보아 퍽 조심스럽게 나를 대하고 있는 것만은 확실했다.

"……저한테 결혼하자고만 하셨지 더 중요한 것은 지금까지 한 마디도 안 하시고 계시잖아요."

"중요한 말이라니요?"

"……"

그녀는 대답 대신 무릎 위의 핸드백만을 만지작만지작했다. 무슨 말인지 망설이고 있음이 역력했다. 대체 무슨 중요한 말을 빠뜨렸단 말인가. 나는 생각하고 생각하였다. 그러나 문득 나는 막연히 '행복하게 해주겠다'고만 했지 더 사실적으로 내 형편을 말해준 일이 없다는 데 생각이 미쳤다.

"그렇군요."

나는 새 담배에 불을 붙이며 이윽고 말했다.

"그걸 빠뜨렸군요. 전 강남에다 스물세 평짜리 아파트를 사놨습니다. 혜숙씨한테는 보잘것없어 보일는지도 모르지만 저는 그걸 장만하는 데 오 년이 걸렸습니다. 결혼하면 우리는 그곳에서 단둘이 살게 될 겁니다."

"아이 참."

그녀가 짜증스럽다는 듯 한숨을 쉬었다. 내 말이 빗나갔던 모양이었다.

"아하, 결혼 예물을 말씀하시는 모양이군요. 예물은 크게는 못하겠지만 오 부 정도의 다이아를 준비하도록 하겠습니다. 그리고 시계는……"

"시계는 필요 없어요!"

이젠 완전히 실망하는 눈치였다. 그녀는 차갑게 덧붙여 말하고 있었다.

"……다이아도 필요 없고요."

"그럼 뭐가 더 필요합니까?"

나도 지지 않고 팽팽히 소리쳤다.

"필요한 게 더 생각나지 않음 관두세요."

"제발……"

나는 그녀의 손을 덥석 잡았다.

"제발 혜숙씨, 속시원히 얘길 좀 해주세요. 혜숙씨에게 더 필요한 것이 뭡니까?"

"선생님은 다이아나 시계나 아파트만 있으면 결혼할 수 있다고 생각하세요?"

"글쎄요. 나는 도무지 뭐가 더 있어야 하는지 생각이 나질 않습니다."

나는 이마의 땀을 닦으며 풀이 죽어 대답했다. 그녀가 내 손을 뿌리쳤다.

"좋아요. 전 그만 가보겠어요."

벚꽃이 또 졌다. 나는 입술을 깨물었다. 미치고 환장할 일이었다. 벚나무의 꽃잎도, 꽃밭 같은 서울의 야경도, 내 눈엔 더이상 아름다워 보이지 않았다. 나는 다만 어떻게 해서든지 그녀를 놓치고 싶지 않을 뿐이었다.

"안녕히 계세요, 이선생님!"

마침내 그녀가 고개를 까딱하며 벤치를 등졌다.

"혜숙씨!"

엉겁결에 나는 그녀의 어깨를 잡아 돌려세웠다.

짧은 순간 시선이 마주쳤다. 그때, 내 머리가 재빨리 움직였다. 너무 돌발적인 일이어서 나 자신까지도 도무지 내가 무슨 짓을 하려는지 알지 못했을 정도였다. 그녀가 고개를 슬쩍 돌렸다.

그러나 등뒤에 바로 벚나무가 있었으므로 내 공격을 피하진 못했다. 내 입술이 그녀의 볼을 스쳤다. 내친걸음이었다. 나는 물러서지 않고 이리저리 피해 움직이는 그녀의 입술을 잡기 위해 함부로 얼굴을 들이밀었다. 쫓고 쫓기는 싸움이 시작됐다.

"사랑합니다, 혜숙씨."

나는 숨가쁘게 외쳤다. 새 한 마리가 푸드득 하고 어둠 속을 날아갔다. 그리고 거의 동시에 그녀의 입술이 내 입술에 잡혔다. 이가 마주쳤다.

"죄송합니다. 첫 키스라 서툴러서……"

갑자기 부끄러운 생각이 들어 나는 어물어물 말하였다.

"그러나…… 사랑한다는 건 진심입니다."

"됐어요, 이선생님!"

그녀가 비로소 내 머리를 가볍게 안았다.

"결혼하려면 다이아나 아파트보다 먼저 사랑이 있어야지요."

아아, 바로 이거였구나. 사랑, 사랑…… 싸움은 완전히 끝났다. 내 입술 사이로 그녀의 혀가 기웃거리며 들어왔다. 나는 그것을 힘껏 빨아들였다. 5월의 봄밤, 벚꽃이 우리들 머리 위로 눈부시게 지고 있었다.

방문객

그날 저녁 그 여자가 우리집을 방문했을 때 우리 부부는 막 저녁 밥상을 밀어내고 있었다. 초인종이 두 번 울렸다. "누구지, 이 밤중에?" 아내는 문고리를 잡으며 내 편을 바라보았으나 대문 밖에 서 있는 사람이 누군지 나도 알 턱이 없었다. 아내가 문을 열었다. 희끗희끗 눈발이 날리는 게 어둠 속에 보였다.

"눈이 와요. 첫눈이죠, 아마?"

소녀 같은 표정을 아내는 지었다. 정말 첫눈이었다. 그러나 이날따라 나는 어린애처럼 구는 아내가 못마땅했다. 이제 애 엄마가 아니냐. 그런데도 아내는 울기 잘하고, 웃기 잘하고, 감동 잘하고, 그렇게 여린 감정을 그대로 간직하고 있었다. 연애 시절이야 물론 그 점이 아름답게 보였으나 지금은 그게 아니었다. 나는 아내가 좀더 튼튼하게 생활에 접근해가는 강인한 여자이길 바랐다. 아직도 단칸 셋방을 면하지 못하고 있는 주제에 사랑이니 뭐니 하고 꿈같은 화제나 따라다니는 게 어디 말이 되는가. 하기야 아내의 여린 감성을 못마땅해하는 데는 풍요한 생활을 책임지지 못하는 내 무능력에의 콤플렉스도 작용하고 있었다.

그때 신경질적으로 초인종 소리가 다시 울렸다.

"누군가 성미도 급하지 원."

아내가 문을 쾅 닫으며 대문간으로 나갔는데 잠시 후 데리고 들어온 게 바로 그 여자였다. "저 왔어요." 여자는 뻔뻔스럽게도 들고 온 가방을 턱 내려놓고 나서 아내보다 한 발 앞서 방안으로 들어왔다. 나는 너무도 놀라서 벌떡 일어선 채 벌린 입을 다물지 못했다. 보통 일이 아니었다. "왜 그렇게 놀라세요?" "저…… 밖으로 나가자고, 우리." 내가 엉거주춤 허리를 굽히며 완전히 기가 죽은 목소리로 말했다.

"올 테면 오라고 했잖아요. 앉으세요. 부인도 앉으시고요."

여자는 아주 여유만만이었다.

내가 그 여자를 처음 만난 것은 친구 부친의 회갑연에서였다. 나는 잔칫집 손님으로, 그 여자는 잔칫집에 불려온 장구재비 겸 기생으로 우린 만났다. 술에 취해 노래를 한 곡 불렀는데 내 흘러간 옛 노래에 그녀는 장구로 근사하게 장단을 맞춰주었다. 그날 밤늦게 택시를 함께 탄 것이 화근이었다. 그녀가 워낙 곰살갑게 대해주었으므로 '한 잔'만 더 하자며 도심지에 함께 내렸던 것인데 그놈의 '한 잔'이 그냥 '한 잔'이 아니었던 것이다. 한 잔이 두 잔이 되고, 두 잔이 석 잔이 되고, 술이 술을 마시고 술이 사람을 마시고, 결국 에라 모르겠다. 덩굴째 굴러들어온 호박, 사내 체면에 그냥 버릴 수도 없지, 하는 객기로 '하룻밤 만리장성'을 쌓았던 것이 불과 삼 개월 전이었다. 내 평생에 없던 일이었다. 헤어질 때에 여자는 아무 말이 없었다. 지갑을 열고 있는 대로 돈을 줄 때도 마찬가지였다. 나는 곧 여자를 잊어버렸다. 살다보면 별스러운 인연도 다 있다고 나는 생각했다. 그런데 잊었던 그 여자가 회사 지하 다방에서 나를 불러 내린 게 꼭 일주일 전이었다. 아닌 밤중에 홍두깨 격으로, 그리고 또 재수 없는 놈은 비행기를 타고도 뱀한테 물린다고, 여자가 한다는 말이 '덜커덕 임신'을 했다는 것이었다.

"임신이라니, 도대체 그 아이가……"

"선생님 아이가 아니다 그 말인가요?"

"그럴 수도…… 이거 너무 어처구니가 없어서."

"어이구, 분해. 내가 뭐 물이라도 파는 여잔 줄 아세요? 난요, 엄연한 국악인이라고요. 세상에 이렇게 분할 수가……"

한마디로 여자는 막무가내였다.

수술비와 보상비 조로 일금 오십만 원을 내라는 것이 여자의 주장이었다. 이른바 '꽃뱀'에게 걸려들었다는 걸 나는 비로소 알았다. 하지만 오십만 원이 어디 적은 돈인가. 단칸 셋방에서 모자라는 월급으로 근근이 살아가는 주제에 오십만 원이 한몫으로 주머니에 있다면 당장에 은행이라도 차릴 일이었다. 십만 원쯤으로 타협이 된다면 어떻게 해보겠는데, 여자는 나의 수정 제안에 완강히 고개를 가로저었다.

"정 그러시면 선생님 댁으로 들어갈 수밖에 없어요."

"우리집에 들어와?"

"그렇잖아요. 이제 조금 있으면 배도 불러올 텐데 처녀가 어디서 애를 낳겠어요. 이왕지사 선생님 애까지 뱄으니 들어가 함께 살밖에 도리가 없는 일이지요."

여자는 틈도 주지 않고 이런 식으로 나를 몰아붙였다.

일주일을 두고 거의 매일 달래고 사정을 해도 여자는 물러서질 않았다. 나는 결국 화가 나서, "좋다구. 생각 있으면 들어와 살아. 그까짓 식구 하나 불어나는 거 하나도 겁나지 않아!" 하고 자리를 박차고 일어난 것이 오늘 낮의 일이었다. 그런데 하루도 넘기지 않고 그 여자가 이런 꼴로 쳐들어왔으니 사람 환장할 노릇이었다.

방안엔 잠시 불안한 침묵이 흘렀다.

여자가 제멋대로 한참을 지껄이고 난 후였으나 아내는 단 한 마디의 말도 하지 않았다. 나는 이제 여자보다는 아내한테 모든 신경이 가 있었다. 아내의 나무람을 무서워해서가 아니었다. 그보다도 연약하기 한정 없는 아내가 과연 이런 식의 예고 없는 돌발사고를 감당할 수 있을는지, 미상불 그게 걱정이었다. 혹시. 단아함을 간신히 유지하고 있는 아내를 슬쩍 훔쳐보며 나는 생각하였다. 혹시 저러다가 아내는 털썩, 통나무처럼 쓰러지는 게 아닐까. 아내는 정말 그럴는지도 몰랐다. 온실 속의 꽃처럼 자란 아내, 단칸방의 고생도 고생인 줄 모르고 꿈꾸듯이 사는 아내, 꽃나무 한 그루의 죽음에도 눈물짓는 아내. 오늘밤 아내의 생목숨을 잃을 수도 있겠구나 싶었다.

잠자던 두 살배기 딸애가 그때 이불 밖으로 돌아누웠다.

아내가 딸애의 잠자리를 고쳐주었다. 이상한 일이었다. 딸애의 잠자리를 고쳐주고 있는 아내의 자세가 조금도 흔들리지 않았다. 흔들리기는커녕 잠든 딸애를 내려다보는 표정이 사랑스러워 죽겠다는 듯 여느 날의 그것과 조금도 다를 바 없었다. 예상을 빗나가고 있었다. 침묵하고 있는데도 아내는 조금씩 나와 그 여자를 구석으로 밀어붙이는 것 같았다.

"그러니까 부인도 이해를 해주셔야 되겠어요. 당분간 예 있다가 방 한 칸 얻어주면 나가 살겠어요. 그때까지만 저 있을 방 하나를 치워주셔야겠어요."

그 여자도 결코 지지 않겠다는 듯, 말투만은 완강하게 마지막 쐐기를 박았다. 그러나 내 눈으로 봐서도 아내한테 여자가 오히려 밀리고 있다는 느낌이 역력해졌다. 나만이 사면초가였다. 후려칠 수도, 끌어낼 수도 없고, 그렇다고 그냥 구경꾼이 될 처지도 아니었다. 그때였다. 아내가 마침내 입을 열었다. 부드럽게 미소까지 지은 얼굴에 아주 침착한 목소리로 아내는 먼저 내게 말했다.

"당신, 어째 단칸 셋방에서 산다고 미리 말해드리지 않았어요?"

"……"

"좋아요. 단칸 셋방이 뭐 자랑도 아닐 테고……"

아내가 조용히 그 여자의 손을 끌어 잡고 있었다. 여자의 표정이 크게 흔들렸다. "이왕 이렇게 된 것 도리 없지요. 좀 비좁긴 하지만 사는 데까진 사이좋게 살아봅시다. 어린애가 있으니까 내가 아랫목을 내줄 순 없고, 그쪽에서 좀 불편해도 윗목을 쓰세요. 나중에 돈 벌어 집 사면 방이야 따로 쓰게 되겠지만……" "……저, 부인……" "이제 부인이라고 하지 말고 형님이라고 불러야죠. 난 내 팔자가 이럴 줄 이 양반과 결혼할 때 이미 알고 있었다우. 피곤하면 먼저 누워요. 아, 여보, 뭐하고 있어요, 당신

작은 아씨 잠자리 좀 해주지 않고……" 아내가 곱게 나를 향해 눈을 흘겼다.

바둑이라면 아내는 불계승이었다.

왜냐하면 쭈뼛쭈뼛, 그 여자가 뭐 마려운 강아지처럼 일어섰으니까. "아니, 왜요?" "저…… 가, 가봐야겠어요." 한번 무너지기 시작하자 그 여자는 단숨에 무너졌다. 허둥지둥 꽁무니를 빼고 났을 때 아내는 비로소 죄인처럼 무릎을 세우고 앉은 나를 똑바로 노려보았다. "여보. 정말 미안해, 정말……" "나쁜 자식!" 아내가 씹어뱉었다. 무릎이라도 꿇어야 하나 하고 나는 생각했다. 용서만 받을 수 있다면 열 번 무릎을 꿇어도 좋다고 여겼다. "무릎 꿇기만 해봐." 아내가 오금을 탁 박았다. "난 약한 남자 젤 싫어!" 아내의 눈에 방울방울 눈물이 졌다. 가장 강한 여자, 그리고 가장 약한 여자, 그것이 아내였다.

아내의 가출

그날, 아내는 마침내 가출하였다.

퇴근하고 돌아와보니까, 단정히 차려놓은 저녁 밥상 위에 사각으로 접힌 쪽지가 달랑 놓여 있었는데, 아내는 그 쪽지에서 가출에 대한 자신의 심리적 갈등을 간결하게 다음과 같이 술회해 놓고 있었다.

'가정이라는 게 무엇인지에 대해서 생각했어요. 내가 믿고 있었던 당신의 사랑, 새로 태어날 애기, 그리고 죽어라 밥하고 빨래하고 청소하고, 그러면서도 조금도 불만스럽게 생각하지 않았던 그 무엇, 그 무엇이라는 게 정말 있기는 있는 것인지, 당신의 사랑이라는 것도 사실은 허상이 아닐는지, 그런 것들을 생각했어요. 좀더 멀리서, 좀더 명확하게 그런 것들을 보고 싶어 집을

떠나는 거예요. 언제 돌아올는지는 몰라요. 내가 없어서 더욱 홀가분하시겠지만……'

요것 봐라. 나는 쪽지를 구겨 던지고 나서 숟가락을 들고 밥상을 끌어당겼다. 고백하건대, 아내의 가출로 인하여 그 순간 내 식욕은 조금도 줄지 않았다. 제가 뛰어봐야 벼룩이지, 하고 생각했다. 난 밥 한 그릇을 다 비우고 목욕을 하고, 그리고 커피까지 한 잔 끓여 들고 안방에 누웠다.

아내는 지금쯤 어디 있을까.

제까짓 거, 용기 없으니 혼자 여행을 떠났을 리도 없을 테고 잘하면 친정에, 잘하면 언니 집에, 또 잘하면 이혼하고 혼자 사는 제 친구 집에, 행여 내가 찾는 전화라도 오나 하고 귀를 나발처럼 열어놓은 채 기다리고 있을 터였다. 하지만 어림도 없지. 내가 미쳤다고 전화를 해? 아내의 가출은 일종의 시위라고 할 수 있었다. 사흘 전에 나는 이틀간 외박을 하였다. 하루는 고스톱판에서, 하루는 나이트클럽에서였다. 회사 핑계를 댔지만 아내는 물론 내 핑계를 믿어주지 않았다. 아내는 오늘 아침까지 입 한번 떼지 않고 침묵으로 나를 묶으려 들었다.

"거 외박 좀 한 걸 가지고 뭘 그래?"

내가 참다 참다 외려 화를 내자, "외박 때문이 아니에요. 당신 요즘 내가 주체스럽지요? 옛날하곤 참 몰라보게 달라졌어요." 하고 아내는 무표정하게 돌아앉았다. 아내가 '옛날'이라고 말하는 것은 아내와의 연애 시절일 것이었다. 나는 아내와 꼭 일 년간 데이트를 했고 꼭 일 년 전에 결혼을 하였다. 모든 연인들이 다 그렇듯이 연애 시절의 우리도 사랑만 있으면 굶어죽어도 좋다는 분위기로 살았다. 우리들은 곧잘 숲속에 누워 별을 바라보곤 하였는데, 까마득한 별도 사랑의 감정으로 보면 한 치 앞이었다. 별도 숲도 하늘도 우리를 위해 알맞게 놓인 소도구 같았다.

그러나 그런 감정은 대략 결혼하고 육 개월까지였다.

몇 달 지나고 나자 안개가 걷힌 것처럼 모든 사물이 정직하게 바라보였다. 별은 멀고 숲은 나무들끼리 조용했으며 하늘도 우리들만의 하늘이 아니란 걸 나는 알았다. 어디 그뿐이냐. 언제부턴가 아내가 지적한 대로 누군가와 함께 사는 일이, 함께 먹고, 함께 자고, 함께 생각하는 일이 짐스럽게 느껴지기 시작하였다. 결혼은 안락이 아니라 구속이었다. 그리고 한번 구속이라고 느끼자 모든 게 그랬다. 아내의 웃음도, 아내의 적금통장도, 아내의 정갈한 상차림도 공연히 마음에 들지 않았다. 어쩌다 숙직이어서 혼자 누워 있으면 그렇게 편안하고 자유스러울 수가 없었다. 그러나 아내는 그렇지 않은 모양이었다. 아내는 결혼이 구속이라는 걸 조금도 눈치채고 있는 것 같지 않았다. 밥 짓기도, 힘든 빨래도, 내 시중드는 것도 아내는 아주 즐겁게 해내고 있었다.

"당신, 힘든데 친정에 가서 한 이틀 쉬다가 오지?"

내가 말하면, "당신은 어떡하구요. 난 절대 그렇겐 못해요. 당신하고 함께 간다면 또 모르지만……" 하면서 아내는 그야말로 내가 자기의 고삐를 더 든든히 잡아당겨주지 않는 것이 불만스럽다는 얼굴을 했다. 요컨대 아내의 가출은 바로 우리 부부의 이 상반된 감정에 그 원인이 있었다. 아내는 말하자면 집을 비움으로써 자신의 필요성을 내가 절실히 깨닫길 바라고 있을 게 틀림없었다.

그렇지만 그것은 아내의 오판이었다.

나는 커피를 다 마시고 텔레비전 방송으로 외화 한 꼭지를 다 볼 때까지도 전혀 아내의 필요성을 느끼지 못했다. 느끼기는커녕 여전히 홀가분한 모처럼의 밤이 아주 마음에 들었다. 완벽한 휴식을 취하고 있는 것 같았다. 아아, 혼자 밤을 보낸다는 건 이렇게 근사한 거구나.

그런데 이상한 일이었다.

텔레비전 방송이 끝나고 잠을 자기 위해 불을 끄고 누웠을 때부터 조금씩 상황이 달라지기 시작하였다. 그 첫번째 조짐은 잠이 안 온다는 것이었다. 삼십 분이 지나고 한 시간이 속절없이 갔다. 숫자를 헤아리고 '아브라함은 이삭을 낳고'를 열 번쯤 반복해 외워도 잠은 여전히 멀리 있었다. 전에 없던 일이었다. 언제 어디서나 마음만 먹으면 잠들 수 있었던 건강한 내가 아니냐. 나는 나중에 아예 일어나 앉아 무심코 전화통을 끌어당겼다. 처갓집 전화번호를 세 자리까지 돌렸을 때야 새벽 한시가 넘었다는 걸 나는 알았다.

제기랄.

나는 수화기를 내던지고 담배를 찾아 물었다. 담배맛도 전 같지가 않았다. 전에 없이 창밖을 떼 지어 달려가는 바람 소리만 들렸다. 게다가 피부를 은연중 파고들어오는 한기寒氣, 아파트로 이사 오고는 한 번도 느껴보지 못한 추위가 슬슬 내 목덜미에 회초리를 들이대었다. 비몽사몽으로 겨우 잠이 든 건 새벽이었다. 눈을 떴을 때는 출근 시간을 삼십 분이나 넘긴 후였다. 허둥지둥 옷을 꿰입는데 웃옷의 단추 하나가 툭 떨어져 장판 위에 떼구르르 굴러갔다.

"빌어먹을 놈의 예펜네, 어디 들어오기만 해봐라……"

참지 못하고 단추를 주워들며 나는 소리내어 중얼거렸다.

아내는 이날도 전화 한 통 없었다. 술까지 한잔하고 열시가 넘어 돌아온 집안은 전날 밤에 비해 훨씬 더 썰렁하였다. 먹다 남겨두었던 양주를 다 비웠는데도 관자놀이만 후끈후끈할 뿐 한기는 여전하고, 이불을 쓰고 누웠어도 잠 안 오기는 매한가지였다. 나는 마침내 전화를 집어들었다. 장모님은 대뜸 호령부터 했다.

"아니 이 밤중에 걔가 집에 없단 말인가?"

"아, 아니에요. 가게에 간다고 나갔는데 삼십여 분이 돼도 안 돌아와서……"

"예끼, 이 사람. 난 깜짝 놀랐네. 가게에 갔으면 곧 들어오겠지, 그새를 못 참고……" 언니도, 친구 집도 대답은 같았다. 머릿속이 홀연히 밝아져왔다. 그렇다면 이 친구가 도대체 어딜 갔단 말인가. 먼길을 떠났다가, 홀몸도 아닌데, 행여 무슨 일이 생긴 건 아닐까. 나는 일어서서 서성거리기 시작하였다. 홀가분한 자유 같은 건 이미 조금도 남아 있지 않았다. 제발, 하고 나는 체면 없이 빌고 있었다. 제발 아무 일 없이 얼른 돌아오기만 해, 여보. 바로 그때, 내 눈에 장판방의 한쪽에 선연한 어떤 자국이 난 것이 보였다. 아마 전에 살던 사람이 장롱을 놨었던 것 같았다. 우리 장롱보다 한 자 정도 컸던지 직각으로 꺾인 모서리까지 그 자국이 아주 명료하였다.

아하!

나는 티크 장롱을 바라보며 생각하였다.

아내라는 건 장롱 같은 것이구나. 있을 땐 있는 표도 안 나고 공연히 면적만 차지해 나를 구속하는 것 같더니, 없어지면 그 자국이 저처럼 선연하구나. 전화벨이 울린 건 그 순간이었다. 나는 재빨리 수화기를 집어들었다. 그러나 전화를 건 사람은 잠시 아무 말도 안 하고 침묵을 지켰다. 아내라는 걸 나는 직감적으로 알아차렸다.

“여보, 어서 들어와 제자리에 있어. 당신은…… 내 장롱이야.”

나는 싸우는 사람처럼 소리질렀다.

“뭐라고요? 장롱이 어떻게 됐어요?”

아내도 따라서 소리질렀다.

“됐지, 어떻게 됐지.”

“어떻게요? 그게 얼마나 좋은 장롱인데…… 당신 장롱 망가뜨렸으면 가만두지 않을 거예요. 전화 끊어요!”

아내의 남자친구

아내가 그 전화를 받은 것은 토요일 오후였다. 토요일은 친구들하고 한잔씩 나누는 일이 많았으므로 오히려 평일보다 귀가 시간이 늦는 게 예사인데, 그날은 축구 중계가 있어서 일찍 귀가, 텔레비전 앞에 앉았던 참이었다. 전화벨이 울려 무심코 수화기를 집어올렸는데 부엌에 있던 아내가 뛰어들어왔다.

"이리 주세요, 여보. 내 전화일 거예요."

그때만 해도 아무 낌새도 눈치채지 못하고 수화기를 넘겨주었다. 그런데 남이 들을세라 나직나직 말하고 있는 아내의 말투가 여느 때완 좀 다르다는 느낌이 불현듯 든 것은, 축구 중계에서 영 대 일로 진 팀이 맹렬한 반격을 퍼부을 무렵이었다. 아내는 '그랬어' 하는 식의 반말과 '그랬어요' 하는 식의 존댓말을 반

반쯤 섞어 쓰고 있었다. 문득, 일주일 전 고등학교 때 여자친구였던 명숙이의 전화를 받았을 때, 내가 바로 반말, 존댓말을 섞어 썼던 생각이 났다.

"그래요. 월요일 날 만나지 뭐…… 오후 두시쯤?"

텔레비전 소리에 섞여 그런 말들이 화살처럼 귓가에 쑤셔박혔다. 내가 텔레비전 스위치의 목을 비튼 것과 아내가 수화기를 내려놓은 것은 거의 동시였다. 아내는 아무 일 없었다는 듯 시치미를 뚝 떼고 부엌으로 나가려고 했다.

"여보, 남자 목소리던데 누구 전화야?"

담배를 빼물며 나는 물었다.

"국민학교 동창생요."

말은 또박또박 했지만 아내는 불그레하게 홍조를 피워올리고 있었다. 은근히 부아가 끓어올랐다. "어떻게 당신 전화번호를 알았대?" "친구끼린데 알 수도 있죠 뭐." "아까부터 전화를 기다리고 있었던 것 같은데 말야. 그동안 자주 만났었나?" "만났어요, 한 번……" "한 번인지 열 번인지 그 속을 어떻게 알아?" 나는 꽥하고 소리질렀다. 솔직히, 나는 이 한 번의 엄포로 아내가 자초지종을 좌악 고백하고, 오해가 있다면 변명을, 잘못이 있다면 용서를 빌어주길 기대하였는데, 아내는 내 기대를 정면으로 배반하였다. "당신은 학교 때 여자친구한테서 벌써 몇 번이나 전화가 왔잖아요. 그런 것 정돈 상관하지 말라면서요? 나는 뭐 국민학교 남자 동창생한테서 전화 한 번쯤 받으면 안 돼요?" 아내가 말했고, "전화뿐이야, 어디? 월요일인가 만나기로 약속하지 않았어?" 내가 반문했다. "귀도 참 좋으시네. 왜 남의 전화 엿듣고 그래요 남자가 치사하게……"

"아니 이 여자가……"

나는 벌떡 일어났다. 적반하장이라더니 기가 막혀서 말이 나오지 않을 지경이었다. 내가 엉거주춤하고 있는 사이에 아내는 휑하니 바람 소리를 내며 밖으로 나가버렸다. 축구 중계에는 이미 아무런 흥미도 없었다. 나는 내 안락한 토요일 오후가 아내한테 걸려온 전화 한 통으로 무참히 깨져버린 것을 그제야 깨달았다. 때마침 애들 고모 내외가 왔으므로 우리 부부는 더이상 싸움을 할 수가 없게 되었다.

더구나 다음날은 형님 댁에서 아버님 제사가 있었다.

아내는 나보다 일찍 서둘러 형님 댁으로 떠났다. 이틀 동안의 냉전이 계속되었다. 생각 같아선 야만인 소리를 들어도 좋으니까 머리채라도 휘감고 속시원하게 싸움이라도 했으면 좋겠지만 차마 그럴 수는 없는 일, 나는 참고 참으면서 월요일을 기다리기로 하였다. 어디 두고보자. 월요일 두시에 없기만 해봐라. 이혼이라도 불사할 테니까.

월요일이 왔다.

직장에 나와 앉았어도 점심시간이 넘을 때까지 도무지 일이 손에 잡히지 않았다. 월요일 날 만나지 뭐, 하던 아내의 말이 선연히 들리고 있었다. 두시에 나는 마침내 집으로 전화를 걸었다. "웬일이세요, 여보?" 아내는 지난 이틀간의 냉전은 까맣게 잊은 밝은 목소리로 천연스럽게 첫마디를 뽑아놓았다. 아내가 외출을 하지 않았다는 점에는 일단 안심이 됐으나 대신 아내의 뻔뻔스러움에 새삼 화가 치밀어올랐다. 그렇다고 호락호락 내 편에서 먼저 속마음을 보일 수도 없는 일이었다. 나는 간신히 화를 참고 말했다. "토요일 입은 양복 안주머니에 말야, 서류가 있을 텐데……" "없던데요. 아침에 세탁소에 맡기면서 주머니를 다 뒤져봤어요." "거 왜 남의 주머니를 뒤지고 그래!" 나는 쨍하는 쇳소리를 내고 수화기를 내려놓았다.

하지만 전화 한 통화로 어찌 이틀간 쌓여온 의혹이 풀리겠는가.

수화기를 내려놓고 나서도 난 전혀 마음이 가라앉질 않았다. 혹시, 하고 나는 속으로 중얼거렸다. 혹시 집안에 그 동창생이란 친구가 와 있는 건 아닐까? 아냐, 설마 그럴 리야 없겠지. 그렇다면 내 전화가 끝난 뒤 나간다? 별의별 상상이 나를 괴롭혔다. 나는 자꾸 수화기를 들었다 놓았다 하고 있었다.

"거 이과장, 왜 그렇게 안절부절못해?"

부장이 등뒤에서 한마디했다.

"저…… 감기가 걸렸나봐요. 열이……" "요즘 감기 독한데 잘못 걸렸군. 정 불편함 차라리 들어가 쉬라고." 그렇다. 왜 그 생각을 못했던고. 나는 비로소 허겁지겁 웃옷을 걸쳐 입고 집으로 돌아왔다. '감기 때문'이라는 답변은 준비되어 있었다. 아내는 다행히 집에 있었다. 나는 겸연쩍은 기분으로 "몸이 불편해서……" 하고 말끝을 사리며 현관으로 올라갔다. 아내가 내 속을 빤히 들여다보듯이 생글거리며 웃었다. "수도 고쳐요." "수도는 왜?" "아, 목욕탕 수도를 고쳐야 된다고 지난주에 말하지 않았어요?"

나는 건성으로 고개를 끄덕거렸다.

작업복을 입은 사내가 목욕탕 타일을 깨뜨리고 있었다. "인사하세요, 여보." 아내가 내 손을 잡아끌었다. "제 국민학교 동창생인데요, 지난번 옆집 수도 고치러 왔을 때 서로 만났잖아요. 세상 참 넓고도 좁아요." "그, 그랬어? 처음 뵙겠습니다." 나는 어린애처럼 수줍어져서 얼굴을 붉혔다. 그리고 그날 저녁, 나는 아내의 남자친구를 억지로 붙들어 앉히고 권커니 잣거니 하면서 대취했다.

잃어버린 토요일을 월요일에야 찾았던 것이다.

풀잎

이 세상에서 가장 순결한 피를 가진 남자가 도시의 입구에 들어왔다.

그 남자의 가슴엔 풀 한 포기가 자라고 있었다. 무성한 8월의 풀도, 그렇다고 누렇게 탈색되어 쓰러지는 10월의 풀도 아니었다. 3월의 작은 풀이었다. 풀잎이 서너 개 바람에 나부끼고 있었는데 얼마나 엷고 투명한지 들여다보면 풀잎 내면에 흐르고 있는 맑은 습기가 그대로 눈썹에 옮겨 묻을 것 같았다.

도시는 잔뜩 흐린 하늘을 갖고 있었다.

구름이 없었는데도 태양빛은 별로 빛나지 않았다. 희미한 광선을 받은 도시의 모습은 얼핏 토치카처럼 보였다. 아니, 토치카라기보다는 수많은 발을 가진 커다란 터빈처럼 보였다. 터빈은 빠르지도 느리지도 않게 돌고 있었다. 그리하여 남자가 도시에 첫발을 디뎠을 때, 그는 잠깐 어지럼증을 느끼고 중심을 잃었다. 기우뚱기우뚱하다가 그는 넘어졌는데, 그때 턱이 세모진 중년 남자가 그를 일으켜세웠다.

"허어!"

세모턱은 남자의 가슴에 나부끼는 풀잎을 보곤 고개를 갸우뚱했다.

"그게 뭡니까?"

"풀이지요."

"풀?"

신기한 듯이, 그리고 모멸과 향수가 반반쯤 담긴 그런 시선으로 세모턱은 한참 동안 남자의 가슴에 나부끼는 여린 풀잎을 보았다.

"왜요? 이곳엔 풀잎을 가슴에 키우는 사람이 없습니까?"

"있긴 있었소, 오래전에."

"오래전이라니요?"

"모두 말라 죽었소. 당신 풀도 아마 하루 낮을 못 넘길 거요."

"어째서 그렇단 말입니까?"

"습기가 없으니까."

"내 풀은……"

남자는 자랑스럽게 자신의 가슴을 두들겨 보였다.

"내 가슴속의 순수한 피로 자라니까 말라 죽을 리 없을 거예요."

"그 순수한 피라는 게 이곳에선 금방 변질되지요. 순수한 피로선 얼마 살지를 못하니까. 맡아보시오, 냄새를."

과연, 도시에선 비릿한 피냄새가 나고 있음을 남자는 그때야 깨달았다. 그는 본능적으로 두려움에 차서 물었다.

"전쟁이 있습니까?"

"전쟁이야 밤낮 있지요. 도시의 우리들은 너나없이 가슴속에 풀 대신 칼들을 숨겨가지고 살아요. 당신도 어서 그 풀을 뽑아버리고 식칼이나 사서 품는 게 좋을 거요."

그러면서 세모턱은 자기의 갈비뼈를 슬쩍 들어올리고 속을 보여주었다. 정말 그의 가슴속에도 잘 갈린 식칼이 세 자루나 들어 있었다.

"난 그럴 수 없어요."

남자가 힘차게 고개를 가로저었다.

그러나 벌써 세모턱은 가던 길로 바쁘게 떠난 뒤였고, 남자는 또다른 사람들과 만나게 되었다. 만나는 사람마다 '풀 대신 칼'을 차고 은근슬쩍 그를 비웃었는데 그때마다 남자는 완강히 고개를 흔들었다.

정오가 되었다.

남자는 도시 한복판까지 와 있었다. 풀잎들은 벌써 조금씩 말라 죽기 시작했다. 남자는 자신의 피를 순결하게 정화하기 위하여 땀을 뻘뻘 흘리며 펌프질을 했다. 정수기는 그의 겨드랑이에 달려 있었다.

"그게 뭣에 쓰는 거요?"

이번엔 점박이 사내가 남자 곁에 다가와 물었다.

"순결한 피를 만들어내는 데 씁니다."

"웃기는군. 어디 좀 봅시다."

점박이가 겨드랑이의 정수기를 와락 뺏아갔다. 그때 한 무리의 사람들이 그의 가슴에서 풀잎들을 잡아뜯었다. 야수 같아서 남자로서는 저항 한번 해볼 수 없었다. 남자는 비실비실 주저앉았다.

"칼을 사시오."

점박이가 속삭였다.

"내게 성능 좋은 여러 종류의 칼들이 있소. 그 칼을 사서 갈비뼈를 이렇게 들어올리고 가슴에 품으시오. 필요할 때 피를 묻히면 더 좋고. 그럼 당신도 살아남을 수 있을 거요."

"난 칼이 아니라 풀잎이 필요합니다."

"젠장할."

점박이는 침을 탁 뱉었다.

“풀잎 가슴에 지닌 놈치고 이 도시에서 살아남는 거 본 적이 없는걸.”

해가 지고 있었다.

남자는 결국 거리의 한 모퉁이에 조용히 쓰러져 누웠다. 빌딩과 빌딩 사이, 아스팔트 위였다. 사람들이 낄낄거리면서 이제는 거의 말라 죽은 남자 곁을 지나갔다. 모래바람이 떼 지어 불고 있었다.

동창생

중년의 남자 셋이 번잡한 저녁녘의 지하도에서 우연히 만났다. 그들은 학교 동창생이었다. A는 재직하고 있는 중학교의 백일장 상품을 사러 나온 길이었고, B와 C는 퇴근길이었다. 악수하고 '오랜만이다' 어쩌고 상투적인 인사말이 끝나자, 동창이긴 했지만 십 몇 년의 세월이 그들 사이를 가로막고 있어서 피차 서먹서먹한 분위기가 감돌게 되었다.

"우리 이럴 게 아니라 어디 가서 한잔씩 하지. 모처럼 만났는데."

B가 먼저 어색함을 씻어내기라도 하듯 제안을 했고,

"좋지, 이만큼 반가운 자리가 또 어디 있겠어?"

C가 맞장구를 쳤다. A는 사실, 백일장 상품을 내일까지 준비

해놔야 했기 때문에 시간도 돈도 여유가 없었으나 차마 뿌리칠 용기가 안 나서 머뭇머뭇 따라나설 수밖에 없었다.

그들은 근처에 있는 경양식집으로 들어갔다.

"이봐, 여기 맥주 딱 세 병만."

손가락 세 개를 척 세워 보이는 B의 목소리는 옛날과 다름없이 호탕하였다. 그들은 맥주잔을 주고받기 시작하였다.

"요즘 뭐하고 있나?"

"변두리 중학교의 국어 선생 노릇이 벌써 십 년을 넘었어."

"교사 월급이 많이 오른다면서?"

"올라봤자지 뭐."

"그래도 한 사오십만 원은 되겠지?"

"무슨…… 뗄 것 떼고 나면 이십만 원이 채 안 되네."

"아니……"

놀랐다는 듯이 B가 눈을 크게 떴다.

"그거 가지고 애들하고 한 달을 어떻게 사나?"

"그냥 절약하면서 지내는 거지."

"죽일 놈들!"

밑도 끝도 없이 화를 내면서 B가 탁자를 가볍게 쳤다.

"선생 십 년에 이십만 원이라니 어디 말이나 되는 소리야? 세금 거둬서 다 뭣들 하는 거야!"

A는 유구무언이었다. 자신을 생각해주는 친구의 발언이 고맙기도 했지만 그보다도 열등감이 그를 아프게 쓰러뜨리고 있었다.

"술 들게."

C가 어깨를 툭 쳤다. 맥주가 세 병 더 왔다. 세 병만으로 일어설 듯하던 처음의 태도를 버리고 그들은 바야흐로 취기가 만만해지기 시작하였다.

"자넨 요즘 사업이 어때?"

C가 B에게 물었다.

"불경기 때라 그렇고 그렇지 뭐."

"다들 고전하더구먼. 불경기 덕 보는 건 그래도 나뿐인 거 같아."

"자전거?"

"응. 자전거 대리점이 뭐 큰 장산가 하는 사람이 많지만 요즘은 달라. 단체 주문도 많고 말야."

"나도 사실은 한 건 준비중일세."

"한 건이라니?"

"삼사일 후에 말레이시아에서 바이어가 하나 오는데 잘만 거래가 이루어지면 기천만 원 벌이는 되겠어."

"기천만 원?"

A가 끼어들었다. 기천만 원이 한 건이라니, A의 생활수준으론

정말 놀라운 돈이었다.

“내 처남이 유학 갔을 때의 동창이 바로 거기 상공 차관쯤 되나봐. 그 친구가 다리를 놔주는 건데, 이번은 시험 삼아서 해보는 거래에 불과하다고. 다음 거래가 이루어질 땐 단위가 싹 달라지지.”

B는 그까짓 거, 아무것도 아니라는 듯 무심히 말하고 있었다. 자전거 대리점의 C가 맥주잔을 단숨에 비웠다. 안주와 맥주가 더 왔다. 이미 지하도에서 악수할 때의 서먹서먹함 따윈 남아 있지 않았다. A를 빼면 두 사람은 마치 말하기 경쟁이라도 하듯 잘도 지껄여대고 있었다. B가 A에게 물었다.

“오늘은 뭐하러 나왔나?”

“내일 교내 백일장이 있어서 그 상품을 좀 사려고 말야.”

“삥땅 생기겠구먼.”

“삥땅은 무슨……”

“시치미떼지 말게. 그거 안 생기는 데가 어디 있어?”

“예산이 적어서……”

“자자, 삥땅으로 술 사라고 안 할 테니까 마시자고.”

C가 의기양양 술잔을 높이 쳐들었다. 그들은 소리나게 글라스를 맞부딪쳤다.

“사실은 말야……”

B가 엉거주춤 일어서며 말했다.

"아까 말한 그 건수 땜에 처남을 좀 만나기로 했는데."

"우리도 함께 일어서지 뭐."

"아냐 아냐! 오늘처럼 반가운 만남이 어디 흔한가 말일세. 마시라고. 실컷들 마시고 오라니까."

A와 C를 억지로 앉혀놓고 B가 술집을 나갔다.

"저 친구…… 학교 때부터 말발이 좀 셌지. 큰소리야 누가 못 치나."

C가 속삭였다.

남은 두 사람은 삼십여 분을 더 마셨다. 그들이 자리에서 일어섰을 땐 열시가 다 된 시간이었다. C는 비틀거리며 출입문을 밀고 있었다.

"이만 삼천 원이에요!"

카운터의 아가씨가 말했다.

"아니 저……"

구원을 바라는 심정으로 C를 보았지만 그는 이미 엉망으로 취해서 굴러떨어지듯이 밖으로 나간 다음이었다. A는 그래도 C가 일부러 취한 척하리라고는 전혀 상상도 하지 않았다.

귀향

놀이 지고 있었다.

꽃보다도 아름다운 노을이었다. 나는 노을을 등지고 한참 동안 서 있었다. 자갈이 깔린 흰 신작로, 우뚝우뚝 서 있는 미루나무, 마음을 싸안듯 치켜올라간 다복솔 우거진 산자락, 골안을 덮고 있는 저녁연기…… 지붕이 초가에서 기와나 슬레이트로 바뀌고 신작로 근처에 허름한 이층집 몇 채가 들어선 것을 제외하고 변한 것은 없었다. 고적하고 다소곳한 분위기가 이십오 년 전과 꼭 같았다.

나는 비로소 안도의 한숨을 내쉬었다.

버스가 이 외진 고향 초입에 나를 떨구어놓고 떠나가기 전까지만 해도 나는 너무 오랜만에 찾아오는 고향이라, 혹시 고향이 완전히 변해서 돌아가는 터빈처럼 나를 내팽개치지나 않을까 두려워하고 있었다. 그러나 고향은 나를 거부하지 않았다. 나는 감개무량한 기분으로 마침내 구부러진 골목을 천천히 걸어들어갔다.

면장 사택이 보였다.

역시 지붕만 달랐지 탱자나무 울타리는 여전하였다. 이십오 년 동안 그곳을 거쳐갔을 면장님들이 모두 똑같이 그 탱자나무 울타리에 대해선 유감이 없었던 모양이었다. 나는 면장님들한테 감사의 인사라도 드리고 싶은 기분이었다. 면장 사택을 뒤로 돌자 우물이 나왔다. 시멘트로 세탁대가 만들어져 있었는데, 예전에 비해서 편리할는지는 몰라도 황량해 보였다. 더구나 우물 주변에 아카시아나무가 한 그루도 없기 때문에 더욱 그랬다. 내가 살았던 이십오 년 전의 우물터는 시멘트 대신 자갈이 깔리고 주변에 빈틈없이 아카시아가 잘 자라나 있었다. 심장에 잔모래가 잔뜩 내려앉은 것 같은 아픔이 나를 사로잡았다.

물맛은 어떨까?

나는 생각하였다. 여름이면 오장육부가 시리고, 겨울이면 김이 무럭무럭 나던 물맛이 선연히 혀끝에 되살아났다. 우물터엔 한 중년 여인이 등을 보이고 빨래를 하고 있었다. 나는 여인을 향해 한 발 다가섰다. 여인이 그때야 인기척을 느꼈던지 뒤돌아보았다.

"저, 두레박을 좀……"

하다가, 나는 말꼬리를 탁 안으로 잡아당겼다. 여인의 얼굴에도 놀라움이 스쳤고, "혹시 서정순……" 묻고 할 필요도 없었다. 중년을 넘긴 여인의 볼 아래에서 콩알만한 검은 점이 옆으로 길게 늘어났다. 나는 너무도 반가워 거의 손을 잡을 듯이 가깝게 다가갔다. 점 하나가 스물 몇 해의 세월을 단숨에 건너뛰게 했다. 그 시절, 열세 살의 정순은 저 검은 점을 늘 복점이라고 자랑했다. 점은 표정에 따라 가로로 늘어나기도 하고, 세로로 기울기도 하고, 동그랗게 오그라드는 경우도 있었다. 나는 벌써 우물이 변한 것 따위는 까마득히 잊어버렸다. 사업에 실패하고, 그것 때문에 하루도 바람 잘 날 없이 부부싸움을 하고, 급기야는 아내와 별거한 뒤 오랜 세월 잊고 지내온 이 고향이 불현듯 생각난 것은 오직, 정순의 검은 점을 만나기 위해서였던 것 같은 느낌이 들 정도였다.

"저 명중입니다. 정명중, 저쪽…… 대추나무집……"

"웬일이세요?"

여인이 조금 당황했으나, 담담하려고 애쓰는, 불분명한 음색으로 말했다.

"그저 불현듯 이곳에 오고 싶었습니다. 나도 알 수 없어요. 어째서 마흔이 다 된 나이에 불쑥 잊었던 이곳이 생각났는지……"

나는 어두워지는 산자락을 바라보며 중얼거리듯 대답하였다.

밤이슬 한줌이 내 가슴에 내려앉고 있었다. 여인이, 다 된 빨래를 함지박에 담기 시작했다. 나는 두레박줄을 손에 쥐었다.

"물맛이 여전하겠죠?"

"……"

첨벙, 하고 두레박이 수면에 떨어지는 소리가 났다. 정순은 누구의 안사람이 되어 있을까. 애들은 몇이나 될까. 뭣보다도 이 여자의 가정은 밝고 다사로울 거야. 나는 그런 상념들 사이로 걸어가고 있었다. 새침하면서도 웃을 때마다 드러나던 그녀의 희디흰 앞니가 떠올랐다. 정순의 웃음만 만나면 마음속까지 환하게 열리는 것처럼 따뜻해지곤 했던 소년 시절의 기억들이 선연했다.

"잡수시려고요?"

여인이 함지박을 이고 나서 물었다.

두레박은 이미 물을 가득 채워서 우물 위로 올라오고 있었다. "여길 떠나서도 때로 자주 생각나는 게 이 우물 물맛이었어요. 수돗물은 도대체 맛이라는 게 없으니까요." 내가 말했고, "그 물은……" 여자는 순간 몹시 미안한 얼굴을 했다. "먹지 못해요." "네?" "빨래만 해요. 먹을 물이람 교회당에 가야 돼요. 우물을 거기에 새로 팠거든요." 나는 두레박을 내려다보았다. 뿌옇게 뒤집힌 더러운 물이 거기 담겨 있었다. 나는 무의식적으로 두레박줄을 놓아버렸다. 쏜살같이 내리꽂혀서 수면을 가르는 파열음이 들려왔다. 그것은 내 가슴의 어딘가가 균열 지는 소리와 같았다.

나는 가슴을 두 손으로 잡았다.

비로소 함지박을 머리에 인 여인이 다른 모습으로 내게 보였다. 수세미처럼 건조하게 흐트러진 머리, 마른 피부, 갈라 터진 입술, 그리고 작은 반점들이 볼 아래쪽에 톱날인 양 박혀 있었다. 아무데도 옛날의 그 밝은 빛은 남아 있지 않았다. 찌들고 찌든, 그래서 바람 빠진 풍선과도 같은 후줄근한 얼굴이었다. 내 가슴에서 서걱서걱 모래 소리가 나기 시작했다.

"그럼……"

여인은 아무것도 더이상 내게 묻지 않았다.

그녀는 돌아섰다. 어느 집에선가 잡음이 몹시 큰 라디오 소리가 들려왔다. 말없이, 쓸쓸해져서 나는 혼자 고샅을 돌아 골목 끝으로 왔다. 이제, 하고 나는 생각하였다. 이제 기대할 것은 교회뿐이다. 그곳이 나를 편안하게 안아줄 것이다. 어렸을 때 나는 일요일마다 교회당 안마당에서 하루를 보냈다. 믿음이 두터워서가 아니라 교회당 종탑 때문이었다. 종탑은 까마득히 높았다. 투명한 하늘, 빛나는 햇빛이 그 종탑 꼭대기에서 진종일 미끄럼을 탔다. 그곳을 올려다보면, 나는 예배를 볼 때보다 더욱 더운피로 가슴이 가득찼다. 이 세상에 그 종탑보다도 화려하고 높은 것은 없을 것 같았다. 뎅그렁뎅그렁, 종이 울리기 시작하면 더욱 그랬다.

내가 크면.

나는 혼자 다짐하곤 했다.

저 종탑처럼 되리라. 높고 아름답고 빛나는 사람이 되리라.

그러나 인생은 뜻대로 되지 않았다. 나는 오히려 인생이라는 발밑에 신음하고 피 흘리며 밟혀 있는 꼴로 고향을 떠난 스물 몇 해를 살았다. 한때 사업이 번창하여 남들의 부러움을 살 때도 있었으나 뭔가 쫓기는 기분은 늘 매한가지였다. 그럴 때마다 신기루처럼 그 높고 높은 교회당 종탑이 떠올라 나를 위로하곤 하였다. 종탑은 속삭였다. 어차피 그런 거야. 어차피 넌 나처럼 높고 아름답게 빛날 수는 없어. 절대로 나보다 높을 생각일랑 마. 그런 부질없는 욕망 때문에 너는 불행한 거야.

무려 이십오 년 만이었다.

고샅을 다 돌아 빠져서, 교회가 어두운 모습으로 눈에 들어오자, 소년처럼 가슴까지 두근두근 뛰기 시작했다. 나는 재빨리 교회 안마당으로 들어섰다. 구름 사이에 숨었던 조각달이, 그 순간 빼죽이 고개를 내밀었다. 나는 종탑 기둥을 붙잡고 똑바로 꼭대기를 올려다보았다. 종탑은 옛날 그대로 거기 있었다. 희미한 달빛을 받고 선 종탑의 함석지붕이 먼저 올려다보였다.

"아……"

짧고 낮게 나는 신음 소리를 냈다.

가슴속에서 무엇인가, 기둥 같은 것이 퍽, 하고 쓰러지는 걸 나는 느꼈다. 세상에서 제일 높다고 여겼던 종탑은 겨우 이층 건물 높이에 불과했다. 녹슬고 구겨진 함석지붕과 구부러진 종탑 기둥은 더 볼품이 없었다. 서울에서는 한 번도 볼 수 없었던, 발길질 한 번으로도 주저앉을 것 같은 남루한 종탑이었다.

나는 종탑 기둥을 부둥켜안았다.

콧날까지 시큰해왔다. 세상에, 그토록 오랜 세월 동안, 그토록 찬란하게 내 가슴에 남아 있던 종탑이 기껏 이 모양이었단 말인가. 내 사십여 년의 인생도 그런 것 같았다. 너무도 큰 종탑을 꿈꾸고 걸었으나 나는 여전히 고향 마을 그 남루한 종탑에서 한 걸음도 걸어나가지 못했다는 걸 아프게 깨달았다. 가슴에 이슬이 고였다.

아내를 찾습니다

한 사내가 제1한강교의 타원형 난간을 기어오르기 시작한 것은 일요일 오후 세시쯤 일이었다. 다리를 걸어 지나가던 몇 명 안 되는 연인들이 난간을 부지런히 기어오르는 사내를 발견하고,

"어머, 저 사람 뭐하는 거야!"

하고 소리쳤을 때, 사내는 이미 뒤에서 붙잡아 내리기엔 너무 높이 기어오른 다음이었다. "자살하려나봐." "누가 경찰에 연락을 해야지." "교통순경이 어디 있을걸?" 사람들이 모여들고 저마다 한마디씩 하는 사이에 사내는 이미 까마득히 높은 난간 위까지 다 올라 있었다.

곧 경찰이 달려오고 교통은 통제되었다.

사람들이 사내가 올라간 다리 난간을 둘러싸고 하얗게 몰려들

었다. 좀 전까지 그렇게 바쁜 듯 차량들이 질주해갔던 것을 생각하면 삽시간에 몰려든 구경꾼의 숫자는 참으로 이해할 수 없을 정도였다. 바쁜 듯한 포즈에 비해서 아직도 할 일 없이 한가한 사람들이 사실은 이 도시에 많다는 증거일 것이었다. 사내는 작은 가방을 들고 있었다. 원숭이처럼 재빨리 올라가기는 했으나 막상 꼭대기에 서자 두려운 모양이었다. 금방이라도 강물에 팔랑, 낙엽처럼 떨어지기를 기대했던 구경꾼들을 일단 사내는 배반하였다. 가방을 옆에다 놓고 조그맣게 쭈그려앉아버렸기 때문이었다.

"내려오시오."

경찰이 메가폰에 대고 설득하기 시작하였다.

"목숨은 귀한 것입니다. 거기서 뛰어내릴 용기가 있으면 무슨 일인들 못하겠어요? 다시 한번 생각해보기 바랍니다. 모든 사람들이 당신을 염려해서 지금 모여 있습니다. 더이상 소란을 피우지 말고 내려오세요."

삼십여 분이 금방 지나갔다.

교통은 여전히 통제되고 만일에 대비하여 다리 아래엔 두 척의 배가 긴급히 달려오고 있었다. 경찰 쪽의 한 사람이 다리를 기어오르려고 시도한 것은 그때쯤이었다. 아무리 설득해도 사내가 반응을 하지 않자 경찰이 구조대를 올려보내기로 한 것이다.

남자의 반응은 즉각 나타났다. 쪼그려앉아 있던 그가 선뜻 일어선 건 다음 순간이었다. 당장이라도 뛰어내릴 듯한 기세가 역력해 보였다.

사람들은 순간 숨을 죽였다.

아무리 높다고 해도 다리 난간의 꼭대기에서 강물까진 일단 뛰어내리기만 하면 한순간에 떨어질 거리였다. 그 몇 초도 되지 않는 순간을 놓치면 삼십 분이나 기다렸던 것이 허사가 되고 만다고 사람들은 생각하는 것 같았다. 그러나 경찰로서는 최선을 다하지 않을 수 없었다. 사내를 자극하지 않기 위해 난간으로 쫓아올라가는 구조 방법은 포기해야 했다.

"주소가 어딥니까?"

경찰이 다시 메가폰을 들었다.

"만나고 싶은 가족이 있으면 말씀하십시오…… 당신은 지금 공연한 짓을 하고 있는 겁니다. 이미 다리 아래에 경찰 구조대가 도착했으니까 뛰어내려봐야 맘대로 죽을 수도 없습니다. 내려오십시오. 혼자 내려오시기가 두려우면 손을 들어 보이세요……"

사내는 여전히 단 한마디도 하지 않았다.

자살을 하려는 건지 아니면 일종의 시위를 하려는 건지 그 속셈도 차츰 긴가민가해졌다. 그때, 방송국 표시가 된 버스가 현장에 도착하였다. 텔레비전 카메라가 사내를 향해 각도를 잡았다.

사내가 두번째 반응을 보인 것은 그때였다. 사내는 카메라를 외면하는 것이 아니라 카메라를 향해 잘 찍히도록 오히려 얼굴을 돌리는 것이 아닌가.

"무슨 이유 때문인지 말하면 최대한 우리가 도울게요!"

메가폰의 목소리에 비해 그 내용은 사뭇 애원조였다. 사내가 뭐라고 응답을 한 것은 그때였다. 그러나 메가폰 소리에 묻혀 사내의 첫번째 말소리는 밑에서 잘 알아들을 수가 없었다. "뭐라고요? 다시 말씀해주세요." 메가폰이 반문하였다. 그러자 비로소 사내의 한마디가 똑똑히 들렸는데, 예상 밖의 말이어서 사람들은 일순 어리둥절해졌다.

"이렇게 멀어도 내 얼굴을 크게 잡을 수 있습니까?"

사내는 이렇게 물었다.

그러니까 사내는 경찰이 아니라 텔레비전 카메라의 촬영기사에게 묻고 있었다. "잘 잡을 수 있습니다. 망원렌즈를 사용해서 당신을 얼마든지 클로즈업할 수 있어요. 아는 사람이 당신의 그런 모습을 텔레비전에서 본다면 창피한 일이지요. 그러니까 얼른 내려오십시오. 당신이 지금 내려온다면 텔레비전 뉴스엔 아마 나가지 않게 될 것입니다." 경찰은 처음 사내의 의도를 잘 몰랐던 것 같았다. 텔레비전 카메라에 자신의 얼굴이 클로즈업되는 걸 경계하여 물은 줄 알고 하는 말이었다. 그런데 사내의 속뜻은 그게 아니었다.

"몇시 뉴스에 나올 수 있습니까?"

사내의 두번째 질문이 이쯤 나왔다. 군중 사이에 웃음이 터져나왔다. "저기 미친놈 아냐." "텔레비전에 나오고 싶어 환장한 거야." "아무려면. 그래도 무슨 사연은 있겠지." "사연은 무슨…… 절대로 죽을 놈이 아냐. 글쎄 틀림없대도, 저곳으로 기어올라간 친구치고 진짜 뛰어내리는 사람은 못 봤다니까."

사람들이 마음놓고 한마디씩 했다.

일부 사람들은 벌써 별 싱거운 놈 다 보겠다며 자리를 뜨기도 했다. 사내에게서 세번째 반응이 나타난 건 그다음이었다. 돌아서려던 사람들의 발목을 충분히 붙잡을 수 있을 만큼 적극적인 반응이었다. 사내가 강물로 진짜 뛰어내릴 듯한 포즈를 취하면서 어린애처럼 엉엉 소리내어 울기 시작한 것이다. 울고 또 울고 하며 사내는 간단히 넋두리를 섞었는데 울음소리 때문에 사람들은 제대로 사내의 넋두리를 알아들을 수 없었다. 다만 한마디만은 똑똑히 들렸는데 그 말이 금방 사람들 사이의 경망스러웠던 비웃음을 빼앗아갔다.

"……이런 놈의 세상…… 살아서 뭣 해……"

다음엔, 차라리 죽어버려야지, 라고 사람들은 생각했다.

군중은 간사한 것이었다. 좀 전에 침을 뱉고 손가락질하며 돌아서려던 사람들까지 사내의 이 한마디에 금방 끌끌끌, 바쁘게 혀들을 찼다. 무슨 사연인지 몰라도 참말 안됐다고 생각하는 눈치가 역력했다. 부녀자 중엔 벌써 찔찔 눈물까지 두어 방울 쥐어짜는 사람도 있었다. 더구나 '이런 놈의 세상…… 살아서 뭣 해' 하는 한마디는 신기할 정도로 전염이 빨랐다. 사람들 사이엔 끌끌끌, 혀를 차는 축보다 나도 당신 심정과 같다는 듯 고개를 끄덕끄덕해 보이는 축이 더 많았으니까.

한 시간이 지나갔다.

군중들은 동정과 연민의 표정 뒤에 빨리 뛰어내려라, 하는 욕구를 감추고 있었다. 그것은 텔레비전 카메라도 마찬가지였다. 경찰도 그럴는지도 몰랐다. 그렇지만 사내는 쉽게 그들 모두의 욕구를 배반하지도, 충족시켜주지도 않았다. 간간이 울음소리를 내면서 가방만을 굳게 잡은 채 난간 꼭대기에서 일어났다 앉았다 했다. 사람들의 관심은 차츰 사내가 든 가방으로 쏠렸다.

"뭐가 들었기에 죽으려는 사람이 악착같이 들고 있을까?"

"유서인지도 모르지."

"유서라면 가방에 넣을 리가 없잖아."

"혹시 폭발물 같은 건 아닐까."

의견이 분분하였다. 고가 사다리 소방차가 온 것은 그럴 무렵이었다. 소방차의 고가 사다리는 다 펼치면 난간 높이보다도 높왔다. 사내만 허락한다면 짧은 시간에, 가장 안전하게 내려오도록 할 작정이었다. 그러나 사내는 그것을 허락하지 않았다. 사내는 좀더 버틸 작정인 것 같았다. 끈기 있는 사내였다.

두 시간이 속절없이 지나갔다.

다섯시가 가까워지고 있었다. 한강의 하류 쪽에서 거뭇거뭇 해거름이 올라오고 있었다. 겨울이니까 이제 곧 날이 저물 터였다. 경찰로서는 비상조치를 취해야 할 입장이었다. 어두워지고 나서 떨어지면 그만큼 더 위험하므로 차라리 사내가 뛰어내리는 한이 있더라도 가만히 보고만 있을 수는 없게 된 셈이었다. 고가 사다리차가 마침내 움직였다. 경찰 두 명을 태우고 천천히 사내를 향해 다가가기 시작했다.

"걱정할 것 없습니다. 우리가 당신을 돕겠습니다……"

메가폰도 때맞추어 필사적으로 사내를 설득하고 있었다.

사람들이 손에 땀을 쥐었다. 텔레비전 카메라도 강물에 투신하는 사내의 모습을 놓치지 않기 위해 제 위치에서 긴장하고 있었다. 그러나 사내는 사람들의 기대를 정면으로 배신하였다. 싱거울 만큼 얌전히, 아무 일도 없었다는 듯 고가 사다리차에 옮겨 탄 것이었다.

"가방을 열어봐!"

사내가 다 내려오자 경찰 간부 한 사람이 내린 최초의 명령이었다. 전투경찰복을 입은 누군가가 가방의 지퍼를 열고 무엇인가를 끄집어내었다. "아니!" 사람들은 그만 입을 벌렸다. 가방 속에서 나온 것은 수영장에서 흔히 쓰는 튜브였다.

"이런 건 뭐하러 갖고 올라갔어?"

실소를 머금으며 경찰 간부가 사내에게 물었다.

"저는요, 집 나간 마누라를 찾다 찾다 이 짓을 한 거예요. 사람 찾는 광고라도 내고 싶었는데 신문 광고도 좀 비싸야지요. 이렇게 하면 일요일 텔레비전 뉴스에 나가게 될 것 같고, 그걸 마누라가 보면 돌아오리라 믿고서…… 근데 잘못 실수해서 진짜 강물 속에 떨어지면 어떡해요…… 할 수 없이 그 튜브를 샀구먼요."

배반

N경찰서 수사계장 남진우씨는 오후 세시쯤 그 전화를 받았다.

"남진우 수사계장님이 틀림없습니까?"

상대편은 아주 카랑카랑하고 그러면서도 어딘가 모르게 때가 묻지 않은 듯한 맑은 남자 목소리였다.

"그렇소만……"

"저는 스물두 살의 청년입니다."

상대편은 대뜸 그렇게 자기소개를 했다.

"그런데?"

"그런데, 지금 자수를 하려고 합니다."

"자수?"

"그렇습니다, 계장님. 자수를 하긴 해야겠는데 차마 경찰서로 찾아갈 용기가 없어서 현재 고민중입니다."

"그, 그럼 전당포……"

남진우씨는 자신도 모르게 자세를 고쳐 앉았다. 전당포 주인이 목 졸려 죽은 사건이 관내에 생긴 건 벌써 일주일 전이었는데, 일주일 동안 수사진이 범인의 냄새조차 맡지 못해 언론으로부터 경찰 전체가 도매금으로 수모를 당하고 있던 판이었다. 그러나 상대편은 간단히 남진우씨의 기대를 배반하였다.

"전당포가 아닙니다, 계장님. 전 조금 특수한 사건을 저질렀습니다. 뭐랄까, 일종의 사기라고 할 수 있는데…… 이거 한마디로 설명할 수가 없군요. 아마 경찰에 아직 신고는 안 됐을 겁니다. 워낙 널리 알려진 사람들이 당했기 때문에 말입니다. 만나주시겠습니까?"

"……"

"장난처럼 들립니까, 제 말이?"

"아, 아냐. 내 나가지. 거기가 어딘가?"

"대신 반드시 남진우 계장님 혼자 나오셔야 합니다. 제가 있는 찻집에선 경찰서가 잘 뵈니까 보고 있겠습니다."

"알겠네."

남진우씨는 아무리 생각해봐도 며칠 된 사기 사건이 떠오르지 않았고, 또 청년의 말투도 자수하는 범죄자처럼 절박한 데가 없었으므로, 전화를 끊어버릴까 하다가 마음을 고쳐먹었다. 절박한 데가 없는, 어딘가 이편을 조롱하는 듯한 유들유들한 말씨가 오히려 정직하게 느껴졌을 뿐 아니라 '알려진 사람'이란 한마디가 꺼림칙하게 남았기 때문이다. 실제로 사회적 저명인사들은 사기 사건에 피해를 보고도 신고는커녕 피해 사실조차 숨기려 드는 일이 종종 있었으니까.

청년은 이윽고 만날 찻집 이름을 대곤 전화를 끊었다.

남진우씨는 담배 한 대를 피워 물고 오 분쯤 뜸을 들이다가 말없이 거리로 나왔다. 청년을 만나기로 한 찻집은 걷기엔 조금 멀고 차를 타기엔 너무 가까운 위치에 자리잡고 있었다. 남진우씨는 걷기로 하였다. 오후의 햇살은 뜨거웠다. 아스팔트는 찐득찐득해 보였고 버드나무 가로수조차 기진하여 축축 처져 있는 것 같았다. 남진우씨는 되도록 천천히 걸었다. 서둘 필요는 하나도 없었다. 그는 조금 피로했고, 청년의 여유 있는 어조로 미루어 보아 십여 분 동안에 마음이 달라질 기미는 없다고 생각했다. 그러나 남진우씨가 찻집에 들어섰을 때 여름 오후의 찻집 실내는 삭막하게 비어 있었다. 구석자리에 젊은 남녀 한 쌍이 있었지만 하는 폼으로 보아 전화를 건 장본인 같지는 않았다.

"혹시 남선생님 되세요?"

레지가 물었다.

"그래요."

"한 이십 분만 기다려주시래요. 급한 일이 생겼다고 서둘러 나가면서."

제기랄. 남진우씨는 폭염 속을 걸어온 탓으로 짜증부터 냈다. 아무런 근거도 없는 어린애 장난 같은 전화 한 통화에 예까지 찾아온 자신이 한심했다. 하지만 남진우씨는 결국 이십 분을 기다리기로 마음먹었다. 그를 꼭 기다린다는 의미보다도, 앉아서 시원한 음료수라도 한 잔 마시지 않고는 폭염이 들끓는 거리로 되짚어 나갈 엄두가 나질 않아서였다.

청년은 이십 분 후에 남진우씨에게 다시 전화를 걸어왔다.

"죄송합니다. 기다리게 해서."

"누굴 놀리는 건가?"

"원 천만에요. 메모판을 보십시오. 제가 남계장님께 드리는 편지가 있습니다."

수화기를 내려놓는 소리가 났다.

남진우씨는 화도 나고 어처구니도 없었지만 이왕에 내친김이라 메모판에서 자신의 이름이 씐 편지를 뽑아들었다.

"남진우 수사계장님."

편지는 그렇게 시작되고 있었다.

"전화로 소개드렸듯이 저는 스물두 살의 아직은 순수한 청년입니다. 그런데 제 순수성에 비해 세상천지엔 썩은 무리들이 많다는 소문이 늘 떠돌고 있다는 점에 저는 반감을 느끼곤 했었습니다. 그래서 어느 날 문득 이런 시험을 해보기로 했습니다. 제 시험은 아주 간단합니다. 그저 사회적으로 유명한 사람들이나 고위 관리들을 상대로 당사자가 사무실을 떠나 있는 시간을 틈타 그분의 댁으로 전화를 거는 겁니다. 이곳은 모 기관입니다. 바깥어른께서 지금 어떤 불미스러운 일 때문에 조사를 받고 있는데 현금 얼마만 준비하셔서 빨리 어디어디로 오십시오. 해결하는 길이 있을 겁니다. 제 전화 내용은 대개 이렇습니다. 결과가 어땠느냐고요? 믿지 못하시겠지만 백 퍼센트 성공이었습니다. 정말이에요. 아래 적혀 있는 알 만한 이름들이 모두 제 손바닥 안에서 어릿광대의 춤을 춘 장본인입니다."

편지 끝엔 남진우씨도 알 수 있는 이름들이 상당히 적혀 있었다.

그러나 남진우씨가 문득 깜짝 놀란 것은 그 이름들이 아니라 맨 나중에 쓴 것이 확실한 마지막 한 구절에 있었다. 남진우씨를 비웃듯이 글씨도 또박또박, 마지막엔 이렇게 씌어 있었다.

"계장님은 제발 그렇지 않길 빕니다. 물론 많은 돈을 요구하진 않겠습니다만."

남진우씨는 황급히 집으로 전화를 걸었다.

예상대로 전화를 받지 않았다. 애들도 없는 아파트를 아내는 잠가놓고 나간 모양이었다. 남진우씨는 곧장 택시를 타고 아파트로 돌아왔다. 아내가 사색이 된 얼굴로 뒤따라온 것은 남진우씨보다도 삼십여 분이나 늦어서였다.

"돈 줬어?"

남진우씨는 다짜고짜 소리쳐 물었다.

"줘, 줬어요."

"얼마?"

"오십만 원."

"오십만 원이나 어디에 있었어?"

"엊그제 적금 타놨었잖아요. 당신이 큰일날 일을 저질렀다는데 그까짓 돈만 생각하고 있을 수 있어야지요."

"벼엉신!"

남진우씨는 탁자를 주먹으로 쳤다. 이십여 년을 그래도 큰 하자 없이 맡은 바 소임을 다하고자 노력하며 지내온 경찰직이 아닌가. 그러나 그는 그 순간, 심한 배신감을 느꼈다. 이십여 년 동안의 경찰 생활 중에 가장 허망하고 비참한 기분이 드는 날이었다.

약속

만 예순 살이 되던 날 아침에 그는 유독 거울 앞에 오래 있었다. 마음은 아직도 스물 몇 살 같은데 거울 속의 그는 어김없이 예순 살이었다. 아니 예순 살도 훨씬 넘어 보였다고 해야 옳을 터였다. 반백이 된 머리가 그랬고, 눈가와 이마의 주름살이 그랬고, 탄력 없이 처진 두 볼이 또한 그랬다.

서늘한 비감悲感이 가슴을 적셨다.

젊어 한때, 그의 얼굴은 참으로 수려했다. 거리를 지나가면 이곳저곳에서 은밀히 바라보는 여자들의 시선을 그는 언제나 느꼈다. 어디서나 인기가 있었고 그가 마음만 먹으면 어디서나 로맨스가 생겼다. 서른 살이 훨씬 넘을 때까지 많은 여자들과 어울려 지냈다. 그는 바람둥이였고, 어떻게 된 건지 여자들은 한쪽으론

욕을 하면서도 다른 한쪽으론 바람둥이한테 약해서, 그에게 여자가 궁했던 적은 한 번도 없었다.

숱한 여자들이 그의 곁을 거쳐갔다.

대학생도 있고, 회사원도 있고, 때론 술집 여자도 있었다. 아주 아름다운 여자도, 조금 못생긴 여자도 있었다. 부잣집 딸도 있고, 가난뱅이 딸도 있었다. 연상도 있고 연하도 있었다. 그렇지만 인생이란 물론 여자가 전부는 아니었다. 그는 마흔이 되어서야, 이제는 자신도 전과 같지는 않다는 것을 뼈저리게 느끼기 시작했다. 지금의 아내를 만난 게 그 무렵이었다. 너무 늦은 결혼이라고 생각했으나 아내는 말했다.

"인생을 새로 시작하는 데 마흔은 결코 많은 나이가 아니에요."

그는 그 충고를 받아들였다. 그래서 마흔에 아내와 늦은 결혼을 했고, 이것저것 닥치는 대로 일하다가 문방구를, 문방구에서 지금의 지물포를 삶의 터전으로 삼는 데까지 이르렀다. 어찌 보면 그의 인생은 마흔에 비로소 시작된 것이라고도 할 수 있었다.

그는 한동안 감회에 젖어서 망연자실 서 있기만 하였다.

"웬놈의 거울을 그렇게 오래 보우?"

아내가 참견을 했다.

"나 많이 늙었지, 여보?"

"늙기는요. 아직도 그렇게 모양내시니 쉰쯤이나 돼 보이는데."

"쉰이라니, 허헛."

그는 뒤끝이 허전한 그런 웃음소리를 쏟아놓았다. 아내의 속이 훤히 들여다보이는 거짓말이, 그래도 언짢다는 생각은 들지 않았다. "엄마 아빠, 학교 다녀오겠습니다." 문밖에서 고3짜리 큰딸이 말했다. 다른 친구들은 벌써 아들을 장가보내 손주까지 본 사람도 있는데 그의 큰딸은 겨우 열아홉 살이었다.

"기다려라. 아빠도 나가신다."

아내가 딸애한테 소리치면서 그의 넥타이를 바로잡아주었다.

"다녀오리다, 여보."

"당신 생일이어서가 아니라 오늘 다른 좋은 일 있으신가보우."

"좋은 일은 무슨……"

그는 서둘러 딸애를 앞세우고 집을 나왔다.

아내가 그의 속마음을 눈치라도 챈 것 같아서 가슴이 울렁울렁해왔다. 아니, 가슴이 울렁울렁한 것은 사실 아내의 말 때문이라고만은 할 수 없었다. 아내가 그런 말을 하기 훨씬 이전, 그러니까 새벽에 눈을 떴을 때부터 그의 가슴은 소풍을 앞둔 어린애처럼 설레고 있었다. 눈을 뜨자마자 그는 생각했다.

오늘은 예순번째 생일이야. 바로 예순번째.

예순번째 그의 생일은 다른 생일하고는 달랐다. 예순번째 그의 생일엔 아주 중요한 약속이 있기 때문이었다. 한 사람하고의 약속이 아니라 여러 사람하고의 약속이었다. 여대생과의 약속도 있고 회사원과의 약속도 있고, 부잣집 딸과의 약속도, 가난뱅이, 혹은 목수의 딸과도 약속이 있었다. 연상의 여자, 연하의 여자와 한 약속도 있었다. 삼십 년이 훨씬 넘은 약속도 있고, 또 삼십 년이 못 된 약속도 있었다. 도대체 몇 사람하고 오늘 만나기로 약속해놓았는지 그 자신도 알 수 없는, 그런 약속이었다. 젊은 시절, 데이트하던 아가씨와 헤어질 때면 그는 언제나 말하곤 했다.

"내 나이 예순 생일에 만나요."

그는 손가락을 걸면서 말했다.

"1990년 10월 15일이 내 예순번째 생일이야. 그날 다섯시에 만나. 그땐 피차 많이 변해 있겠지. 시집 장가 가서 애도 몇씩 낳고, 그렇게 살고 있을지 어쩔지 원. 그때 만나면 감회가 깊을 거야. 그때 우리, 어떻게 변했을까?"

바로 오늘이 그날이었다. 그는 모든 여자들과 헤어질 때마다 이 약속을 되풀이했었는데, 물론 그 당장엔 다분히 장난기가 있었던, 그리고 얼마 후 잊어버렸던 약속이었다. 그러나 나이가 쉰살이 넘고 세상을 살면서 무엇을 소중히 해야 되는지를 조금씩 깨닫게 되자, 홀연히 스무 명하고 했는지, 서른 명하고 했는지 모를 이 약속이 떠올랐다. 어쩌면, 하고 그는 생각했다. 어쩌면 1990년 10월 15일 그 약속 장소에 가면 이삼십 년 전의 젊은 실체를 만날 수 있을는지 몰랐다. 내 젊음이 꿈꾸던 게 무엇인지, 또는 내가 그토록 잡고 싶었던 사랑의 실체가 과연 어떤 모습이었는지.

그는 그래서 몇 년 전부터 남몰래 오늘을 기다려왔다.

지물포는 오늘따라 손님이 많았다. 하지만 도무지 일이 손끝에 붙지 않았다. 약속 장소는 남산 팔각정, 시간은 다섯시였다. 그는 오후가 되면서부터 수십 번 시계를 보았다. 온갖 생각이 꼬리에 꼬리를 물었다. 여러 여자가 한꺼번에 나오면 어떡한다? 그것도 걱정이었다. 약속한 여자야 이삼십 명은 족히 되겠지만 물론 다 나올 수는 없을 터였다. 다섯 명쯤, 아니 일곱 명쯤 될 수는 있었다. 여러 여자가 눈앞을 스쳐지나갔다. 유달리 기억에 남는, 한때는 그 자신도 죽음과 맞바꿔도 좋다고까지 생각했던 아무개 아무개의 얼굴도 선연히 떠올랐다. 틀림없이 약속을 잊지 않았을 여자들이었다. 물론 그 반대의 경우도 있었다. 눈가에 점이 있던 그녀 이름이 뭐였더라. 옳지, 애자였지. 애자는 틀림없이 안 나올 거야. 그러나 선희는 틀림없이 나올걸. 헤어질 때 우리가 얼마나 애틋했는데. 선희는 눈물도 참 많이 흘렸는데.

걱정이 한두 가지가 아니었다.

최소 다섯 명은 넘을 것이라고 그는 생각했다. 다섯 명이든 일곱 명이든, 여러 여자가 한꺼번에 나왔을 때 그 자신이 어떻게 처신해야 될는지, 그는 종일 생각했지만 끝내 방도를 정하지 못했다.

네시 삼십분에 그는 지물포를 나왔다.

택시를 탄다면 남산까진 이십여 분이 걸릴 터였다. 가슴속이 마구 떨리기까지 했다. 마침내 다섯시가 되었다. 팔각정 근처에 알아볼 수 있는 여자란 한 사람도 없었다. 그는 팔각정 한가운데 서 있었다. 누구는 만나면 자신이 먼저 용서를 빌어야 할 것 같았고, 누구는 만나면 왜 자신을 두고 떠났느냐고 물어야 할 것 같았다. 그러나 알 만한 얼굴은 보이지 않았다. 십 분, 이십 분이 지나고도 마찬가지였다. 혹시 나를 못 알아보는 것은 아닐까. 워낙 세월이 오래 지났으니까. 그는 그런 염려도 했지만 팔각정엔 사람이 거의 없었으므로 알아보는 데 지장이 있을 것 같지는 않았다. 그런데도 삼십 분, 사십 분이 지나도 알 만한 여자는 여전히 한 사람도 나타나지 않았다.

한 시간이 지났을 때 그는 완전히 절망했다.

소리는 내지 않았지만 그는 허허 하고, 속으로 웃었다. 웃고 또 웃었는데, 그러나 가슴은 빈 들판이었다. 그렇게 허전하고 외로울 수가 없었다. 아아, 그 화려했던 젊음, 그 빛나던 사랑의 약속들이 겨우 이겨였던가. 그는 소년처럼 무릎을 세우고 거기에 이마를 내려놓았다. 지나간 젊은 시간에 그저 허깨비로 산 것 같았다.

그때였다.

누군가 조용히 그의 곁에 와 나란히 앉는 것을 그는 느꼈다. 그는 반사적으로 고개를 번쩍 들고 옆에 앉은 초로初老의 한 여자를 바라보았다.

"아니, 당신……"

"여잔 여보, 언제나 한 사람이면 되는 거라우. 내가 왔으니 부족할 게 없지 않우."

아내가 따뜻하게 미소를 지으며 말했다.

"오늘 약속, 어떻게 알았어, 여보?"

"나하고도 잠시 헤어졌었던 거 기억 안 나우? 그때 당신이 말합디다. 오늘 예서 만나자고. 벌써 이십여 년 전의 약속이지만 난 잊지 않았수."

"고마워……"

"고맙긴요. 당신이 약속을 잘못하신 거유. 아, 다섯시라니 가족들 식사 준비하랴, 남편 퇴근하면 맞이하랴, 어떻게 나올 수 있겠수? 한 두시쯤만 약속했으면 내 생각엔 당신 잊지 못해 나왔을 여자가 여럿이었을 거요."

"아냐."

그는 알 수 없는 감동에 차서 와락 아내의 손을 끌어 잡으며 말했다.

"……난 한 여자면 돼!"

천국의 문

아이는 조무래기들과 권총놀이를 하고 있었다. 저만큼 골목 밖에 보이는 큰길엔 때마침 저녁때라 사람이 아주 많았다.

"빵, 빠방……"

총알이 머리 위로 날아왔다. 아이는 한 번 몸을 회전시키며 아슬아슬하게 그 총알을 피했다.

"얘, 저기 좀 봐."

그때 조무래기 한 녀석이 말했다.

큰길에 있는 어른들이 일제히 북쪽 편을 바라보고 있었다.

"무슨 구경거리가 있는 것 같아."

"구경거린 자식아. 괜히 지게 생겼으니까……"

"아냐. 어른들이 저쪽으로 가는걸."

과연 어른들이 하나둘 북쪽 편으로 움직이기 시작했다.

몇 명의 어른들이 움직이기 시작하자 전염병 돌듯 금방 모든 어른들이 움직였다. 같은 방향을 향해 어른들은 가고 있었다.

"우리도 가보자."

조무래기들이 우르르 몰려나갔다.

아이는 권총을 허리에 꽂고 전신주 밑에 찍, 오줌까지 갈긴 뒤 비로소 천천히 큰길을 향해 갔다. 구경거리가 있어봤자 어른들이 재미있어 하는 거라면 별것 아니라고 아이는 생각했던 것이다. 그러나 오늘은 여느 날과 좀 풍경이 달랐다. 무슨 구경거리인지는 몰라도 어른들은 어느새 걷다못해 뛰는 사람까지 있었다. 북쪽으로, 북쪽으로 그들은 가고 있었다. 아이는 마침내 조무래기들과 어울려 어른들 사이를 요리조리 빠져 어른들보다 빨리 뛰기 시작했다.

무슨 일일까.

아이는 생각했다.

혹시 불이 났는지도 몰라. 불이라니, 정말 근사한 구경거리겠는걸.

아이는 불난 것을 한 번 본 적이 있었다. 네거리의 빌딩이었는데 사람들이 구층에서 뛰어내리기도 했었다. 열 대가 넘는 불자동차도 왔었다. 어디 그뿐인가. 불자동차에서 뿜어올리는 물 때문에 얼핏얼핏 오색영롱한 무지개도 생겼었다. 그걸 다시 보기 위해서라면 까짓것, 좀 뛴다고 해도 억울할 건 하나도 없었다. 그러나 이상했다. 한참을 뛰어도 어느 곳에서건 연기조차 나는 데가 없었다. 불자동차의 사이렌 소리도 들리지 않았다.

아이는 걸음을 멈췄다.

어른들은 아까보다 훨씬 빨리 가고 있었다. 뛰는 사람, 뛰지는 못하지만 좀더 빨리 걷기 위해 걸음 너비를 한껏 벌려 딛는 사람, 갑시다, 갑시다 하고 앞사람을 밀치는 사람, 각양각색이었다. 심지어는 이마에 구슬 같은 땀을 뚝뚝 흘리며 도저히 더는 못 가겠다는 듯 동생이나 친구에게 "먼저 가. 어서 가라니까" 하고 소리치는 사람도 있었다. 아이는 가로수를 붙잡고 숨을 헐떡이는 아빠 같은 아저씨에게 물어보았다.

"아저씨, 불났어요?"

"불? 불이 났다니?"

"아니요. 왜들 저쪽으로 뛰어가느냐고요."

"글쎄."

아저씨는 생각하는 듯한 표정을 지었다. 그러나 아이에겐 아저씨의 생각하는 듯한 표정이 오히려 바보처럼 보였다.

"나도 모르겠구나, 생각해보니까."

"모르면서 아저씬 뭐하러 뛰어왔어요?"

"글쎄 말이다. 여보시오, 여보시오!"

아저씬 뛰어가는 청년 한 사람을 간신히 붙잡았다.

"저쪽으로 가면 뭐가 있소?"

"왜 사람을 붙잡고 이래요!"

청년은 짜증을 내며 아저씨를 획 뿌리쳤다. 아저씨가 다시 황급히 청년의 소맷부리를 잡았다.

"뭐가 있느냐니깐?"

"뭐가 있든 있으니까 이 많은 사람이 그쪽으로 가는 것 아니오!"

"그, 그렇군. 뭐든 있겠군."

아저씨가 청년을 뒤쫓아 다시 달려나갔다. 조무래기들은 이제 하나도 보이지 않았다. 아이는 천천히 혼자 걷기 시작했다. 뭐가 있을까. 혹시 불이 나지 않았다면 금덩이가 있진 않을까. 금덩이라면 어른들이 좋아하니까.

"할아버지!"

아이는 이번엔 너무 지쳐 질펀하게 주저앉아 있는 할아버지에게 물었다.

"저쪽으로 가면 금덩이가 있나요?"

"뭐, 금덩이?"

어디서 그런 힘이 솟는지 할아버지는 벌떡 일어섰다.

"금덩이가 있다는군. 저쪽에 금덩이가 있다는군."

미친 사람처럼 중얼거리며 할아버지가 역시 다시 뛰기 시작했다.

아이는 할아버지의 등뒤에 빵빵, 권총을 한 방 쏴 갈겼다. 그 뒤로도 마찬가지였다. 아이는 여러 사람에게 똑같은 질문을 했으나 대답은 항상 분명하지 못했다. 금덩이가 있다는 사람도 있고, 불이 났다는 사람도 있고, 천국으로 올라가는 계단이 있다는 사람도 있고, 전지전능하신 하느님이 나타났다는 사람도 있었다. 그러나 모두가 무엇무엇이 '있단다' 할 뿐이지 그것을 보았다는 사람을 아이는 만나지 못했다. 아이는 그럴 때마다 어김없이 총알을 한 방씩 먹여주었다.

불현듯 아빠 생각이 났다. 아침에 아이는 아빠에게 말했다.

"아빠, 나 권총 사줘!"

"권총은 있잖니."

"다른 애들은 모두 쌍권총이야. 나도 쌍권총 하고 싶어."

"총을 두 개 찬다고 해서 강한 건 아니다. 총이 하나라도 잘 쏘면 이길 수 있다."

아빠는 옆구리에서 권총을 뽑아 쏘는 시늉을 해 보였다.

"칫, 그래도 다른 애들은……"

"다른 애들 다른 애들, 하지 마라. 남이 낚싯대 들고 산으로 간다면 너도 가겠니? 사람은 뚜렷한 자기 생각이 있어야 돼. 그래야 훌륭한 사람이 되는 거다."

아이는 쌍권총을 찰 수 없어 좀 섭섭했지만 참기로 했다. 훌륭한 사람이 되는 건, 어쨌든 쌍권총을 차는 것보다 나은 것이다. 아빠 생각이 나자 아이는 조금 부끄러운 느낌이 들었다. 아빠 같았으면 지금의 다른 어른들처럼 분명한 '그 무엇'도 모르면서 허겁지겁 뛰지는 않았을 거라는 생각이 들었다. 그러나 아이의 예상은 들어맞지 않았다. 그 순간 아이의 어깨를 툭 밀면서 앞으로 뛰어나가는 사람이 있었는데 바로 아이 아빠였다.

"아빠!"

아이가 황급히 불렀지만 아이의 아빠는 돌아보기만 하고 그만이었다. 너무 서둘러서, 뒤에서 보니까 아이의 아빠는 꼭 꽁지 빠진 꿩 같았다. 이상하다. 아빠도 가는 걸 보니까 정말 뭔가 있나봐. 아이는 고개를 갸우뚱했다.

그때, 아이는 한 이상한 아저씨를 보았다.

그 아저씨는 모든 사람이 뛰어가는 방향의 반대편으로 어슬렁어슬렁 걸어오고 있었다. 반대편 방향으로 오고 있는 사람은 지금까지 그 아저씨 혼자뿐이었다. 허름한 옷차림에 히죽히죽 웃는 폼이 바보나 얼간이임이 틀림없어 보였는데, 아이는 그러나 그 이상한 아저씨를 그냥 지나쳐 보내고 싶지는 않았다.

"아저씨!"

"왜 그러냐."

바보나 얼간이치곤 눈빛이 서늘하게 맑았다.

"사람들이 가는 곳엔 뭐가 있나요?"

"아무것도 없다."

이상한 아저씨는 망설이지 않고 대답하였다. 아이는 실눈을 떴다.

"정말이에요?"

"아무것도 없다, 아이야."

아저씨는 똑같은 말만 반복하였다.

"그럼 왜 사람들한테 아무것도 없다고 말해주지 않아요?"

"말해줬지. 예까지 오면서 수천 번 말해줬지만 아무도 믿질 않는구나."

"아저씨가 정말 아무것도 없다는 걸 어떻게 알아요?"

"내가 해본 장난으로 시작된 일이니까."

이상한 아저씨는 재미있어 죽겠다는 듯 뱃살을 끌어쥐고 클클클 웃었다.

"장난이라고요?"

"그래, 장난이었다. 그냥 뭔가 있다고 소리치며 북쪽으로 백미터쯤 뛰지 않았겠니. 그랬더니 결국은 모두들 저 모양이구나.

아이야, 너도 이 아저씨의 말을 믿지 못하겠니?"

웃고 있었지만 아저씨의 눈빛은 슬퍼 보였다.

"난 믿어요, 아저씨."

아이는 조용히 고개를 끄덕거렸다.

"훌륭하다. 천국의 문이 여기 있구나."

이상한 아저씨가 아이의 해맑은 눈동자를 가리켰다. 노을이 지고 있었다. 아이의 눈동자에도, 이상한 아저씨의 눈동자에도 꽃보다 아름답게 노을이 불타고 있었다.

여름의 끝

나는 서성거리기 시작했다. 비가 오려는지 하늘은 두꺼운 구름에 가려 있었다. 힐끗, 길 건너편 역 광장에 걸린 벽시계를 나는 보았다. 여섯시 삼십분이었다.

이제 곧 어둠이 온다.

나는 두 손을 바지 주머니에 쑤셔넣었다. 어둠보다 빨리 바람이 불어왔다. 바람은 썩어 냄새나는 강 쪽에서 오고 있었다. 나는 발걸음을 멈추고 이미 해거름으로 우중충해진 골목 끝을 들여다보았다. 찌그러진 목조건물의 층계는 여전히 비어 있었다. 마치 사람이 아니라 박쥐가 살고 있는 듯한 느낌이 들었다.

혹시.

나는 불현듯 생각하였다.

혹시 그앤 아주 죽어버린 것이 아닐까.

가슴이 방망이질을 하고 있었다. 나는 골목을 향해 몇 걸음을 단숨에 쫓아들어갔다. 그러나 나는 솔직히 용기가 없었다. 기다리고, 기다리고, 기다리는 것이 내가 할 수 있는 일이었다.

여름은 아무데에도 남아 있지 않았다.

여름은 오래전에 침몰했고 그리고 지금은 10월이었다. 그런데도 이제야 여름을 처분하러 간 그앤 오지 않고 있다. 저 더러운 나무 층계를 올라가면 그곳엔 지금도 여름이 한창일지 모른다는 생각을 나는 잠깐 하였다. 바람이 또 한차례 불어왔다. 눅눅한 어둠을 몰고 바람은 강변도로를 단숨에 뛰어넘어 건너편 빌딩의 옥상에서 목을 매달고 있었다.

지난여름에도 바람은 매일 모질게 불었다.

해변엔 하얗게 일광이 내리쬐고 바람은 일광을 가로세로 난도질하듯 불곤 했다. 올여름은 정말 잊을 수 없을 거야. 그애가 술에 취해 소리쳤다. 그애뿐만이 아니었다. 뭣인가에 홀린 듯이 사람들은 모두모두 잊을 수 없는 여름을 만들기에 혈안이 되어 있었다. 추억의 상자는 여름이 가기도 전에 이미 만원사례였다. 그애와 나의 상자에도 불타는 여름의 기억들이 들어 있었다.

사람의 그림자 하나가 나무 층계를 밟고 내려왔다.

"너니?"

아주 조그마한 그림자였는데 충계는 함부로 쉰 소리를 냈다. 나는 뛰어서 그애한테 갔다. 팔을 붙잡으려 하니까 그애가 가볍게 뿌리쳤다.

"괜찮아."

그앤 미소를 지으려 했지만 잘 되지 않았다. 내게는 우는 것처럼 보였다. 이마에 소롯이 땀방울이 맺혀 있었다. 손수건은 그애도 나도 없었다. 우린 천천히 거리를 지나갔다. 어느 틈에 상가의 불빛들이 모두 켜져 있었다. 밤 화장을 끝낸 작부처럼 불은 밝았다.

"걸어도 괜찮겠니?"

내가 물었다.

"괜찮아, 지금은……"

"지금은?"

"저 안에서 한 시간만 더 있어야 했다면 죽으려고 했어."

그앤 우리들이 떠나온 골목 쪽을 눈으로 가리켰다. '산부인과'라는 낡은 간판이 골목 끝에 걸려 있었다. 그애의 얼굴은 너무 희다못해 파르스름했다. 현기증이 나는지 이마를 손으로 짚었다.

"쉬어야지."

내가 팔을 붙잡았고, 그애가 내 어깨에 잠깐 이마를 내려놓았다.

"어디에서?"

그애는 아주 빨리 말했다. 나는 아무 대답도 할 수 없었다. 어디에서 쉴 것인가. 여관이 떠올랐지만 나는 어쩐지 '여관' 하고 말할 기분이 나지 않았다. "택시를 잡아줘." 그애가 다시 헐떡이는 목소리로 속삭였다. 나는 택시를 세우기 위해 자꾸자꾸 차도 쪽에 대고 손짓을 하였다. 사람 살려 하며 내가 비명을 지르고 있는 것 같단 생각이 들었다. 택시가 와 섰다. 그애가 아주 간신히 택시에 올라타고 나서 내가 타기도 전에 문을 닫았다. 나는 택시 밖에 죄인처럼 서서 그애를 바라보았다. 그애가 손을 내밀어 내 귀를 붙잡으려 했다.

"아기를 죽이는 일은 아주 쉬웠어. 십 분도 안 걸리던걸."

그앤 내 귀에 대고 속삭였다.

"나는 시체가 된 우리들의 여름을 봤어. 검붉은 핏덩이야. 참혹해. 전화할게."

차가 떠날 때 '안녕' 하고 그앤 웃었는데 그러나 눈엔 눈물이 그렁그렁한 것을 나는 보았다. 나는 그애가 다시는 내게 전화하지 않으리라는 걸 그 눈물 때문에 알았다.

나는 돌아서서 어둠에 잠긴 추억의 상자를 열어보았다.

'여름'이라는 표찰이 붙은 상자엔 아무것도 없었다. 비로소 나 자신에 대한 분노가 불길처럼 타올랐다.

웃음소리

운동장에서 보면 교사校舍는 까마득히 높았다. 일흔여덟 개의 계단을 올라가야 교사가 있었는데, 우리들 육십여 명은 한 시간 동안 줄곧 그 계단만을 오르락내리락했다.

"기초 체력을 단련하는 거야, 뛰어."

체육 선생은 말했다.

말채찍 같은 지휘봉을 든 체육 선생은 계단 아래 나무 그늘에 앉아 있었다. 지쳐서 뒤처지는 학생의 뒤통수를 그 지휘봉으로 툭툭 칠 때만 그는 앉은 자리에서 일어나곤 했다. "다시 올라갔다 와!" 그의 목소리는 카랑카랑했다. 여름이었고, 일광은 창날처럼 번쩍이며 운동장에 내리꽂히고 있었다. 올라가고 내려가는 단조로운 뜀박질은 끝없이 반복됐다. 땀이 온몸을 적셨으며 하늘조차 노랗게 보였다.

"개자식!"

누군가 씹어뱉었다.

그러나 우리 중의 아무도 드러내놓고 불만감을 표현할 용기는 없었다. 체육 선생은 별명부터 '독종'이었고, 어깨 또한 다부져서 무쇠 같았다. 마침내 수업 끝을 알리는 차임벨이 울렸다. 우리는 신음하며 주저앉았다. "뭐야! 일어서지 못해? 도대체 너희는 정신 상태가 글러먹었어. 다음주에도 층계 오르내리기를 하겠다. 오늘 수업은 이만!" 그가 허공을 지휘봉으로 후려쳤다. 반장의 구령 소리에 맞춰 우리는 부동자세로 거수경례를 했다.

그때였다.

그가 인사를 받고 막 돌아서는데 씽하고 밤톨만한 돌멩이가 우리 속에서 날아가 정확하게 그의 뒤통수를 맞혔다. 그가 뒤통수를 싸쥐면서 우리 쪽으로 홱 돌아섰다. "어떤 놈이얏!" 그의 목소리는 송곳같이 갈려 있었다. "던진 놈 나와! ……못 나와? 그럼 좋다. 내게 돌멩이 던진 놈이 나올 때까지 저 층계를 다시 뛴다. 밤이 다 지나더라도 집에 보내지 않겠다. 난 한다면 하는 사람이야!"

"……제가 던졌습니다."

나는 한 발 앞으로 나섰다.

그는 정말 한다면 하는 사람이었다. 돌멩이를 던진 건 꼭 그럴 의지가 있어서 한 건 아니었다. 거의 무의식적으로 나는 돌멩이를 던졌던 것인데, 그것이 그만 정통으로 그의 뒤통수를 맞혀 사태를 악화시킨 셈이었다. 겁이 났지만 비겁하고 싶진 않았다.

"쌔애끼, 왜 던졌어?"

"모르겠습니다. 저절로 그렇게 됐습니다."

"뭐, 저절로?"

그가 내 뺨을 갑자기 후려갈겼다. 나는 그러잖아도 지쳐 있던 참이었으므로 내동댕이쳐지듯 쓰러졌다. 입술이 터졌는지 비릿한 게 입안에 고였다. "그걸 대답이라고 하는 거야, 인마? 저절로 손만 움직일 수 있어?" "아마…… 분노 때문이었을 겁니다. 선생님에 대한……" 나는 또렷하게 대답했다. 이상하게도 뺨을 한 대 난폭하게 얻어맞고 나자 목줄기를 누르던 공포감이 오히려 사라지는 것 같았다. 나는 체육 선생의 눈을 똑바로 바라보았다. 순백의 햇빛 한 점이 그의 눈빛에 부딪히며 반짝했다.

"분노?"

"선생님은 나무 그늘에 앉아서 한 시간 내내 우리들에게 뜀박질만 시켰습니다. 우린 기계도 노예도 아닙니다."

"인마, 그거야 체력장에 대비하여 기초 체력을 기르려고……"

그가 순간, 당황해하는 걸 나는 보았다.

"매시간…… 벌써 여러 시간째 그랬습니다. 더구나 공포 분위기까지 조성하면서 말입니다. 우린…… 선생님을 싫어합니다. 존경하지도 않습니다."

나는 단숨에 쏟아놓았다.

당황한 듯, 흔들리는 듯하던 그의 시선에 다시 초점이 모아지기 시작했다. 그는 양미간을 강하게 찌푸리더니 내게서 시선을 돌려 다른 애들을 노려보았다. "좋아. 모두 나를 싫어한다 이거지. 야, 너희들 중에서 나 싫어하는 놈 있으면 손들어, 손들고 나와!" "……" "없어? ……이 새끼, 너 혼자 까불고 있는 거야. 봐, 인마. 아무도 나를 싫어한다고 하지 않잖아? 이 자식 이거 간덩이가 확 부은 놈 아냐? 너 같은 놈은 버릇을 뜯어고쳐놔야 해. 차렷! 차렷 안 해?"

지휘봉이 햇빛을 갈랐다.

한쪽 어깨가 갈라지는 것 같은 아픔을 느끼면서도 나는 혼신의 힘을 다해 차려 자세를 취했다. 그의 눈동자에 푸른 섬광이 광인의 옷자락처럼 나부끼는 걸 나는 얼핏 보았다. 새삼 공포감이 엄습했다. 내 편이 돼주리라 믿었던 친구들은 모두 숨을 죽이고 있을 뿐이었다.

"뒤로 돌앗!"

그가 기습하듯 외쳤다.

"앉아! 일어서! 좌향좌! 우향우! 우향우! 앉아! 일어서! 일어서 이 새꺄!" 그의 발길이 내 정강이를 찍었다. 구령에 따른 내 행동이 조금만 굼뜨면 어김없이 발길이 날아오거나 지휘봉이 날아오거나 했다. 구령은 차츰 빨라졌고, 나는 완전히 얼이 빠진 상태가 되었다. 혼자라는 것이 얼마나 무서운가. 친구들은 모두 침묵의 휘장 뒤에서 이 기묘한 한여름의 게임을 단지 질린 표정으로 구경하고 있었다.

"뒤로 돌앗!"

그는 신들린 사람 같았다.

"좌향좌, 우향우, 앉아일어섯우향우좌향좌뒤로돌앗앉아엎드려일어섯……"

나는 일종의 자동인형이었다.

내 모든 감각은 그의 명령을 정확하고 빨리 받아들이기 위해 잘 갈린 칼날 이상으로 날이 서 있었다. 평소엔 그렇게 민첩한 편이 아니었는데도 불구하고 나는 전광석화처럼 움직였다. 땀과 햇빛 때문에 앞조차 뵈지 않았다. 시야는 그냥 표백된 흰빛이었다.

"좌향좌앉아일어섯뒤로돌앗, 웃어!"

그러나 나는 앉았다.

웃으라는 구령은 일종의 복병이어서 나는 그걸 앉으라는 구령으로 감지했으며 그러자 어김없이 그의 발길이 내 정강이뼈를 향해 날아와 박혔다.

"웃으란 말야, 새꺄. 웃어!"

나는 필사적으로 입을 벌렸다.

웃기 위해 앞니를 있는 대로 다 드러냈는데 빌어먹을, 콧날이 찡하더니 눈물이 터져나왔다. 나는 눈으로는 울면서 입으로는 웃었다. 처음엔 앞니만 드러냈을 뿐 웃어지진 않았는데, 한순간, 막힌 물꼬가 터지듯 무엇인가가 툭 터지더니 마침내 히히히…… 웃음이 폭발적으로 목울대를 넘어왔다. 햇빛이 한 낱 한 낱 오롯하게 뒤집히는 듯했다.

"아이코 우스워, 히히힛, 아이코 우스워 죽겠네, 히히히힛……"

"멈춰!"

"히히히……"

"멈추란 말야, 인마. 멈춰!"

체육 선생의 지휘봉이 날아왔다.

그렇지만 참으로 이상한 일이었다. 그의 명령을 알아들었지만 이번엔 웃음이 멈춰지지가 않았다. 웃음을 멈추기 위해 나 자신 스스로 목을 눌렀지만 기침처럼 웃음은 계속해서 쏟아져나오고 있었다. 하기야 웃음을 멈추면 그는 이내 다시 명령할 것이다. 다시 웃어! 하고.

나는 참지 못하고 앉은 채 토끼뜀을 했다.

그에게 두들겨맞는 것이 억지로 웃음을 멈추는 것보다 적어도 그 순간만은 훨씬 쉬운 일이었다. 그의 발길이 내 턱 언저리로 날아오고 있었다.

정한情恨의 매듭

서인걸씨는 아무도 몰래 새벽 기차를 탔다.

아들에게 회사 경영을 완전히 맡겨놓고 나선 석 달 만의 첫나들이였다. 아들 내외한테는 고향에나 좀 다녀오겠다고 일러두었는데, 고향이란 말에 아들 내외는 고개를 갸웃거렸다. 그에게서 고향이란 말을 들어본 적이 없기 때문일 것이었다. 더구나 고향엘 다녀온 적이 언제 한번 있었던가.

"오랜만에 기차나 한번 타볼란다."

서인걸씨는 덧붙여 일러두었다.

아들 내외가 간곡하게 승용차를 이용하지 않으려거든 김기사나 회사의 박비서라도 동행하라 했지만 그는 그것도 딱 잘라 거절하고 말았다. 김기사는 그렇지만 그의 행선지를 눈치채고 있을 터였다.

K읍은 작은 포구였다.

기차에서 내렸을 땐 해가 중천에 떠 있었다.

그는 정거장 근처에서 장국밥 한 그릇을 사먹고서, 군데군데 닳아빠진 아스팔트 때문에 택시가 지나갈 때마다 뿌옇게 먼지가 피어오르는 읍내 거리를 지나 부둣가로 갔다. 고향은 그곳에서 팔 킬로 떨어진 시골이었는데 그러나, 지금 그는 고향으로 가는 것이 아니었다. 부둣가의 누군가를 방문할 참이었다.

K읍은 예전과 별로 달라진 게 없었다.

돌이켜보면 K읍 거리를 이렇게 걸어보는 것도 삼십육 년 만의 일이었다. 고향을 등진 것이 스물셋의 나이였고, 그때 그는 쓰린 상처를 안고 이 읍 거리를 지나와 좀 전에 내린 정거장에서 상행 열차를 탔던 것이었다. 세월은 때론 숨가쁘게, 때론 고통스럽게, 때론 안타깝게 흘러갔지만 지금 예순이 다 되어 그곳에 와 돌아보니, 삼십육 년도 잠깐이었구나 싶은 기분이었다.

이달호. 아니 배순임.

그는 부둣가에 당도해서 중얼거렸다.

그가 찾아가는 집의 바깥주인은 이달호이고 안주인은 배순임이었다. 김기사에게 부탁해서 그들이 어디 살고 있는지를 알아볼 때부터 그랬거니와, 그가 이 여행의 명분으로 삼고 있는 것은 고향 친구 이달호였다. 그러나, 이달호에 앞서 떠오르는 것은 역시 웃을 때마다 보조개가 포옥 파이곤 하던 배순임이었다. 삼십육 년 세월이 격해 있음에도 불구하고 배순임의 아름다운 모습은 언제나 눈에 선했다.

정한이란 얼마나 깊고 끈덕진가.

이달호는 삼십육 년 전 고향에서 제일 부자였던 도정 공장 이첨지의 아들이었고, 그는 이첨지에게 소작을 붙여 근근이 풀칠이나 하는 절름발이 서씨의 아들이었다. 한때는 마을 뒷산의 소나무숲을 드나들며 따뜻이 손 여며 잡았던 추억들이 그와 배순임 사이에 있었다고 하더라도, 배순임이 끝내 그를 버리고 이달호를 선택해 간 것은 이제 생각하면 그녀로서도 어쩔 수 없는 것이었다. 그러나 정한은 끈덕진 것이어서, 삼십육 년간 그가 불철주야 일한 덕분으로 회사를 네 개나 가진 '회장님'이 된 오늘까지 가슴에 앙금처럼 남아 있었던 게 바로 첫사랑의 실패였다.

매듭은 반드시 풀어야 한다.

그는 생각하고 또 생각하였다.

여섯 달 전 아내가 덜컥 죽고 났을 때 그가 제일 가슴 아팠던 것이 있었다면 평생 어딘지 모르게 아내와 거리감이 있어 일과 사업을 핑계하고 아내를 단 한 번이라도 진실로 따뜻하게 안아주지 않았다는 것이었는데, 그것 또한 다 첫사랑의 매듭이 풀리지 않았던 탓이었다. 아내가 죽고 나서 그는 그걸 알았다. 그 매듭이 풀리지 않는 한 그의 나머지 인생도 그전의 인생처럼 황막할 것이었다. 사업이 노년의 위로가 될 수는 없었다. 지금이라도 가슴에 맺힌 정한의 매듭을 풀어야만 앞으로의 노년이 덜 외로우리라는 걸 그는 깨달았고 그래서 궁리궁리하다가 이렇게 찾아온 길이었다.

이달호는 고깃배 수선소를 하고 있었다.

말이 수선소지 막상 그곳을 찾고 보니 변두리 동네의 목공소나 다름없었다. 반백의 늙수그레한 사내 혼자 끌질을 하고 있다가 인기척을 느끼고 고개를 들었는데, 늙고 검버섯까지 꺼멓게 핀 얼굴이었으되 틀림없이 이달호 그 사람이었다.

"날세. 서인걸을 못 알아보겠는가."

극적인 만남인데도 도무지 극적이지 않았다.

처음엔 피차 눈만 멀뚱멀뚱 표정 없이 먼산바라기를 했고 다음엔 어색하게 손 내밀어 마주잡았는데, 그래도 체온과 체온이 만나자 콧날이 찡하는 것이었다. 두 사람은 극도로 말을 절제한 가운데 근처의 목로주점에 옮겨 앉아 소주를 시켜 마셨다.

"자네가 큰 부자 됐다는 소문은 들었네만."

"자네…… 자네 내자는 편안한가?"

참을성이 없기로는 서인걸 쪽이었다.

대답 대신 이달호는 소주잔을 재빨리 비우고 먼 데, 바다 끝을 내다보았다. 나이보다 훨씬 더 늙어 축 처진 눈두덩에 보일 듯 말 듯 엷은 습기의 막이 드리우는 것을 서인걸은 그때 보았다.

"……고인이 된 지 오래됐다네."

"고인이 되다니?"

"나한테 시집온 다음해 죽었어. 내가…… 큰 죄인일세. 평생을 살아도 다 보상 못할 죄야. 혼인하고 곧 대처로 이사를 갔었는데…… 젊은 혈기로다…… 내가…… 시앗을 보지 않았겠나. 그 여자…… 강에 뛰어들어 죽었어."

"자살했단 말인가?"

"어차피…… 나를 변명하는 것 같아 미안하네만…… 그 여자도 내겐 맘이 없었어. 마음은 자네한테 가 있었지. 그래서 술만 마시고…… 어찌어찌 시앗까지 봤던 걸세. 변명하려고 하는 소리가 아니야. 언젠가 자네를 죽기 전에 만난다면…… 꼭 이 말을 하고 싶었네. 그 여자도…… 자신의 진실이 자네에게 전해지는 걸 바랄 것 같고…… 암튼 나는…… 죄가 많아……"

"이 사람, 죄인은 날세!"

서인걸은 이달호의 손을 거머쥐었다.

바다는 햇빛과 만나 반짝반짝 눈부셨지만 서인걸이나 이달호의 눈엔 뿌옇게밖에 보이지 않았다. 이것이었던가. 서인걸은 회

한으로 가슴이라도 치고 싶은 심정이었다. 서른여섯 해나 가슴에 공이처럼 매듭져 있던 것, 오로지 쫓기듯 사업으로, 일로 매진했을 뿐 변변히 추억 하나 만들지 못하도록 자신을 억제해왔던 그것, 그 매듭의 실체가 겨우 이거란 말인가. 무엇을 위한, 누구를 위한 매듭이었을까.

가슴은 물 빠진 갯벌이었다.

그는 자신이야말로 가장 가난한 사람이라는 걸 그 순간 뼈저리게 느꼈다.

침식

내가 그를 만난 것은 지하철에서 막 내렸을 때였다. 그는 차를 타려고 하고 있었고 나는 차에서 내리는 중이었다.

"엇, 자네 토인비 아닌가?"

그가 먼저 나를 알아보고 어깨를 쳤다.

토인비는 고등학교 때 내 별명이었고, 그의 별명은 말로였다. 내가 얕은 지식으로 걸핏하면 토인비의 역사관을 들먹이며 서구 문명은 몰락할 거라고 떠들었듯이, 그는 곧잘 앙드레 말로의 '행동하는 지성'을 입에 거품을 물면서까지 예찬하곤 했다.

"얼마 만인가, 이거?"

"가만있자. 고등학교 졸업하고 다음다음 해던가, 우연히 한 번 만난 적이 있었지 왜? 그러니까 벌써 이십여 년이 다 됐군. 참,

세월 한번 빠르다. 희끗희끗한 이 새치 좀 보게. 곧 백발이 될 게야, 아마."

말주변이 좋은 친구였다.

처음엔 안개 속처럼 흐릿했던 고교 시절 그의 모습이 마침내 선연히 떠오르기 시작했다. 그가 타야 할 전철은 벌써 발차, 저만큼 꽁무니를 빼고 있었다.

"이럴 게 아니라 어디 가서 차 한잔하세."

"바삐 가던 길 아닌가?"

"아냐, 아직 시간 있어, 나가자고."

그가 시계를 보더니 내 등을 밀었다.

우리는 어깨동무라도 할 듯한 포즈로 전철역의 층계를 밟아 올라왔다. 가까운 찻집은 거의 만원사례였다. 대학생 차림의 젊은이들이 자리를 꽉 메우고 있었다. 간신히 자리를 잡고 앉자마자 그가 종업원을 향해 손가락 두 개를 브이 자로 펴 보이며 커피 둘, 하고 말했다.

"그 버릇 여전하네."

"버릇?"

"브이 자로 손가락 쳐드는 거. 4·19 때던가, 자네가 단상에 올라서서 열변을 토하던 일이 눈에 선하네. 브이 자로 손가락 쳐들어 보이며 행동하는 지성이 되자고. 그 소리 아마 그날만 해도 서른 번쯤 외쳤을 거야. 앙드레 말로 얘기도 했고……"

"시시콜콜히 기억도 잘하는군."

"토인비 출생 연도 때문에 나하고 싸우던 건 생각 안 나나?"

"응. 생각나. 자네가 맞았었지?"

"토인비가 태어난 것이 1889년이야. 자넨 1888년이라고 우기고…… 결국 도서관에 가서 사전을 찾아보고서야 결판이 났었지."

"토인비가 자네 전공인데 그야 당연했지 뭐. 지금도 믿나?"

"뭘?"

"서양 문명이 머지않아 몰락한다는 거 말야."

"그거야 토인비 말이고……"

"자네가 토인비잖아?"

우리는 마주보고 웃었다.

커피가 날라져왔다. 그가 이 사람 저 사람 기억나는 대로 동창생들 소식을 물었다. 고등학교 2학년 과정이 끝날 무렵 서울로 전학 간 그로서는 고교 동창생들과 어울릴 기회가 전혀 없는가 보았다. 하기야 오랫동안 시골에 있어선지 그가 안부를 묻는 동창들은 나도 거의 소식을 모르는 친구들뿐이었다.

"자넨 어디 사나?"

"그냥…… 시골에 살아. K시에 사는데 볼일이 있어 올라왔다가 오늘 내려갈 참이었어."

"시골에서 뭘 하는데?"

"뭐 그저…… 이럭저럭……"

"개인 사업을 하는 게로군. 토인비가 사업가라니 그거 어울리지 않는데. 애들은 몇이나 되고?"

"셋이야, 고등학생이 한 놈, 중학생이 두 놈이야."

"아들만 셋이야, 그럼?"

"딸을 갖고 싶었는데 그것도 뜻대로 되는 게 아니더군. 자넨 어때?"

"난 딸만 둘 뒀어. 큰딸이 중3이야. 결혼을 좀 늦게 했거든."

"내가 자네 전학 갈 때 교문 앞에서 했던 말 생각 안 나는가?"

"교문 앞에서?"

"장가들 생각은 말랬잖아."

"아하, 생각나네. 나 같은 투사는 평생 가족들 고생을 시킬 테니까 장가가서 애 낳고 살 생각은 말라고 했지."

"자네 대답이 걸작이었어. 희생되는 가족이 있어야 투사가 투사답다고……"

"그랬었나?"

"그랬지. 자넨 정말 대단했어."

나는 똑바로 그를 건너다보았다.

새치를 다 뽑아내고, 눈가의 잔주름도 씻어내고, 지금보다 체중을 훨씬 줄인 뒤 까만 교모를 머리에 씌우자 고등학교 2학년생인 그의 모습이 생생하게 살아났다. 그의 얼굴에서 무엇보다 선연하게 기억되는 것은 앞으로 튀어나온 네모반듯 수려한 이마였다.

1960년 4월의 일이었다.

서울에서 한창 데모가 일어나고 있다는 소식을 듣고 밤 깊어 내 하숙집에 찾아왔던 그의 모습을 나는 잊을 수 없었다. 스님처럼 완전히 머리칼을 삭발한 모습이었는데, 전깃불에 앞이마가 반짝반짝했다. 가만히 있을 것이냐, 라고 그날 밤 그는 말했다. 밤새 토인비와 앙드레 말로가 뜨거운 피에 섞여 어우러졌고 마침내 데모 계획이 작성됐다.

그가 단상에 올라가 선언문을 읽었다.

신새벽 내가 단정히 앉아 작성한 선언문이었다. 그때에도 그의 이마는 닦인 금속처럼 번쩍이고 있었다. 이대통령 하야下野 소식을 들은 것은 그 다음날이었다. 우리가 경찰서로 도청으로 몰려갔을 때, 이미 주민들은 뿔뿔이 피신한 다음이었고, 행동하는 지성은 그래서 기껏 빈집의 유리창만 몇 장 깼을 뿐이었다.

"그래도……"

내가 말했다.

"단상에 올라선 자네의 모습은 근사했어. 나도 숨을 죽였으니까."

"토인비, 자네가 써준 걸 읽었을 뿐인데 뭐."

"아냐, 나보다도 자넨 정말 정열적이었어. 나중에 무능한 영어 선생 때문에 스트라이크를 일으킨 것도 자네였잖아?"

커피가 싸늘히 식고 있었다.

옆 좌석의 대학생 일행이 와, 하고 웃는 소리가 들렸다. 그가 이마를 찡그렸다. 아무리 과거의 그를 떠올려봐도 앞에 앉은 사내는 적당히 살이 찌고 적당히 일상의 때가 묻은 장년의 남자일 뿐이라는 사실에 나는 한순간 슬픔을 느꼈다.

"요즘 대학생들 버릇이 없어."

"발랄하고 좋잖아?"

"발랄이 저래? 저렇게 소란스럽도록 웃는 거야? 우리가 대학 다닐 땐 안 그랬다고. 공공의 장소에선 공공의 예의를 지켜야지."

필요 이상으로 짜증스럽게 그가 말했다.

우리라는 말이 내 마음의 어딘가에 걸려 넘어졌다. 나는 대학을 다녀보지 못했기 때문이다. 대학을 다녀보지 못한 나로서는 그들의 왁자지껄한 웃음소리가 청량하고 눈부시게 들렸다.

"자넨 회사원?"

"아니. T무역상사에 몇 년 근무하다가 관뒀어. S대학 출신 아니라고 어디 승진을 시켜줘야 말이지. 더러운 세상이야. 뛰쳐나와 나도 개인 사업을 시작했는데 말야. 실패도 해보고 성공도 해보고 뭐, 그랬지."

"돈은 좀 모으고?"

"자가용 탈 정도야 되지. 마침 차가 공장에 들어가 있어 지하철을 타려던 참이었어. 지하철 차푯값이 얼만지 오늘 처음 알았다니까. 회사보다 백번 맘이 편해. 굽실거릴 놈도 없고……"

"유난히 정의감이 강하던 자네였으니까."

"옛날이 참 좋았지."

"앙드레 말로가 캄보디아 내전에 참전하러 갔다는 신문 기사를 읽고 자네 생각을 많이 한 적이 있었어. 이 친구 이 기사보고 꽤 흥분했겠구나 하고. 말로가 중국의 독립을 위해 행동으로 뛰어든 것만 가지고도 밤새 나를 잠 못 자게 만들곤 했었잖아, 왜?"

"난 뭐 자네한테 안 당한 줄 알아?"

"당하긴 뭘?"

"토인비 때문에 나도 잠 못 잔 날 많다구. 잠들면 깨워놓고서 토인비가 어쩌고저쩌고…… 귀가 따가울 지경이었단 말야."

"행동하는 지성이 어떻게 잠을 자나?"

나는 웃었고 그는 웃지 않았다.

옆 좌석의 대학생들은 저마다 스피커에서 흘러나오는 팝송을 따라 부르고 있었다. 그가 다시 한번 이마를 찡그리며 시계를 보았다.

"바쁘면 가지."

"아, 아냐. 오늘 꼭 내려갈 텐가?"

"가야지, 그럼. 애들이 보고 싶어."

"올라온 지 여러 날 된 게로군."

"뭐 며칠. 사실은 차표를 끊어놨어."

"그렇다면 할 수 없군. 저녁에 술이라도 한잔할까 했는데."

마지막 말은 인사치레였다.

나는 그것을 단번에 알 수 있었다. 세월은 절대 무심하지 않아 어떻게든 사람을 굴절시켜놓기 마련이었다. 단상 위에 올라선 그의 모습이 눈에 선했다. 순수하고 순백색이었던 그 햇빛에 번쩍번쩍 빛나던 그의 이마를 나는 또다시 바라보았다. 그것은 이십여 년 전의 이마였으되 이십여 년 전의 이마가 아니었다. 샴푸로 금방 감은 듯한 머리칼이 그의 네모반듯한 이마를 부드럽게 덮고 있었다.

나도 그럴 것이다, 저 친구에겐.

나는 생각했다.

토인비의 저서 목록조차 잊어버린 것이 벌써 오래전이었다.

토인비는 내게 다만 사전 속의 인물일 뿐이었다. 지금 필요한 것은 따뜻한 목욕물과 깊은 수면이었다. 서울에 올라온 것이 벌써 여러 날째지만 목욕 한번 제대로 하지 못했던 것이다.

"사실은."

그가 엉거주춤 일어서며 말했다.

"다섯시 전에 가봐야 할 데가 있어. 진정서를 접수시키려고 그래."

"진정서?"

"내 모교인 H대학 앞에서 레스토랑을 하고 있어. 그런데 그놈의 데모 때문에 장사를 할 수가 있어야지. 어제도 대형 유리창이 두 장이나 깨졌어. 미친놈들이야. 도대체 지금이 어느 때야? 저희 놈들이 뭘 안다고 떠들어? 참다못해 상인들이 모여 진정서를 만들었어. 내가 발기인 대표를 맡았지."

"그랬군."

우리들은 악수하고 헤어졌다.

그가 서울에 오면 전화하라면서 명함을 한 장 주었다. 나는 그의 명함을 든 채, 총총히 지하철 입구로 사라지는, 한때는 앙드레 말로였던 그의 모습을 뒤돌아보았다.

"자네 말이 맞아, 미친놈들이고말고."

나는 그의 등을 향해 말했다.

굵직굵직한 국제회의 보안 관계로 지방에서 차출되어 온 나로서도 당연한 동의가 아닐 수 없었다. 나는 비누와 수건과 일회용 샴푸를 들었다. 나는 경찰 신분증이 점퍼 안주머니에 얌전히 들어 있는 걸 확인하고 그것을 옷장에 걸었다. 욕조에 빨리 몸을 담그고 싶은 생각뿐이었다.

집

한 남자가 있었다.

남자는 나이 스물이 되기 전에 양친을 다 잃었다.

어머니가 돌아가신 건 그의 나이 열세 살 때였다. 솜씨 좋은 목수였던 아버지가 시골에서 상경하자마자 뚝딱뚝딱, 산비탈에 판잣집을 지었는데, 구청에서 보낸 인부들이 무허가 건물이라고 그것을 부수러왔던 날이었다.

영하의 찬바람이 불던 때였다.

어머니는 "이놈들, 이 집은 못 부순다!" 하고 앞을 가로막았다. 남자는 오랜 세월이 지난 다음에도 당당히 양팔을 벌려 집 앞을 가로막아 서던 어머니를 기억했다. 인부들은 그러나 판잣집을 간단히 에워쌌다. 그들은 판자벽의 양편에 구멍을 내서 기다란 쇠사슬로 꿰어 묶은 다음 그 쇠사슬을 대형 트럭 꽁무니에 묶었다. 부릉부릉. 남자는 또한 그 트럭이 헛기침을 쏟아놓던 소리를 역시 오랜 세월이 지난 다음에도 기억했다.

어머니가 발작적으로 판잣집에 뛰어든 건 그때였다.

트럭이 불끈, 판잣집을 잡아당길 때, 어머니는 뛰어들어 당신의 집을 양팔로 안았다. 남자는 성인이 된 다음에도 종종 사람들에게 "자기 자신의 집을 양팔로 다 끌어안을 수 있는 사람을 보았느냐?"라고 물었다. 사람들은 물론, 그런 거인이 어디 있겠느냐고 끌끌 혀를 찼는데, 그때마다 남자는 "난 보았다"라고 힘주어 말하곤 했다. 어머니가 그랬으므로 그는 그렇게 말했다.

어머니는 판잣집과 운명을 같이했다.

아버지가 돌아가신 건 어머니보다 육 년 후였다. 육 년 동안에도 아버지는 많은 집을 지었다. 아버지는 타고난 목수였다. 아버지는 당신이 타고난 재주꾼 목수라는 데 상당한 자랑과 긍지를 갖고 있었다.

"저 집을 좀 봐라. 궁궐 같은 저 집, 내가 지었다."

길을 가다가도 불현듯, 멈춰 서서 아버지는 어린 아들에게 한바탕씩 자랑을 하곤 했다. 그럴 때 아버지가 하는 버릇 중의 하나는 어깨에 메고 있는 연장 그릇을 주먹으로 툭툭 두들겨 보이는 일이었다.

"크고 좋은 집을 짓기 위해선 우선 좋은 연장이 필요한 법이다."

아버지는 말했다.

연장 그릇을, 그래서 아버지는 평생 잠잘 때에도 꼭 머리맡에 두었다. 그러나 임종 때의 유언은 그게 아니었다. 서까래를 올리다가 실족해 여러 날 단칸 셋방에서 누워 있던 아버지는 임종을 앞두고 아들에게 연장 그릇을 갖다버리라고 일렀다.

남자는 그것도 오랜 세월 뒤까지 선연히 기억했다.

아버지는 눈에 이상한 불火을 달고 머리맡의 연장 그릇을 가리켰다. 날 선 대패와 성능 좋은 톱과 기름기가 반지르르한 끌이 그 연장 그릇에 그때도 들어 있었다. "이걸 갖다버려라. 한 번도 우리집을 지어보지 못한 연장이다. 꼴도 보기 싫으니 당장 버려라!" 아버지는 단호하게 말했다.

남자는 그것이 한이 되었다.

그는 그래서 스무 살의 나이에 아버지가 버리라고 명령한 연장 그릇을 부둥켜안고 큰 꿈 하나를 세웠다. 이 세상에서 가장 크고 아름다운 집 한 채를 짓겠다는 것이었다. 필요한 건 돈이었다. 남자는 자신의 아버지가 좋은 집을 갖기 위해선 우선 좋은 연장을 손에 넣어야 한다고 생각했던 게 잘못이었다는 사실을 그때 깨달았다. 좋은 집을 갖기 위해선 좋은 대패나 좋은 톱이나 좋은 끌이 필요한 게 아니라 많은 황금이 필요했다.

남자에겐 다행히 근면성이 있었다.

근면과 절약만으로 돈을 모을 수 있는 세상은 아니었지만 그러나, 남자에게 재산은 그뿐이었으므로 오직 그것에 매달렸다. 남자는 일하고 또 일했다. 남자는 그리고 아끼고 또 아꼈다. 절약에 있어 남자는 세계 일인자였다. 하루에 한 끼밖에 먹지 않았고 바지 하나도 무릎이 완전히 다 해질 때까지 입었다. 물론 장가드는 것도 포기했으며 스무 살 이후엔 버스 타본 것까지도 손꼽아 헤아릴 수 있을 정도였다. 진즉에 지쳐 쓰러졌을 일이로되 가슴에 사무친 꿈이 있어 그는 쉽게 쓰러지지 않았다.

나는 꿈이 있다……

춥고 배고프면 꿈을 뜯어먹었다. 외로워도 꿈과 동무했다. 기진할 것 같을 때에도 이 세상에서 가장 크고 좋은 집을 생각하면 용수철처럼 벌떡 일어날 수 있었다. 삼십여 년의 세월이 그렇게 흘러갔다. 쉰 살이 되었을 때, 남자는 마침내 자신의 꿈을 이룰 때가 왔다는 걸 알았다.

그는 곧 작업에 착수했다.

마음에 드는 땅에 가서 똑바로 선 채로 바라보이는 곳까지 금을 그었다. 그것이 그의 땅이었다. 그리고 곧 전국의 목수들을 다 불러들였다.

"여러분 중에 좋은 연장이 좋은 집을 만든다고 믿는 분 있으면 나오시오!"

목이 메어 그는 목수들을 둘러보았다.

"좋소. 여기 돈이 있소. 이 세상에서 제일 크고 좋은 집을 지으시오. 식구가 몇이냐고 묻는 사람은 쫓아내겠소. 크게, 크게만 지으시오!"

목수들이 그의 땅에 개미떼처럼 달려들었다.

일 년이 지나고 이 년이 지났다. 남자의 꿈이 완성된 것은 꼭 오 년이 지난 다음이었다. 턱을 젖혀도 지붕 꼭대기가 잘 뵈지 않았다. 거실에서 야구 게임도 할 수 있었다. 침실에서부터 화장실을 가는데도 꼭 산책하는 듯한 기분을 그는 느꼈다. 이 세상에서 그의 집보다 큰 집은 없게 되었다. 신문과 텔레비전에서도 그가 제일 큰 집을 지었다고 떠들어댔다. "주방에 가서 식사를 때 맞춰 하려면 최소한 식사 십 분 전에 침실에서 출발해야 하는 집을 여러분, 보신 적이 있습니까." 어느 텔레비전에서 아나운서가 그의 집에 대해 그런 말로 소개하는 걸 직접 들은 적도 있었다. 그는 크게 만족했다.

그러나 집이 다 완성되었을 때 남자는 근력이 좋지 않았다.

화장실을 가기 위해선 여러 번 거실 중간에서 쉬어야 했다. 부억에 가려고 해도 마찬가지였다. 방문객을 맞지는 않았으므로 현관까지 갈 필요가 없어 그나마 다행이긴 했지만 하루 몇 차례 화장실과 부엌을 오가는 것만 해도 그는 너무 힘이 들었다. 그는 한숨을 쉬었다.

그때 생각난 것이 아버지가 남긴 연장 그릇이었다.

아버지는 그것을 '버리라' 했지만 자신을 채찍질하기 위해 그는 그것을 버리지 않았던 것이다. 집안 구석구석엔 아직도 쓰다 남은 목재들이 상당량 남아 있었다. 그는 근력이 더 떨어지기 전에 아버지의 연장들을 그 자신이 사용해야 할 필요를 느꼈다. 그가 쓰는 방만 해도 배구장처럼 컸다. 방 한쪽을 막아 다음날부터 그는 화장실을 만들기 시작했다. 한 달이 지나자 화장실이 완성됐는데, 그것만으로 불편함이 다 가시는 건 아니었다. 그래서 그는 이번엔 화장실 옆에 주방을 들였다.

남자는 혼신의 힘을 다해 일을 했다.

그의 아버지가 남긴 연장들은 너무 성능이 좋아 그를 훌륭히 도왔다. 석 달이 지났을 때 주방도 완성됐다. 그러나 그는 그때, 불현듯 자신의 꿈이 사실은 하나도 이루어진 게 없다는 생각을 느닷없이 하게 되었다. 집이 무엇인가. 그는 자문자답해보았다. 어머니가 양팔로 껴안으려 했던 것, 그것이 집이다. 아아, 집은 사랑이다.

그는 쓰러졌다.

임종이 왔다는 걸 그는 알았다. 그리고 그의 꿈이 애당초 잘못 되었다는 것도, 좋은 연장이 좋은 집을 만든다는 아버지의 세상이 그리워서…… 그는 쓰러진 채 한줄기 회한의 눈물을 흘렸다.

동창회

인섭은 마침내 호텔 현관에 당도했다.

산중턱에 당당하고 화려하게 서 있는 그 호텔은 외양처럼 내부도 또한 으리으리하기가 이를 데 없었다. 생전 처음으로 그런 화려한 건물에 들어서본 탓에 그는 잠시 가벼운 현기증을 느꼈다. 샹들리에 불빛을 받아 반지르르 윤기가 흐르는 대리석 바닥엔 너무 낡아 색 바랜 겨울 양복을 걸친 반백의 한 남자가 우두커니 바닥을 내려다보고 서 있는 모습이 비쳐 보였는데, 그것은 다른 누가 아니라 바로 자기 자신이었다.

허험.

그는 짐짓 헛기침을 하고 가슴을 폈다. 화려한 건물 내부에 잠깐이나마 기가 죽을 뻔했던 건 뜻밖이었다. 어느 편이냐 하면,

자신이 살고 있는 인생에 대해 그는 언제나 자만하지도 비굴해하지도 않는 타입이었다. 돌이켜보건대, 물속처럼 일관되게 한 지점만 바라보면서 살아온 반생이 아니었던가.

갑작스러운 이 열기 때문이었을 거야.

그는 동창회가 열리기로 되어 있는 이층으로 올라가면서 생각했다. 밖의 기온은 영하에 가까운데 호텔 안은 안방보다 더 따뜻하지 않은가. 갑자기 추워졌다면서 아내가 부득부득 입고 가라 내준 겨울 내복 때문에 층계를 밟아 올라가며 그는 땀을 흘렸다.

"자네, 인섭이 아닌가?"

누군가 다가와 어깨를 쳤다.

"누구?"

"나야, 나. 꼴뚜기. 2학년 때 자네 뒷자리에 앉았잖아. 시험 때마다 맨날 옆구리를 내게 쥐어박혔으면서……"

"그래그래. 꼴뚜기 자네구만."

인섭은 덥석 상대편의 손을 잡았다.

'꼴뚜기'는 건설회사 사장 명함을 한 장 주었다. 시험 시간만 되면 보여주지 않는다고 옆구리를 쥐어박곤 하던 친구였다. 학교 때 열등생이 사회에서 오히려 우등생이 된다 하더니 공부는 매양 꼴찌에 가까웠던 그 친구가 행색으로 보건대 크게 성공한 것 같았다.

"아이고, 이거 굉장하네그려."

커다란 홀엔 사람들이 넘쳤다.

이십 몇 년 전 그가 졸업할 때만 해도 한 학년에 불과 세 학급씩, 전교가 아홉 학급짜리 시골 중학교에 불과하지 않았던가. 그 시골 중학교 시절과 견주어보면 동창회장은 터무니없이 화려하고 참석 인원 또한 많았다. 총동창회라고 했다. 해마다 연말에 열리는 총동창회엔 매번 이백여 명이 참석하곤 하는데 올해는 곧 선거도 있고 해서 그 배는 참석할 거라고 '꼴뚜기'가 열심히 설명해주었다. 그와 동기동창인 7회 졸업생만 해도 삼십여 명이나 나와 있었다. 모두가 하나같이 그리웠던 얼굴이었다.

"인섭이 자네가 격려패를 받는다며?"

"글쎄 말야. 나도 영문을 잘 모르겠어. 따져 말하자면 의정부에 사니 재경 동창 자격도 없고, 또 동창회에 한번 나온 적도 없고…… 더구나 격려패를 받을 만한 이유가 있어야지. 이거 부끄러워서……"

"무슨 소리. 자네야말로 큰일 하네. 누구나 할 수 있는 일이 아닐세. 다들 모이면 자네 얘기를 하곤 했어. 정박아들, 걔네들 제 부모도 데리고 있기 힘들다 하지 않나?"

"정박아가 아냐. 그냥 애들이지 뭐."

정박아라는 말을 그는 싫어했다.

애당초 특수 교육에 관한 공부를 시작하던 젊은 시절부터 여태껏 그가 오직 그애들을 위해 외길을 걸어온 건 사실이었다. 그러나 그렇다고 해서 자신의 일이 특별히 자랑할 만한 일이라곤 솔직히 말해 한 번도 생각해보지 않았다. 처음엔 신념도 있고 했으나 요즘 홀로 있을 때 조용히 돌이켜보면 특수 학교에 재직하고 있을 뿐, 평범한 월급쟁이로 살아왔구나 하고 자괴감이 들 때가 많은 터였다. 그런데 불쑥 동창회에서 전화를 걸어와 격려패를 준다고 해 그는 사실 많이 망설이다가 나온 참이었다. 소문으로만 동창회가 열린다는 소식을 들었지 알림장 한번 받아본 바 없었는데 어떤 경로로 돌연 자신이 격려패를 받게 되었을까.

"김만철이 자네를 추천했다데."

"김만철?"

"그 친구 이번에 A당 공천을 받게 됐거든. A당 공천이면 따놓은 당상이라고들 하지. 하지만, 사실 만철이 그 친구가 어디 금배지감인가. 까놓고 말해 건달이야, 건달. 내 자네한테만 얘기지만 그 친구 뭐해서 돈 번 줄 알아? 계집 장사로 서울 생활 시작한 작자라고. 나중엔 호텔을 합네 어쩝네 하고 다니다가 술수 써서 부동산으로 벌컥 일어나더니, 이게 몇 년 전부턴 정치에 뜻을 뒀던 거라. 이번에 동창회가 열린 것도 그 친구 농간이라구. 형편없는 위인이야. 그런 작자가 국회의원이 되면 나라 망하기 딱 알

맞지."

"아무려면 그렇겠나. 생각해보면 만철이 그 친구 중학교 때부터 남다른 구석이 있었어. 친구가 출마한다면 기꺼이 도와야지."

"자네 같은 사람 들러리 세우는 것만 봐도 그래. 그게 어디 할 짓인가."

"들러리는 무슨?"

"내 말 섭섭하게 듣진 말아. 나야말로 진정 자네 같은 사람이 격려패를 받아야 할 사람이라고 생각해. 하지만 오늘 행사는 뭔가 입맛이 깨끗하지 않아. 자네 같은 사람 격려패 주고 나서 제가 마지막으로 감사패를 받는다 이거야. 동창회에 뭐 장학 기금을 약간 내놨대요. 그것도 말로만 내놨으니까 선거 끝나면 공수표로 끝나게 돼 있어. 감사패 주고 박수 짝짝짝 치고…… 날이 갈수록 동창회 돌아가는 거 눈뜨고 볼 수가 없대도. 명수랑 저기 노성구랑, 걔들이 총대 메고 나섰어. 국물 좀 먹자 이거지 뭐."

"저어기, 만철이 아닌가."

인섭이 입구 쪽을 가리키며 말했다.

기별 동창끼리 삼삼오오 짝지어 회포들을 풀고 있는 동창회장에 김만철이 막 들어서서 입구 쪽에 서 있는 동창회 임원진들과 악수를 시작하고 있었다. 김만철은 예전과 달리 단정한 차림새에 연방 웃으면서 허리를 한껏 숙여 선배들에게 인사를 깍듯이 했다.

묘한 광경이 그 순간 벌어졌다.

이제껏 입에 거품을 물고 김만철을 비난하던 '꼴뚜기'가 코를 벌름하더니 잰걸음으로 김만철을 향해 다가가는 것이었다. 아니, '꼴뚜기'뿐만이 아니었다. 귀엣말로 좀 전에 인섭에게 김만철이 공부 못했던 점을 상기시켰던 말 잘하는 '약장수'도, 김만철이 룸살롱 여자를 아파트에 들어앉혔노라고 역시 그한테만 속삭여 흉보던 키 큰 친구 '멀대'도, 국회의원이 뭘 좋다고 기쓰고 하려 드는지 모르겠다며 아까까지 혀를 끌끌 차던 사설 학원 원장인 '참새' 노인배도, 그 외의 다른 동창생 친구들도, 조금씩 포즈는 다르지만 그러나 일제히 다른 선후배 동창들 사이를 이리저리 빠져서 앞으로, 앞으로 이동해가고 있었다.

마침내 '꼴뚜기'가 김만철과 악수하는 게 보였다.

'꼴뚜기'는 일등으로 골인한 육상 선수처럼 얼굴 가득 웃음을 머금고 있었다. '약장수'가 '꼴뚜기'에게 붙잡혀 있는 김만철의 손을 뺏듯이 해서 잡았고, '멀대'가 뒤를 이었으며 '참새' 노인배 또한 남에게 질세라 그들 사이로 얼굴을 들이밀었다. '김치' 하고 카메라 앞에 서 있는 것처럼 그들은 너나없이 환하게 웃고 있었다.

김만철이 이윽고 여러 동창들에게 둘러싸여 그에게까지 왔다.

김만철이 손을 내밀었고 그는 사뭇 수줍어하며 두툼한 김만철의 손을 잡았다. 너나없이 점심을 거르며 다녔던 시골 중학교의 전경이 그의 눈엔 보이는 듯했다. 김만철도, 꼴뚜기도, 약장수도 까까머리의 그 시절엔 모두 가난했고 또 순박했다. 그가 그래도 생활이 나아 도시락만은 꼭꼭 싸가곤 했었는데 어떤 날은 김만철이, 어떤 날은 약장수 이병현이 그 도시락을 빼앗아간 적이 많았다. 김만철이 그 도시락을 빼앗아가면 반을 제가 먹고 반은 반드시 그에게 먹였다. 다른 친구들이 행여 나머지 반을 빼앗아갈까봐 그가 다 먹도록 옆에서 지키다시피 하는 것이었다. 빼앗아먹은 죄책감을 그렇게라도 보상했던 것은 꼴뚜기도 약장수도 다 마찬가지였다.

그런 추억들을 함께 나눠가지면 되지 않는가.

인섭은 애써 생각했다. 동창끼리가 아니고선 나누어가질 수 없는 것들이, 바로 시간이 아무리 지나도 썩지 않는 아름답고도 슬픈 그 추억들에 있었다. 그는 그래서 설령 마땅치 않은 것들이 있더라도 자신이 모처럼 동창회에 나온 게 잘한 일이었노라 애써 속으로 자위하고 있었다. 그때 '꼴뚜기'가 한마디를 툭 던졌고 그 뒤를 따라 '약장수'와 '멀대'가 토를 달았다.

"이번에 너 격려패 받는 거, 만철이가 힘쓴 거야."

"그럼, 만철이 아님 총동창회에 말발이 먹히지를 않아요."

"학교 선생이 격려패 받는 거 첨일걸. 정치란 그런 거지. 그늘진 곳을 비추는 거. 동창이어서 하는 말이 아니라 만철이 같은 사람만 국회의원 돼봐. 대한민국 앞날이 양양하지. 안 그러니들?"

김만철은 환히 웃고 있었다.

야광귀夜光鬼

참으로 얼마 만의 귀향인가. 김노인은 동구 밖에서 새벽안개에 싸인 한내리 마을을 감회 깊게 바라보며 생각했다. 마지막 고향을 다녀간 것이 서른여섯 살이었던가 했으니까 돌아보면 삼십여 년 만의 귀향인 셈이었다. 무엇에 미쳐서 그리 떠돌았던고. 돌아보거니와 김노인에게 삶이란 그대로 바람이었다. 소재지에서도 이십여 리, 구절양장 같았던 산길을 돌아 돌아 들어오면 만나게 되는 한내리가 젊은 시절의 그에겐 감옥과 마찬가지였다. 생마生馬와 다를 데 없는 못생긴 아내 때문만은 아니었을 것이다. 산골이긴 했지만 살림살이가 특별히 부족한 것도 아닌데, 먼산에 아지랑이만 피기 시작하면 불길 같은 그 무엇인가가 명치끝을 치받아올라와 마침내 가슴을 뒤집어놓곤 했다.

저 사람 지랄병 또 도졌네.

마을 사람들은 말했다.

읍내 버드나무집 작부와 함께 고향을 마지막으로 떠나던 날이 정월 대보름이었던가. 기차를 타러 나와 섰던 플랫폼에 달이 휘영청 밝았던 걸 그는 상기했다.

"할아버지, 들어오시래요."

중학교 다니는 손자가 뒤에서 말했다.

"차례 지내고 성묘 가실 거죠, 할아버지?"

"글쎄, 그러자꾸나."

차례 준비는 다 되어 있었다.

삼십여 년 동안 아들이 제주가 되어 지냈을 차례였다. 설이란 한자로 쓰면 '愼日'일진대, 근신하고 경거망동을 삼가여 새로 시작되는 일 년을 바르게 지내자는 뜻이 담긴 말이 아니던가. 설날 아침의 차례가 바로 그 시작인 셈이었다. 그런데 김노인은 떠돌이 생활 삼십여 년 동안 한 번도 차례를 지내보지 않아서 아들의 제수 진설하는 모양도 낯설기 그지없었다.

"포는 왼쪽에 식혜는 오른쪽에 놓는다."

아들이 손자에게 설명하고 있었다.

김노인은 자신이 제주가 되어야 함에도 불구하고 멍하니 아들의 모습을 바라보고 있었다. 홍동백서紅東白西, 어동육서魚東肉西, 두동미서頭東尾西 따위의 낱말이 나왔다. 손자는 진지한 표정으로 아비의 설명을 들었다. 이것이 삶이다. 김노인은 속으로 생각했다. 삼십여 년간 그를 거쳐간 여인은 몇 명이던가. 그러나 손발에 풀기 떨어지고 수중에 지닌 것 없으니까 모든 게 물거품이었다. 함께 살던 여자가 재작년 아들 따라 미국으로 떠난 뒤 그는 하월곡동 연립주택 지하실에 방 한 칸 얻어서 참으로 적막하고 적막한 말년을 요즈음 보내고 있었다. 그동안 그리움 쫓아서 한내리 마을 어귀에까지도 여러 번 왔었으나 족제비도 낯짝이 있지, 무슨 염치로 고향집에 얼굴을 내밀쏘냐.

그런데 어제 아침이었다.

불도 안 켠 연립주택 자하실 방에서 망연히 누워 있는데 아들 내외가 불쑥 찾아오지 않았던가. 방배동 어느 아파트에서 산다는 큰아들을 그사이 한두 차례 만나긴 만났으되, 내외가 섣달그믐날 지하실 방까지 찾아온 건 처음 있는 일이었다. 오랜 세월 생과부가 되어서도 삼남매 건강히 잘 키워놓은 아내가 기어코 눈을 감은 게라고 그는 생각했는데, 아들의 말은 그게 아니었다.

"내일은 설이에요. 함께 집에 가시지요."

아들은 단도직입적으로 말했다.

"저도 많이 생각했어요. 자랄 때는 아버지를 원망도 많이 했고요. 그렇지만 아버지가 저희 아버지인 걸 어떻게 합니까. 동생들하고는 합의를 봤습니다. 어머니도 막상 돌아오신 아버지를 나가라고 하시지는 못할 겁니다."

"나는…… 못 간다. 내가 무슨 염치로……"

눈물이 나와 말을 이을 수가 없었다. 아들은 용의주도하게 자신의 한복까지 한 벌 준비해 와 우격다짐으로 입히고는 밀다시피 자가용에 태웠다. 세 시간이면 갈 수 있는 고향까지 무려 여덟 시간이 걸렸다. 그래도 그 여덟 시간 동안 김노인은 조금도 지루하지 않았다.

신방에 드는 새신랑처럼 가슴이 설렐 뿐이었다.

차례가 끝나곤 이제 세배였다. 세배를 받으라고 해도 아내는 막무가내 건넌방에서 나오지를 않았다. 떠나야지. 김노인은 우두커니 앉아 생각했다. 더 늙기 전에 고향에 돌아와 아들들과 설날 차례라도 한 번 지냈으니 더이상 바랄 게 뭐냐 싶었다. 성묘만 하면 곧장 떠나서 이번엔 아들도 찾을 수 없는 먼 곳으로 가 아내와 아들들에게 부담을 주지 않아야 한다는 생각이 앞서는 것이었다.

"어머니, 사시면 얼마나 산다고 그래요?"

아들이 아내에게 통사정을 하고 있었다.

"지금이라도 아버지가 돌아오신 것, 어머니 복이라고 생각하세요. 얼른 가서 아버지 옆에 나란히 앉아 저희들 세배를 받으세요. 우리가 얼마나 이때를 기다려왔다고요."

"난 못한다. 저 영감하고 나란히 앉을 수 없어."

"괜히…… 마음에 없는 말 하지 마세요, 어머니. 이러다간 성묘 늦어요."

"못해. 오늘밤 지나봐야 해."

"오늘밤을 지내봐야 하다니요?"

"저 영감 역마살이 내려와서 저 영감 신발을 오늘밤 훔쳐갈 거다. 두고봐. 괜히 너희들한테까지 액이 낄까 무섭구나."

"참, 어머니도."

아이들이 참지 못하고 웃었다.

아내는 그러나 웃지 않고 울었다. 김노인도 소매로 눈시울을 찍어냈다. 야광귀란 하늘에 사는 귀신인바, 설날 밤 땅에 내려와 발이 맞는 신발이 있으면 신고 가버리는데, 신발을 야광귀한테 도적맞으면 일 년 내내 운수가 나쁘다고들 했다. 김노인도 어린 시절엔 야광귀에게 신발을 도적맞을까봐 꼭꼭 다락에 들여놓고 자곤 했다. 야광귀는 체가 쫓는다, 얘야. 김노인은 속으로 아들에게 말했다. 야광귀는 하늘에서 내려오므로 대문 위나 바지랑대 끝에 체를 걸어놓아 쫓는 게 좋다는 말이 생각났기 때문이다. 체엔 가로줄 세로줄이 엇갈린 눈眼이 많으므로 야광귀는 내려오다 말고 체의 눈을 세어보다가, 하도 촘촘히 박혀 어디까지 세었는지 모르고 다시 세고, 또 다시 세고 하는 사이 날이 새어버린다는 것이었다. 요즘의 젊은 세대가 그것을 모르는 게 김노인은 안타깝기 그지없었는데, 그렇다고 차마 말을 해줄 수가 없었다. 그렇지만, 이게 웬일인가. 성묘를 다녀오니까 체 하나가 대문 위에 걸려 있는 게 아닌가.

아내 짓이로구나.

김노인은 흐뭇하게 미소하며 고개를 끄덕거렸다. 이제부터 눈을 감을 때까지 아내가 야광귀로부터 자신의 신발을 지켜줄 것이라고 생각하자, 입술엔 미소가 떠오르고 눈엔 눈물이 그렁그렁 괴었다.

작가의 말

많이 망설이다 전집 마지막 권으로 만든 콩트집이다. 기왕의, 내게는 몇 개의 콩트집이 있다. 오래전 풀빛출판사에서 펴낸 『쪼다 파티』, 행림출판사에서 펴낸 『아내의 남자친구』, 푸른숲에서 펴낸 『있잖아, 난 슬픈 이야기를 좋아해』 등이다. 그중에서 추려낸 것들로서, 모두 1970년대 말부터 1990년대 초까지 쓴 작품들이다. 인생의 단면을 효과적으로 드러내 보여준다는 점에서 콩트는 버릴 수 없는 경제적 소설양식이다. 구태여 마지막 권으로 오래전에 쓴 콩트들을 모아 편집한 것은 그 때문이다. 삼십대의 젊은 내 그림자가 곳곳에 깃들여 있다.

2015년 10월

박범신

| **작가 연보** |

1946년 8월 24일 충남 논산군 연무읍 봉동리 242번지(당시 전북 익산군 봉동리 두화부락)에서 아버지 박원용과 어머니 임부귀의 1남 4녀 중 막내(외아들)로 태어남.

1959년 황북초등학교 졸업. 아버지는 강경 읍내에서 포목점을 하고 있어 일주일에 한 번꼴로 집에 들름. 남편 없이 자식들을 키워야 했던 어머니와 네 누이들의 불화를 지켜보며 성장. 원초적 고독과 비극적 세계관이 이때 형성됨.

1960년 강경읍 채산동으로 이사.

1962년 강경중학교 졸업.

1965년 남성고등학교 졸업. 고등학교 2학년 때 수학여행비로 『사상계』를 정기구독. 쇼펜하우어 등 염세주의 철학자들의 영향을 크게 받음. 3학년 때부터 시 습작을 시작함. 오로지 독서와 영화에 탐닉. 염세주의에 깊이 빠져 두 차례 수면제로 자살을 시도함. 가정형편상 전주교육대학 진학. 교내 문학동아리 '지하수'에서 활동. '남천교'라는 필명으로 대학신문에 콩트를 게재. 실존주의에 영향을 받아 실존주의 작품들과 철학서들을 두루 탐독.

1967년 전주교육대학 졸업. 무주 괴목초등학교 교사로 부임. 데뷔작

「여름의 잔해」의 초고인 「이 음산한 빛의 잔해」를 이곳에서 처음 씀.

1968년 무주 내도초등학교로 전임. 시와 소설을 습작. 『새교육』 『교육논단』 등에 시 발표.

1969년 교사직 사임하고 무작정 상경. 모래내 판자촌 큰누나 집, 신교동 친구네 다락방, 왕십리, 마장동 판자촌 등을 전전함. 버스 계수원, 중국집 주방 보조를 거쳐 월간 『청춘』 『민주여론』 등에서 잡지기자 일을 함. 치열한 생존경쟁 속에서 착취와 가난, 불평등한 부의 분배 등 인간을 소외시키는 도시의 생태를 이때 절실히 체감함. 원광대학교 국문학과로 편입.

1971년 염세적 세계관과 부조리한 세상에 대한 반항심으로 여관에서 동맥을 끊고 자살을 시도, 병원에서 깨어남. 원광대학교 국문학과 졸업. 상경하여 광고회사 스크립터, 『법률신문』 기자 등 여러 직업을 전전함.

1972년 강경여자중학교 국어 교사. 대학 1년 후배 황정원과 결혼함.

1973년 중앙일보 신춘문예에 단편 「여름의 잔해」가 당선되어 등단함. 원래의 제목은 「이 음산한 빛의 잔해」였음. 정릉동에 방 한 칸을 마련해서 아내와 함께 서울로 이사. 서울 문영여자중학교 국어 교사로 근무. 고려대학교 교육대학원 석사과정에 입학. 단편 「호우주의보」 「토끼와 잠수함」 발표.

1974년 단편 「아버지의 평화」 「논산댁」 발표. 장남 병수 출생.

1975년 단편 「우리들의 장례식」 「청운의 꿈」 발표.

1976년 단편 「안개 속의 보행」 「우화작법」 「겨울아이」 「식구」 「취중경기」 등 발표. 장녀 아름 출생.

1977년 단편 「겨울 환상」 「염소 목도리」 「열아홉 살의 겨울」 등 발표.

1978년 소설집 『토끼와 잠수함』(홍성사), 『아침에 날린 풍선』(윤진문화사) 출간. 중편 「시진읍」, 단편 「역신의 축제」 「말뚝쇠와 굴렁쇠」 「정직한 변신」 등 발표. 교사직 사임. 여성지 『엘레강스』에 첫 장편 『죽음보다 깊은 잠』 연재, 당시 큰 인기를 얻어 연재중에 여타의 원고 청탁이 밀려들기 시작함.

1979년 『죽음보다 깊은 잠』(문학예술사) 출간, 베스트셀러가 됨. 중편 「읍내 떡빙이」, 단편 「흉기 1」 「단검—흉기 2」 「밤열차」 등 발표. 중앙일보에 장편 『풀잎처럼 눕다』 연재 시작. 이 작품으로 독자들의 큰 사랑을 받게 됨. 『깨소금과 옥떨메』(여학생사), 『미지의 흰새』(동평사), 콩트집 『쪼다 파티』(풀빛출판사) 출간. 차남 병일 출생.

1980년 장편 『밤을 달리는 아이』(여학생사), 장편 『풀잎처럼 눕다』(금화출판사) 출간. 고려대학교 교육대학원 졸업(석사논문 『이익상 소설연구』).

1981년 소설집 『덫』(은애출판사), 장편 『돌아눕는 혼』(주부생활사), 『겨울江 하늬바람』(중앙일보사), 산문집 『무엇이 죽어 새가 되는가』(행림출판사) 출간. 장편 『겨울江 하늬바람』으로 대한민국문학상 신인부문 수상. 우울증이 깊어서 다시금 동맥을 끊고 자살을 시도, 입원치료 받음.

1982년 콩트집 『아내의 남자친구』(행림출판사), 중편선집 『그들은 그렇게 잊었다』(오상출판사), 장편 『형장의 신』(행림출판사) 출간.

1983년 장편 『태양제』(행림출판사. 1991년 서울문화사에서 『태양의 房』으로 제목을 바꿔 재출간), 『불꽃놀이』(청한문화사), 『밀월』(소설문학사), 『촛불의 집』(학원출판사. 1990년 인의출판사에서 『바람, 촛불 그리고 스무 살』로 제목 바꿔 재출간. 단편선집 『식구食口』(나남출판사) 출간.

1984년 소설선집 『도시의 이끼』(마당문고) 출간.

1985년 장편 『숲은 잠들지 않는다』(중앙일보사), 『꿈길밖에 길이 없어』(여학생사. 1990년 햇빛출판사에서 『사랑이 우리를 변화시킨다』로 제목을 바꿔 재출간) 출간.

1986년 장편 『꿈과 쇠못』(주부생활사), 『우리들 뜨거운 노래』(청한문화사), 산문집 『나의 사랑 나의 결별』(청한문화사) 출간. 오리지널 희곡 『그래도 우리는 볍씨를 뿌린다』 공연(극단 광장).

1987년 장편 『불의 나라』(평민사), 『수요일의 도적』(중앙일보사. 1991년 행림출판사에서 『수요일은 모차르트를 듣는다』로 제목을 바꿔 재출간), 중편소설 『시진읍』(고려원 소설문고) 출간.

1988년 장편 『물의 나라』(행림출판사) 출간.

1989년 장편 『잠들면 타인』(청한문화사) 출간. 장편 『틀』을 가도가와출판사角川書店에서 일어판으로 먼저 번역 출간.

1990년 연작소설집 『흉기』(현대문학사. 장편 『틀』의 일어판 출간 직후 월간 『현대문학』에 발표된 한국어판 원고를 함께 수록), 장편 『황야』

(청한문화사) 출간.

1991년 콩트집 『있잖아, 난 슬픈 이야길 좋아해』(푸른숲) 출간. 명지대학교 문예창작학과 객원교수, 문화일보 객원논설위원.

1992년 장편 『마지막 연인』(자유문학사), 『잃은 꿈 남은 시간』(중앙일보사. 1997년 해냄에서 『킬리만자로의 눈꽃』으로 제목을 바꿔 재출간) 출간.

1993년 장편 『틀』(세계사)의 한국어판 출간. 명지대학교 문예창작학과 교수로 부임. 문화일보에 장편 『외등』을 연재중 소설에 대한 깊은 고민으로 절필 선언. 이후 3년 동안 용인 외딴집에 은거하며 어떤 글도 쓰지 않고 침묵.

1994년 장편 『개뿔』(세계사), 산문집 『적게 소유하는 자가 자유롭다』(자유문학사) 출간.

1996년 산문집 『숙에게 보내는 서른여섯 통의 편지』(자유문학사) 출간. 『문학동네』 가을호에 중편 「흰소가 끄는 수레」를 발표하며 작품활동 재개.

1997년 3년 침묵 기간의 경험을 토대로 한 자전적 연작소설집 『흰소가 끄는 수레』(창작과비평사) 출간.

1998년 문화일보에 장편 『신생의 폭설』 연재 시작. 단편 「가라앉는 불빛」(『작가세계』 여름호), 「내 기타는 죄가 많아요, 어머니」(『창작과비평』 여름호) 발표.

1999년 계간 『시와 함께』 봄호에 「놀」 외 19편의 시를 발표. 이후 『작가세계』 『문학동네』 『문학과 의식』 등에 연달아 시를 발표함. 문화일보 연재소설 『신생의 폭설』을 『침묵의 집』으로 제목을 바꿔 문학동네에서 출간. 단편 「별똥별」(『문학과 의식』 봄호), 「세상의 바깥」(『현대문학』 8월호), 「그해 가장 길었던 하루—들길 1」(『창작과비평』 가을호) 발표.

2000년 단편 「소음」(『문학동네』 봄호) 발표. 소설집 『토끼와 잠수함』을 제1권, 장편 『죽음보다 깊은 잠 1·2』(장편 『죽음보다 깊은 잠』을 『죽음보다 깊은 잠 1』로, 장편 『꿈과 쇠못』을 『죽음보다 깊은 잠 2』로 제목을 바꿔)를 제2·3권으로 '박범신 문학전집'(세계사) 출간 시작. 단편 「향기로운 우물 이야기」(『현대문학』 8월호), 「손님—들길 2」(『작가세계』 가을호) 발표. 소설집 『향기로운 우물 이야기』(창작과비평사) 출간.

2001년 오디오북 육성낭송소설 『바이칼 그 높고 깊은』(소리공화국)을 두 장의 CD와 테이프에 담아 출간. 장편 『외등』(이룸) 출간. 단편 「빈방」(『문학사상』 7월호) 발표. 박범신 문학전집 제4·5권 장편 『풀잎처럼 눕다 1·2』(세계사) 출간. 『작가세계』 가을호에 장편 『내 책상 네 개의 영혼』 연재 시작. 소설집 『향기로운 우물 이야기』로 제4회 김동리문학상 수상.

2002년 산문집 『젊은 사슴에 관한 은유』(깊은강) 출간. 박범신 문학전집 제6권 장편 『겨울강 하늬바람』(세계사) 출간.

2003년 박범신 문학전집 제7권 소설집 『덫』, 제8·9권 장편 『숲은 잠들지 않는다 1·2』(세계사) 출간. 단편 「괜찮아, 정말 괜찮아」(『실천문학』 겨울호), 「항아리야 항아리야」(『창작과비평』 가을호) 발표. 문화일보에 연재한 산문을 중심으로 엮은 산문집 『사람으로 아름답게 사는 일』(이룸)을 딸 아름의 그림 작업을 곁들여 출간. 첫 시집 『산이 움직이고 물은 머문다』(문학동네) 출간. 『작가세계』에 연재한 장편 『내 책상 네 개의 영혼』을 『더러운 책상』으로 제목을 바꿔 문학동네에서 출간. 이 작품으로 제18회 만해문학상 수상. 민족문학작가회의 이사, 한국소설가협회 운영위원, KBS 이사 등으로 활동.

2004년 소설에 전념하겠다는 이유로 명지대 교수 사임. 소설집 『빈방』(이룸) 출간.

2005년 한겨레신문에 연재한 장편 『나마스테』(한겨레신문사) 출간. 박범신 문학전집 제10·11·12권 장편 『불의 나라 1·2·3』, 제13·14권 장편 『물의 나라 1·2』(세계사) 출간. 산문집 『남자들, 쓸쓸하다』(푸른숲) 출간. 『나마스테』로 제11회 한무숙문학상 수상. 소설선집 『제비나비의 꿈』(민음사) 출간.

2006년 산문집 『비우니 향기롭다』(랜덤하우스중앙) 출간. 장편 『침묵의 집』(문학동네)을 개작하여 『주름』(랜덤하우스중앙) 출간. 『수요일은 모차르트를 듣는다』(세계사, 박범신 문학전집 제15권) 출간. 명지대 문예창작학과 교수로 복귀.

2007년 『킬리만자로의 눈꽃』(세계사, 박범신 문학전집 제16권) 출간. 딸이 그림을 그린 산문집 『맘 먹은 대로 살아요』(생각의나무) 출간. 여행 산문집 『카일라스 가는 길』(문이당) 출간. 젊은 작가들과의 대담집 『박범신이 읽는 젊은 작가들』(문학동네) 출간. 서

울문화재단 이사장 취임. 네이버에서 『촐라체』 연재 시작.

2008년 장편 『촐라체』(푸른숲) 출간.

2009년 장편 『고산자』(문학동네) 출간. 이 작품으로 대산문학상 수상. 『깨소금과 옥떨메』(이룸) 재출간. 『틀』(세계사, 박범신 문학전집 제17권) 출간.

2010년 장편 『은교』(문학동네) 출간. 종이책과 전자책을 동시에 출간함. 갈망 3부작(『촐라체』 『고산자』 『은교』) 완성. 장편 『비즈니스』를 계간지 『자음과모음』과 중국의 문학지 『소설계』에 동시에 연재한 후 한국과 중국에서 동시 출간(한국어판은 자음과모음). 이후 차례로 장편소설 8권이 중국어로 번역 출간됨. 산문집 『산다는 것은』(한겨레출판) 출간.

2011년 장편 『나의 손은 말굽으로 변하고』(문예중앙) 출간. 『외등』(자음과모음) 개정판 출간. 『빈방』(자음과모음) 개정판 출간. 명지대 문예창작학과 교수직에서 정년퇴임 후 논산으로 낙향.

2012년 스마트폰으로 원고지 900매 분량의 글을 써서 산문집 『나의 사랑은 아직 끝나지 않았다』(은행나무) 출간. 상명대학교 석좌교수로 부임.

2013년 마흔번째 장편소설 『소금』(한겨레출판) 출간. 여행 산문집 『그리운 내가 온다』(맹그로브숲) 출간. 『은교』 대만어판 출간

2014년 장편 『소소한 풍경』(자음과모음) 출간. 산문집 『힐링』(열림원) 출간. 상명대 문화기술대학원 소설창작학과 개설에 참여. 『은교』 프랑스어판 출간.

2015년 장편 『주름』(한겨레출판) 개정판 출간. 『촐라체』(문학동네) 개정판 출간. 건양대학교에서 제1회 와초문학포럼 개최. 논산 탑정호집필관에서 제3회 와초 박범신문학제 개최. 문학동네에서 장편 『당신—꽃잎보다 붉던』, 문학앨범 『작가 이름, 박범신』, '박범신 중단편전집'(전7권) 출간.

* 이 연보는 『수요일은 모차르트를 듣는다』(세계사, 2006)에 실린 '작가 · 작품 연보'와 1993년 『작가세계』 겨울호에 실린 김외곤의 「고독과의 허무주의적 대결에서 깊고 넓은 현실통찰로」를 참고, 추가 · 보강하여 작성되었습니다.

박범신

중앙일보 신춘문예에 단편 「여름의 잔해」가 당선되며 작품활동을 시작했다. 소설집 『토끼와 잠수함』 『흉기』 『흰 소가 끄는 수레』 『향기로운 우물 이야기』 『빈방』, 장편소설 『죽음보다 깊은 잠』 『풀잎처럼 눕다』 『불의 나라』 『더러운 책상』 『나마스테』 『촐라체』 『고산자』 『은교』 『외등』 『나의 손은 말굽으로 변하고』 『소금』 『소소한 풍경』 『주름』 등 다수가 있다. 대한민국문학상, 김동리문학상, 만해문학상, 한무숙문학상, 대산문학상 등을 수상했다. 현재 상명대학교 석좌교수로 있다.

박범신 중단편전집 7

쪼다 파티

초판인쇄 2015년 10월 12일

초판발행 2015년 10월 22일

지은이 박범신

펴낸이 강병선

책임편집 강윤정 | 편집 김형균 | 모니터링 이희연 | 디자인 고은이 유현아

마케팅 정민호 나해진 이동엽 김철민 | 홍보 김희숙 김상만 한수진 이천희

제작 강신은 김동욱 임현식 | 제작처 한영문화사(인쇄) 신안문화사(제본)

펴낸곳 (주)문학동네

출판등록 1993년 10월 22일 제406-2003-000045호

주소 10881 경기도 파주시 회동길 210

전자우편 editor@munhak.com | 대표전화 031) 955-8888 | 팩스 031) 955-8855

문의전화 031) 955-3576(마케팅) 031) 955-2678(편집)

문학동네카페 http://cafe.naver.com/mhdn | 트위터 @munhakdongne

ISBN 978-89-546-3793-0 04810

978-89-546-3786-2 (세트)

* 이 도서의 국립중앙도서관 출판예정도서목록(CIP)은 서지정보유통지원시스템 홈페이지(http://seoji.nl.go.kr)와 국가자료공동목록시스템(http://www.nl.go.kr/kolisnet)에서 이용하실 수 있습니다.(CIP 제어번호 : CIP2015026235)

www.munhak.com